U0634254

空 翅

菡萏 著

中国华侨出版社
·北京·

图书在版编目（CIP）数据

空翅 / 菡萏著 .—北京：中国华侨出版社，2021.10
ISBN 978-7-5113-8260-3

Ⅰ.①空… Ⅱ.①菡… Ⅲ.①散文集–中国–当代
Ⅳ.① I267

中国版本图书馆 CIP 数据核字（2020）第 125627 号

空翅

著　　者：菡　萏
责任编辑：高文喆
经　　销：新华书店
开　　本：670 毫米 × 960 毫米　1/16 开　印张：16.5　字数：237 千字
印　　刷：河北省三河市天润建兴印务有限公司
版　　次：2021 年 10 月第 1 版
印　　次：2024 年 5 月第 2 次印刷
书　　号：ISBN 978-7-5113-8260-3
定　　价：46.00 元

中国华侨出版社　北京市朝阳区西坝河东里 77 号楼底商 5 号　邮编：100028
发 行 部：（010）64443051　　　传　真：（010）64439708
网　　址：www.oveaschin.com　　E－m a i l：oveaschin@sina.com

如果发现印装质量问题影响阅读，请与印刷厂联系调换。

序

一个人的地震

纸张是可靠的，好过任何一位亲朋。它不会反目，你也不会受伤。生活非你想象，有时会出其不意教训你一下。没有一种关系是牢不可破的，安顿你的唯有纸张。

它平静白皙，允许你在上面涂抹生长，规划自己的情绪。来时的路和去时的路都如春天的云雾意一样自由自在，是一个人的孤云横飞，淡行可爱。它是轻的，不经意间抖落的皮屑，都有自己的DNA。那些轻微的声响，敲打着你的管壁，和你的血流在一起。如潺潺的夜溪，进入你的梦境与指尖。这样的自私很安全，可以把想说的话说完，也可以把自己的美和思想养大。

迷恋书写的人大多自恋，这很正常，就像一棵大树疼爱自己的枝叶，只要不影响到别人，便处于文明范畴。爱自己，安放无以安放的灵魂，是件快乐之事，亦如孤独，一个人纯粹的黑暗与妙不可言。

很多人论述过孤独，说白了，孤独是种无奈，没有谁想真正的孤独，然而它确实存在。自己圈养的一方水域，自身向外禁步，也请别人止步，是种与外界稍稍结冰的状态。

文字亦属孤独的胚胎，精神上失散的孩子，需要自己仔细认领，也需要更多的人关怀接纳。故写作是孤独的，也是反孤独的。一个人的退守，也是开拓。是自身血缘分娩出的一个个夜晚，生命里多出来的一枚枚月亮，延长并纯净着自己的岁月。就像安徒生风趣的说辞、花树般的童话，是他远离世俗纷争的手段。所谓的净化，无非占据有限的时间和思维空间，让你来不及庸俗。

书写是有洁癖的，稍存比试心态，炫耀之想，皆愚蠢不够成熟。它只是一张纸，不能负载太多，那些荣耀光环附在毛皮之上，并没重量。它允许你的幼稚，但不能容忍你的虚伪。它得诚实。

每个人皆两副面孔，一副外，一副内，表里如一的可能性并不大。内心世界是隐晦的，不可能直接呈现，故有了"反映"一词。人们只不过根据一个人的言辞态度、外在行为做出判断推测。所谓的你，已被无数瞳孔阉割过，人们各取所需，审视的多半是自己的情趣爱好、价值理念。所以在别人的眼里你是五花八门、七零八落。你非你，即便了解，也只是"印象"。内在的版图方是自己的花草，更真实有效，能借助工具呈现，无疑是幸福的。也由此催生出诸多形式，音乐、绘画、文学、雕塑等。我们靠它们打开一扇扇幽闭之门，进入一个不为人知的更加细微琐碎的真实世界。

有位画家如是说，不要悼念我，看我的画去。他的作品便是他的人，甚至比本人更真实，思想的枝柯全在里面。也有朋友说，我画的是我自己。那些娇俏、纯真、文静，抑或惆怅忧郁的仕女均是作者本人，一个男人的内心世界。没什么可奇怪的，他设计了这个世上从未有过的一群女性，另一种形式的大观园。是创造，亦是其保持天真、拒绝浮华的一种姿态。那些闲山剩水、细花微草也都是作者的精神风貌和情感符号。

生活是朴素的，很多词汇都很平凡，包括艺术。艺术乃人类除了活命，另外的一种简单需求，进而演化成为一个领域。然而艺术终归是情的载体，长大了的思考，内在美的一次次重塑，甚至是哭干了的眼泪，打开的一条平静通道。无论什么系统都是为心服务的，把看不见的东西更好地具象，是其职责。人们接触艺术时，实是触摸自己的内心，如果没有唤醒你，或你的内心无法与之接轨，终是失败。

文学也一样，它是内在面孔的一种拷贝，并使其逐步清晰，从而让自己更好地认识自己。

"天赋"这个词，很狭窄，挂在嘴边的多是外行。它只负责最初的光亮，长远的道路要靠学识来完成，所以很多作家是由纸上长大的。

《细雨蒙蒙的黎明》是十九世纪巴乌斯托夫斯基的作品，情节简单，结尾含蓄，冲淡着一种忧伤情绪。一个人走累了，遇到了内心的古堡，想休息了，就这么简单。但它切中了人之命门，那就是孤独。

编辑发稿的时候，给它安了一个玫瑰糖浆似的假肢，以便合理。岂不知离主题愈远愈假，巴氏自己结集出版时，恢复了原貌。文学从不高标，不是道德的宣讲书，它来自心底真实的一瞬，不大不小、或大或小的地震，所以文学是一场一个人的地震。导致它的也许只是空气中的一些细微气流，但足以在内心深海掀起波澜。内心坚硬之人，并不适合书写。我们给予它的只能是爱，并不断创造这种爱，这是它全部的精髓和魅力。

很多编辑、作者喜欢说"深刻"。深刻是什么呢？不妨这样理解，不停留在表皮上，是入木的。能被观者甚至历史牢牢记住，并产生思想连锁，有教化功能的，这便是深刻。但人类更喜欢遗忘，忘记苦难、屈辱及罪恶。就像被性侵者，忘记噩梦般的经历；被拐儿童，忘记胳膊上的针眼一样。人们更喜欢看到金色的朝阳、明亮的炉火，渴望人性中美好部分的闪现，甚至放大。所以《悲惨世界》从来就不悲惨，它是那么温暖，我们不只记住了那块面包，更多的是那个银质烛台。它始终贯穿黑暗，漂浮着人性动人的光亮，使冉·阿让变成了一名真正的绅士。此书，因莫里哀神父得以辉煌。

《复活》里，当年的花花公子，涅赫柳多夫隔着铁丝网对着沦落为妓女的卡秋莎说："请宽恕我，在您面前，我就是个罪人。"他谦卑真诚，内心在复活，堕落的卡秋莎也在他的召唤下一步步复活。那些麻木的罪恶只是考验人性品质的石头，他们最终超越了这份沉重。尽管大部分元凶依旧沉默着、无视着、心安理得着，但一道闪电的划破，足以照亮夜空。涅赫柳多夫救了自己，也救了卡秋莎。善的苏醒，是这本书全部的意义。

文学的使命便是复活，冰冷内心与良知的复活。然而没有心灵的震动，又何以能复活！

又如《简·爱》，当简爱上罗切斯特而不能与其结合时，她离开了；当罗切斯特瞎了眼睛，残了肢体后，简回来了。罗切斯特那句是简吗？让全世界潸然泪下，也让那些矫饰的爱情黯然失色，亦是新女性最好的风向标。震撼人心的力量永远是穿越乌云上方的霞光，那是爱，是善结下的金粒。超越恶，超越一切，照耀世代。

挖掘罪恶，固然锋利，兵不血刃，何其快哉！然而也只是愤怒冰冷抑郁的代名词，仍属独臂写作。只有善的张扬，人性两极优美的平衡，才能更好地飞翔。催人泪下的永远是心与心的照耀，人们更渴望看见蓝天，黑暗里整洁的一部分。

在《梦花街》中，我曾说在上海文庙淘到了一本袁枚的《随园诗话》，里面布满了密密麻麻的批语，原书主是个才子，少年得志，若活着，97岁云云。这都不足以表达内心真实的感受。那本书，拿到时便惭愧，一个下放牛棚之人，在艰苦恶劣的环境中，内心依旧整洁，那些娟逸的批语无不昭示着灵魂的坦荡。此人活得何其豪华，又何其寂寞。对书籍的孜孜以求，于学问的严谨，又令人何其敬仰。若逝去，又该是怎样的损失。真文人，真读书人理应如此。

生活到底有多深刻？寒冷时的一把柴，饥饿时的一口粮，屈辱时的一个声音，比什么都强。有些人甚至深刻到把一篇文章肢解得七零八落，释《红楼梦》亦是，套入诸多国际因素，而不体察日常人心。如《复活》里的那个副检察官，一个简单的案件，动用诸多流行理论，遗传学、先天犯罪说、生存竞争、进化论、催眠术、颓废论等。还引用了龙勃罗梭、塔尔德、沙尔科诸多大腕，目的只有一个，那就是整死卡秋莎，而不是复活她。

所以书写，应是一个柔软的进程，而不是钢化的结构。每个人都是自己的白天鹅，走在自己铺下的"绿宝石粉的地毯上"，那是远离沙化，最高的荣耀。思想是思考者的结果，是不随波逐流，坚守自我，拒绝肤浅诱惑的奖励。它的高度是看问题的深度，而不是提到时的动人频率。

美若没思想便是花瓶式写作；有思想无美，无疑是在坚硬的戈壁上行走。

最大的深刻，便是保证自己的脚步尽量走在清水里。

生命很容易被忘记，何况纸上的生命；季节很容易被消融，何况纸上的夏气秋情。书写是端庄的，为需要表达而表达，而不是为表达而表达。它是自己的地震，柔软纤维的复活，若能震动到别人当然是件再好不过的事情。

这个世界，很宽容，允许每个人慢慢表达出来。《空翅》是我的第三本小书，质量要好过以往两部，梳理时再看，有些文章还是不透气。我能看到自己的进步，近一年的书写，大多可以呼吸。所以还是出个集子，证明它的存在和自己的成长。内里收录2017年至2019年上半年发表的散文作品。分为：心自得、竹外闻、檐前见、随物念四辑，皆取自唐朝赵嘏的诗。竹外闻，远处的声音；檐前见，身边发生之事；心自得，心灵的思考和碰撞；随物念，外物的共鸣与延伸。含远、近、内、外几层含义。囊括山水、书籍、艺术、凡人小事等细枝末节，旨在揭示时间的莫测性和永恒性，有自身回归，也有社会缩影。最初整理时近20多万字，因考虑篇幅承载量，舍弃了一些发表于省刊或理论性较强的文字，加了些随心随性的平常日记，如《蓝星岛》《去年的梅》《去乡里》等。

里面的人物张奶奶、上海地质馆的吕先生已然过世。人是脆弱的，只有活着，呼吸，才有具体意义，很荣幸曾为他们执笔。文中所谓的我的舅、我的姨只是弱小生命的代表。并非某个人，而是那个时期农村的状态、存在的问题。看起来的不道德，并非具体指代，实属社会关照，也突显时代进步，亲人们也请不要对号入座。文明总是建立在苦难的基础之上，并超越苦难。内里涉及的人物，也会用化名，比如艾文老师，许多化名里的一个。

后记，由庚口先生友情支持。与其学过画，是位有单纯信仰，能穿越时间杂音，世上仅有不多，我敬重的长者。里面多有谦词，不可当真。老人可爱，内心纯澈，有蝉脱尘埃之美。身上品质于我产生过深远影响，故敬爱，内里篇幅也会涉及。

书写是寂寞的，希望《空翅》也是寂寞的，它安静地存放在这个世上的某个角落，亦如我，诚如我的每一个日子。原本叫《纸月亮》，生命里多出来的一枚枚月亮，后更名为《空翅》。空翅或许飞不高，泥泞于这个尘世；或许它是透明的，闪动于黑夜，但掠过无波的纸张时，一定是平静安详的。

目录

第一辑／心自得

病中　　　　　　　　03

最后的火塘　　　　　11

沙市老街　　　　　　17

岁月长赊　　　　　　30

春天里　　　　　　　39

庚口先生　　　　　　45

摊事　　　　　　　　50

雪落之地　　　　　　57

苏州女　　　　　　　68

去年的梅　　　　　　73

第二辑／檐前见

婆婆纳   79

抽身离去的光阴   83

归来   94

故园遗梦   98

纸月亮   110

丝线铺的好好姑娘   114

秋其   127

有花   131

六一   133

生日   135

第三辑／竹外闻

那庐山   141

梦花街   149

认领自己   156

生命的波长   168

那天有风   173

温良的苏州   178

且就洞庭赊月色   183

我与岑河   186

去洪湖   191

第四辑／随物念

春天还是春天　　　　　199

读周思聪　　　　　　　209

片片梨花白　　　　　　219

绘事　　　　　　　　　224

去乡里　　　　　　　　231

音乐，雪的耳朵　　　　234

蓝星岛　　　　　　　　237

熊家冢幽思　　　　　　239

后记　　　　　　　　　246

别样的菡萏　　　　　　246

第一辑／心自得

病中

太阳终于出来了，尽管是在下午，小区对面的楼房依旧蒙了层柠檬色的光。生命是华贵的，那一刻，砖瓦都是饱满的。

生了病，很漫长的病，记忆里从没病得如此之久之重和疲劳，恋着床，恋着睡眠。窗外风声、雨声、市声混沌着。雨下得缠绵，没完没了，早春模糊，像我的睡意。躺在床上，想着新的玉兰是否开了、湖边的柳是否垂了线，大自然那么鲜嫩，干净得像个孩子，该来的终会来。

昨夜，听到窗外马路上，一个小男生撕心裂肺在哭，不知受了啥委屈，用了那么大气力。须臾，又听到一个大人急吼吼的声音，想着成长真不易。醒来却是安静的，朝暾初上，白白的一个世界，仿若什么都不曾发生，倒像是自个儿的一个梦。

病情反反复复，期间听了一堂课，赴了两场友人邀约，以为无碍，却愈发重了。听朋友话，用深桶子泡了腿，发了汗，煮了红糖姜茶，买了温度计。没输液，懒得上医院，走到半路折了回来。那样的嘈杂，费时费力，让人着实难耐，一味依赖抗生素也不好。

日子就这样慢慢挨下去，一天天，竟有点恐慌，像一朵花的香气，说没就没。好久没打字，日子都薄了。有时候，甚至想还会不会再写下去，净是些废话，自己都不愿意听，又说给谁。什么时候能站在时间之外，写一个故事，一个不为人知的故事，有关生命美学和低微内心的。那样的吐纳，像瑜伽，再自然不过。是自己收藏的一条河流，从这端到那端，白茫茫一眼无尽。而不是花朵，这是两个概念，就像美和艺术从来都不一样。美是天下的，而艺术注定是自己的，有"我"的介入，方为真趣。

　　花是美的，但不是艺术，只有进入人的感情领域，窑变成自己的色泽，再一次呈现时，方是艺术。所以那个画家死在了异乡，他的画多不成比例，变异孤独，那是他的眼睛，深藏纸中，后面的属性和标签才是大众的。艺术是缓慢的，精神上的教养，上帝解渴的声音。那么微弱，要说关乎别人，也是别人的艺术艺术了你。就像这个春天一定还幽居在某个路口，不打扰人，也不被打扰，来了就来了，走了就走了。

　　长时间囿于病榻，忽然怀念起那些健康的日子，活蹦乱跳的该多好。

　　秋其来信了，这是她好久后的讯息。她居山里，那么寂静，像另一个我。那个尖顶铁皮瓦的木屋，曾在纸上见过，似一个红色童话，幽暗在一棵棵古杉里。不远处是一座天主教堂几何样的塔尖，很多个夜晚，秋其下晚自习独自从那走过。寂静的山路，只有她皮鞋的回声。那幢木屋，起初是位传教士的寓所，后来住了一个武汉人，再后来成了她婆婆的婆婆的家。

　　老婆婆一百多岁了，经常坐在券廊的竹藤椅上和猫咪一起晒太阳。精神好时，会把猫咪塞进大围裙兜里，和秋其的孩子叮当一起抚摸梳理猫毛，听猫咪喵喵地叫。光阴的细纹落在那，秋其在老婆婆的身边摘菜，晾晒衣物。四周安静，只有墙壁的闹钟滴答滴答轻响。

　　老房子就这么老着，和老婆婆，和那些日久年深的木纹、窗前挽起的藤蔓，以及有着新鲜生命的叮当。没人知道它确切的历史，老婆婆老了，有些事记不得了，秋其整理文献时，也未曾发现任何蛛丝马迹。秋其说只是一个生命的巢穴，尘世的庇护所。无论作为有着怎样历史记忆的老别墅，还是简陋的木板房，现在只是一幢普通山民的住宅，一幢保护和关怀她们简单生命的房屋。狭窄的木门、锁眼、窗棂，有火有烟在屋顶上嬉戏。

　　院子是安详的，晒着一簸箕一簸箕从山里摘的野茶，竹竿上挑着各种被太阳晒干了的野蘑菇；鸢尾、含笑、洁白香浓的栀子，细细森森开了一院，和这座山中万千植物一样，都是秋其深爱的。冬天来时，她把它们挪进屋，和家人一起取暖。

背包客也会误入这条小径，举着相机，询问植物的名称或有关这座老别墅的身世。秋其会含笑告诉他，他摄下的那朵花叫含笑。他们不知道这个清秀美丽、长头发的女子是谁，不知道她叫秋其，不知道大山予以她纯净温良的性格，以及丰厚的内涵。她的心思是座博物馆，里面盛满了山川、河流、时间、人物、图案和草香。她是自然的，思绪像曲折的山道、柔韧的山风，绵长悠远。

秋其在廊檐下扫落叶，收拾孩子的玩具，用笔记本记下一些零散的思维。

说下雨时，那些雨点打在铁皮瓦上，以三级跳的形式再跌落在一楼地板上；说晴天，是从窗帘被染红的那刻开始的。她搂着叮当，那些美丽的线条穿过松软的棉絮进入叮当的身体。孩子熟睡着，小手掌里还安静地握着一片，而大山早已被唤醒。

她在书房里给我写信，那些小信像蓝色的雪片飘入我的窗口。搬家时，她曾卖掉过一些书。她说："想哭！每一本书，都是静静围绕自己膝头的孩子，也都是我们转过身去的昨天……"那一刻，四壁的纸张是温柔的，时间静静流淌在每个毛孔里。她用眼睛深情抚摸着它们，它们都是孩子，她给予安全的臂弯，引领着到达一个光辉所在。那些哲人都是我们回身的亲人！

就像在一座大山面前，她是那么庄严，是女儿也是母亲！

她在信里说："真正爱山敬畏山的，是山林的土著和她的山民。守山的山民走了，商人多了，山热闹了。今天散步走过戴笠别墅和西哈努克亲王别墅，天下起毛毛雨，在那庭院里站了一会儿，不知为何泪流满面。显然不是为了来去匆匆的著名人物和领袖。"

合上小信，我呆呆望着窗外香樟还没来得及换掉的叶子。知道她心疼什么，我们迷恋的时间走了，生命里的根须轻而易举地被折断。那座山不再是过去的那座山，没有等我，美好的影像只留存在曾经的纸上，秋其的文字里。她深爱着它们，每一片叶子、每一条溪水。

她收到了我的新书，带了一本放在办公桌上。左边是普里什文的《鸟儿不惊的地方》、苏子的《东坡志林》，右边是林文月的《京都一年》、阿姜查的《森林里的一棵树》。说我会喜欢这些邻居的，把我和一切美好的事物放在一起，不管我是否羞愧。

里面的文字她都熟悉，现在以一本书的形式出现，忽觉隆重。我题写的几个毛笔字也让她感动，写字是日课，一笔一画且行且珍重。"隆重"多好呀！但那不是纸给的，是秋其。就像她一直想给一座大山以隆重和祝福，但办不到。人都是轻的，尘世间的一根羽毛。

先生在朋友圈看到我生病的消息，发来秘方，嘱我坚持泡腿，喝生姜红糖水。还给我画了画像，生平里的第一张画像。那么像我，五观神态及散发出来的气息。油画是漫长的，需一遍遍上色，干了方能继续。不知道先生用了多久的时间，一个月还是半个月，总之，从这个冬天开始，就在酝酿。雪一直在落，天气极寒，白白的一片，十多年没有过的场景。只要稍停，先生就去画室，打开电暖气，安静作画。

先生是位老人，每天看书习字、挤公交、烧三餐饭，有时还拉着米袋子上楼，中间往往歇上几歇。先生简朴，一身布衣，隐匿在这座小城。不想用任何形容词来形容他，那些东西都很脆弱空洞，他身上的仙气是漫长严肃的岁月给的，也是艺术转换。曾开玩笑说，先生即便掉到灰堆里，都有出尘之美。的确如此，有些东西是遮不住的，哪怕再大的苦难与疼痛。

先生轻盈，心里只有艺术，画着画着就忘记了时间。那种状态真好，"给内心世界以自由，打开一切闸门，你会大吃一惊地发现，在你的意识里，关着远远多于思想情感和诗的力量。"先生便是这样的人，人世间留给这个古城最美的礼物。而画像，是我病中，以至一生收到的最美最珍贵的礼物。

从未向先生索过画，更别提画画像。就像我不喜欢别人向我索文样，每个人的劳动都应是喜悦的，那是内心的光芒，不被浮云遮蔽。我更喜欢距离，那是对他人的尊重和自我固守的自尊。先生用了稳重的咖啡色调，大公报做底，衣服的领子高而贴服。按我照片画的，只是置换了年代，像一张老旧底片的翻拍，那是唤不回的记忆，对美和一个时代的追忆。

先生从来不运作自己的画，他学生画作的价格已然不菲。先生是安静的，很多东西打动不了他。还艺术以初心，且一直这样做，就像十几岁时捡烟头。那时的烟头没过滤嘴，烟丝烧不尽，拾得多了，可换分分钱，好久才能买一本美术方面的书籍和文学上的著作。《金蔷薇》就是这样来的，如老沙梅一样，他打首饰，先生买书。他们都在淘金，都很纯粹，所以敬爱这种人生。

前几天出去买菜，天是阴的，风摇动着香樟的树杪，并不觉得冷。是春天的风，恹恹的，绿是老绿，并没些许新意。梧叶还没掉光，焦脆地挂在光秃的树杆上，风一吹，哗哗作响，似干花。这样的寂寞真好，如贴上去的简笔，只是一个轮廓，没太多的意象和心事，离冬不远，离春也不近，就那么清寂着。

一棵树总是美的，春天时鲜嫩，毛茸茸，有粉的声音一层层发生，耳膜是鼓的。纱帘外新煮了茶，白软软的，洗透了的香。春就是这样，飘忽着，一片叶子往往比一朵花更温和，更长久，更像春天。即便到了秋，通体黄透，一大片一大片往下掉，也是别致的。在路上，被风籁籁地刮过来又刮过去，那么惆怅。每晚散步，卷到脚边，俯身拾起一片，带回去放在飘窗上，夜便殷实起来。

季节，只不过是一盏随手拧亮的灯，时光是矮的，笼着伏案的人，那层暗橘色，柔和而考究。安静里，多少人睡去，又有多少人安静地醒着。

风扬起大衣的摆，慢慢地走着，并不急着到菜场。身边的门面都熟悉，生意并不好，冷冷清清。没戴眼镜，世界是模糊的，看不清任何人。这样倒好，仿若路上只有自己，街道也就变成了一个人的街道，那么空旷，如在旷野。

很羡慕那些不知疲倦的车，没有归期似地一直往前开。心里想着要是不买菜就好了，便可节省下时间做些喜爱之事。

菜场里没人等，熙熙攘攘净是些陌生面孔，只有一次看见自己的爹妈提着袋子站那儿选菜。袋子里装有香葱，绿绿的。我抱了一枝梅，夹了叠宣纸，远远望过去。老太太穿了件鲜亮的袄子，戴了顶帽子，半指手套，低着头，很干净的样子。帽子是我买的，一眼的喜气，安稳得像年画。生命奇妙，俗人俗事的光环，亲切到哪儿都能碰见。

还有一个卖鳝鱼的，脸上有条疤，红赤赤的，是个女人，四十来岁，也卖螃蟹、黄颡和财鱼。每次去都找她买。她没门面，只在路口进去不远处就地摆个摊，两个盆子，一块板子便是全部的家当。她麻利，笑得轻盈，一边低头做事，一边应答着，偶尔抬头，也是明媚的。她收拾鱼，回身从摩托车龙头上扯下袋子，撩起旁边盆子里的水洗手，在围裙上擦一把，接钱数钱找钱，动作像流水。阳光暖暖的，照着简陋的菜场和她的脸，那么好。她不丑，挺好看的。

关键是对我好，鳝鱼卖别人45元一斤，卖我38。38是我还下来的价格，也就成了惯例，不管年节，就这么卖着。即便饭馆成盆成盆的要，也比我的贵。不关秤，高高的，还价也不反感，嘴里笑着说卖不起，却一如既往收着老价钱。卖的是野鳝，真正的黄鳝，个头肥大，炒出来鲜嫩，肉翘翘的。

有一次，买了她的螃蟹，是公子，又跑到里面称泥鳅。贩子问多少钱，咋不买她的，也是个女的。我询了价，她说58，我说我买的价格你卖不起，她问多少，我报了价。她说下次来，也给这个价，可知菜场的水有多深。一个男人过来，并不还价，提着便走，相比女人总是琐碎小气些。

每次去，依旧寻巷口的女人，有时候走过去，又退回来，重新找一遍。她若不在，便很失落，向旁边摊位打听，卖花的告诉我，她家里最近有事。能有什么事呢？心里不免嘀咕起来，是不是儿子要结婚了？这一想，自己倒笑了，纯属杜撰。于她知之甚少，有没有儿子，真不知道。也会想着是不是病了，水那么深，天那么冷，双手泡得那么白。又想她脸上的伤咋来的，年轻时是否有过噩梦，现在过得好不好，爱人待她若何，一连串的问题。

总之，我开始惦记她，在这个菜场，从没有这样惦记一个人。就像这个午后，在键盘上想她，并写下有关她的文字。有一次，等了一个月，要还她十元钱。见时，竟有点小兴奋。她说，不急的，你，我还不放心！

有个卖芋头的老太太也好，七十多岁，胖胖的。低头坐在一个小木凳上修芋头，那么专心，花白的头发搭在前额。市场闹哄哄的，独她静，像尊佛。修的速度赶不上卖的速度，五元一斤，恒温，年节不变。只要碰见，也准会买。回家改刀，放点葱姜蒜粒，伴点红辣酱，上笼一蒸，白白的一盘。有时只稍许点点盐，清淡着，像刚长出来一样。

昨天短信提醒，云柜里有快递，过十分钟又提醒超时或出现异常已被派送员取出。停下手中的笔，跑到门房找了找，无果；又冒雨去云柜输了密码，提示这个号没待取件。遂疑惑起来，越发想知道是个什么东西，给快递公司打了电话，折腾几个来回。快递小哥说还在云柜里，拿出来，又放了进去，云柜最近总有点小问题，实在不行，明天他过来取。

没想到深夜十一时许，刚熄灯，有电话进来。拿起"喂"了一声，对方竟踟蹰起来，说是不是睡了。我问是谁，他报了身份，说把件取了出来，在楼下等。望了一眼窗外，枝摇叶颤，雨点噼啪。穿着睡裤跳下床，打着赤脚，想找件袄子穿。一想还病着，凉不得，遂向客厅捂在沙发上看电视的爱人喊，烦他下去一趟。

想着，这个小哥真有意思，这么晚了，又是风又是雨的，还记挂着。

另一个快递小哥也有意思。前几天，买了一条手绘裙子，打开一看，远不是那么回事，质量草率得要命。没上楼，转身直接塞给他，烦他帮忙寄回去。快递小哥道，那得和对方说好，我说不会，才学网购。他说那也得打个电话。一摸没带手机，他把自己的递给我。沟通后，我把手机还他，另给了十元钱。小哥回去，发来短信，已原单寄回，不用快递费，把钱退了回来。

用平板看了几部电影，日本老片子，高仓健，过去式场景，局促的小站，暴风雪的夜晚。小人物小故事，罪犯警察，人情人性，那么安稳宁静，又那么温和动人。一点都不躁，如雪夜里的小店，不需要太明亮，却是暖暖的。不禁叹息，日本的女人真不错，心里安详，植了香气，有教养，没被打劫过。

每天坚持临两篇字，给老师交作业，老师在那边等着呢。

写到这，忽觉得老南门外的樱花是不是要开了。若开了多好，雪一样一层层往下落，纷纷扬扬，整个春天就下下来了，巷子里也就染上淡淡的香。

最后的火塘

　　小寒那天，去了三峡人家，他们依旧沿用火塘。昏暗的灶间，火苗舔舐着空气，人脸映在红光里，明明灭灭的，那么不真实，像个虚构的短篇。喜欢这样的故事性和时间性，噼啪的木柴声中，听得见时间脱壳的声音。

　　那一刻，很想坐一坐，就那么坐一坐。在这个微寒冬日黄昏的傍晚，黑色茶吊子的热气里，趁着太阳的红晕还没燃尽，门前银杏树叶的金箔还在哗哗掉落中，一切都是静谧的。

　　这是他们的家，居住了十几年的家。很漂亮的二层楼，白瓷挂面，黄琉璃瓦镶檐。往里走，愈走愈深。后面接了厨房、猪屋、鸡舍、储物间。檩子很老，乌黑焦脆，看得出年份，估计是当年从山里运来的。

　　空地像天井，举目望得见头顶擦过的灰云和黝黑宁静的瓦色。刚下过雨的屋檐还在滴水，湿漉漉的木墩长满了青苔。水龙头没关紧，滴答着。花盆随意摆放在墙角，花倦意地开着。地面潮湿，棚底堆着些粗笨的家伙——火盆、劈柴、背篓、石磨。那一刻光阴是宠溺的，很老，敲不出声响。

　　他们最早的家嵌在半山腰，依山瞰江。吃水，要走下长长狭窄陡峭的石阶，到江里汲。家与家之间隔得很远，孤零零散落在山体上。船在江上走，可以看得见屋顶蜿蜒的炊烟、砍柴挑担人隐没于幽林暗雾里的清凉背影。无疑他们过着刀耕火耨，原始的农耕生活。

　　三峡工程启动时，他们成了移民大军，整体迁出，浩浩荡荡分散到全国各地。家用物什，坛坛罐罐、竹器篾器、笨重的家具农具，也经水路，历旱路，车辚辚，马萧萧来至这个古城。由山区移入平原，从山民变成郊农，完成了身份的第一次转换。

汩汩的清水漫过他们的旧宅，直到屋顶全部淹没，再淹没，恢复一片宁静。那些砖头瓦块，石基木檩，挂过腊肉熏黑的墙体，烧过火的坑灶，以及搬不走的器物，从时间的裂纹里断开，成为水底化石。

他们回不去，也无法忘记，也变成了我途经三峡时的惆怅。望着江面，知道一百米下，是他们的家园，带着一个家族的烟火记忆，一段无法删除、复制的历史，封存在一个水晶流动的容器里。没氧气没人烟，房子还是房子，只是远离了尘世。

新宅是漂亮的，别墅样小楼，前后出场很大。门前可以种树、扎菜园子，红红绿绿的，依旧是美丽的郊野景象；楼后可以加房盖屋，任意施为，又分了些田，丰衣足食是没有问题的。他们又是那么勤劳，起五更爬半夜，风里来雨里去，种韩国萝卜，种长江五号白，种一切可以种的东西，然后把这些作物直接上给贩子或一车车运往集市。

前些年价格很好，虽辛苦，收入尚可观，日子也就慢慢殷实起来。曾在他们手里买过猪肉、鸡子、果蔬之类的食品。猪喂的是红薯；鸡可以上树，吃玉米和谷，味道自然厚些。那时，儿子尚小，还在读书，喜欢吃腊味。猪肉，一买就是半边，七古八杂的什么都有了，用盆子腌好，一竿子一竿子挑起来，年也就近了。

这两年，评比卫生城市，菜场不让杀鸡，爱人依旧找他们买。一买买几只，烧水褪毛，用井水冲洗干净，提回。我再开膛收拾一番，进入冰箱或送于父母，这成了生活里的一部分。前几天，爱人说那里即将夷为平地，有的人家已经搬走。果树一棵棵倒下，胡乱码放着，依旧挂着密密的果子，橘子滚得到处都是；筛子、篮子随意扔着，坛坛罐罐也不再需要，整房整房的家具塌在里面。

他们的新居是电梯房，早就装好了，亮闪闪的，一切都是新的。整体厨房，现代化厨具，就地打的衣柜，新买的沙发，除了细软，旧家的东西几乎全部淘汰掉，只等推土机来推。意味着他们的身份又一次发生了转换，不再是最初的山民，也不再是农民，而是城市居民。换一种说法，他们失了山，失了田，却有了些许钱，好与坏，不做界定。总之日子一天好似一天，门口泊个车什么的是常事。

我对爱人说，想去看一看。他说你去干什么？我说你知道的，我喜欢竹器、篾器还有陶器。那些东西是有生命的，新买的，只是新，还贵，没时间性。爱人说，家里够多的了，最好别去，让别人笑话。

我道就是喜欢旧东西，那是切碎了的时间，大脑皮层外可以填充的记忆；盲区里的眼睛，情感的立体回放；即将失传的手艺，一个家庭的历史，甚至文化……很多很多。我越说越弱，关键是我喜欢！不想高标，用大的条目框自己。但确实觉得很可惜，每一个东西从出生起就是活着的，人类予以它最朴素的情感和过程。

我的老房子离那并不远，车子一拐就到了。

迁走的并不多，大部分居民尚住此。新杀的猪肉，晾在三轮车上，门口的圆筛子上晒着长豆干子和尖辣椒。不少人家两边住，旧居没被推倒前，尚留恋于此。虽说该搬走的东西都搬走了，却依旧保持着家的风貌。

黑黑的灶间，燃着火塘，红红的火苗蹿得很高，像无数幻影。这是有别本土居民的地方，也是我喜欢的风格。似异族，从时间的缝隙里剥落，剪贴在这片土地上，让人有穿越感。

火塘，一个家庭生命的标志，是他们煮饭、烧茶、取暖、夜话的地方。也是山里人沿袭的宗教，世世代代心中的神灵。分家才会另立火塘，这是他们最后的火塘，过几天将永远告别。

他们的田，两年前就被征掉，补偿已经到位，意味着彻底结束了农耕生活。只有门前的菜园子依旧开着大片大片的绿，随着主人的搬走，也将不复存在。那些装粮食、食品的器具，大大小小的坛子、筛子、簸箕，都将淘汰，退出历史舞台。等待着他们的是一个全新的开始，将进入另一种生活模式。两室一厅的房子无法承载这些，这些粗笨的东西也已完成自己使命，除极少数可以利用外，余下的都将扔在原地。

山里人智慧，这些篾片在他们手里只不过是柔软的溪水，通体流畅优美，毫无匠气，泛着质朴宁静的色泽和一个农家暗淡的美。有的筛子呈双层，正反面穿插着不同样式的漂亮纹饰。

手工自是极好，市面很难见，用惊叹二字不为过，是至今见过的最好的篾器。包浆很厚，底部油亮，发黑，呈酱色，看得出日积月累的痕迹。

主人用它晒过花生、萝卜、绿豆、粮食、很多很多作物，以及逝去却长在里面的光阴，承载过他们饭桌上全部的欢乐。时间是无法推开的，是一个家庭，另外一种形式的家谱，甚至信仰。

看着赞着，女主人看我如此宝贝，忽然不舍起来，说要把好点的留下，自己小用。我笑了，实际太大，圆桌样的，谁都无法消受，但还是买了下来。

在灶间看到一个篮子，黑色，打粗用的，满是尘土。提梁很美，绞着麻花，几根竹子从底部编至沿口顺势收拢，扭成半圆做提手。通身一气，颇优雅。篮子不大，回去清洗干净，可以装些菜蔬。花20元买下，她装了满满一篮子红薯送我。

有人喊我去看风斗车，说是当年从山上盘下来的。它很大，放在猪屋里，脱谷用的。天色将暗，主人打着手机，看不真切。木头很老，应该是个好东西。这样的庞然大物，让人很踯躅，若是买了，肯定没用，自己并不收藏，也不会假人于手，以待增值。即便现在有位置放，以后也难保不成累赘，况且得请车来拖，是个麻烦事。

主人开价150，这个价格并不高，就物质本身而言，所承载的光阴，作为农耕文化的代表是无价的。内心颇犹豫，关键是用不着，也就是储存下，免得塌在里面，故压了价。女主人说加点，男主人说怎么也得一百。我答应了，只是天色将黑，请不到车，决定明天来拖。

出来时，爱人拦道，豆腐盘成肉价钱，这么大的家伙，要它干啥，看你搁哪儿？早晚是破烂，又不开博物馆。实际上他说的有道理，我也踌躇，便没下定金，但心里怎么都放不下，惦记着。

隔壁有个木桶，很大，装粮食的。两个人的手臂伸开方能合拢，非常漂亮。整棵树挖的，是松木。桶壁溜圆，没接头，底子是帮上的，有点腐朽。木头泛白，毛茸茸的，极温暖。早年上的桐油，已然不见，可见装了多少粮食。男主人说是大炼钢铁时的东西，很多年了。想一想，那时我还没出生。他说塌了可惜，我说是的；他说运回山里给别人使，又运不回去。我决定买下，想着能干点啥。爱人说，也就能做个浴桶，还得换个底子，刷道桐油。我说别动它，就这样，放那就好了。

出门时，一个女人背着背篓在门口等我，问要不要，背孙子的，孙子大了，不需要了。花20元买下这个小生命曾经的摇窝。回去看，并不好，粗糙，也新。

有个女的拉我去看木盆，说家里很多东西，可以随便选，反正过几天都打丢手。看了看，有艺术价值的并不多，只有她说的木盆和一个火盆。她婆婆听见有人说话，便从房里出来吵她手松，不会过，都是当年辛辛苦苦请人打的。砍了多少竹子，卖了多少柴。媳妇说，过几天一拆，鬼都没了，看您咋办。

见这样我们就走了，本身便踯躅，买了也没用，还要找位置存放。只是可惜了，过去的东西才是东西，再粗，都是艺术。原生态的物质，里面是慢的生命、手艺人敬重人世的态度，绝不粗制滥造。每个焦距都是精湛的，比现在的塑料、不锈钢制品强百倍。只可惜人们只图新鲜，花花绿绿的外表，而忽视这些暗哑、质地天然、无污染、潜藏着岁月的东西。就像当初人们淘汰一些实木家具，换成纸片子的组合夹板一样。

真正拖去，已有些日子，回来一忙，也就淡了。在那看什么都想留下，什么都喜欢。有一天爱人回来说，他请了车，只是风斗车不在了。我没深问，其他的东西都买了。

再一次顺路拐进去，那里已是一片废墟。四周静悄悄的，玻璃、砖头、瓦块到处都是。只有一个老人还守在那，叮叮咣咣凿墙上的电线。门口的凳子上，放了一只红色木箱，土漆，铜锁，卯榫结构，看得到纹路。木头并不好，铜皮子也很薄，是个老物件。老人说是当年婆的陪嫁，婆已不在人世，走了许多年。儿女们喜欢新的，不让进门。

花五元钱买下，并让爱人放至新家。上电梯时，他还在抱怨，整个小区，没见一个你这号人，弄个谁也不要的旧家伙上楼。

把它擦了又擦，安置在两个凳子上，找了个黑色的小陶罐装满了水，插了一枝玫瑰放在上面。生命是安静的，即便被别人丢弃，也会有人疼爱。就这样，它寂寞地存放在我干净的小屋，隐在那些古色的格子里，别人的历史就成了我的历史！

好的婚姻都是不老的，亦如它当年的出嫁。

沙市老街

　　有次去胜利街，碰见一个画画的，男子五六十岁的样子，坐在一个小木凳上。面前竖着个架子，一个简易的调色盘放在手边，盘里混杂着五颜六色的颜料，地下还摆着若干敞开盖的颜料瓶。瓶旁有个装水的桶，以及擦颜料的抹布，均脏兮兮的。腰里挎了个包，拉链敞开着，很廉价的那种，正全神贯注，勾着一幅草图。画的是水粉画。那一刻，觉得画家，无非是纸上的油漆工。

　　同去的友人认识他，拍了下他的肩。他回头看时，竟笑了，站起身来，说，好久不见了，二十世纪八十年代就听过友人的课，是友人的学生；说自己画了几百幅近千幅的胜利街，每一户人家都画了，想办一个关于胜利街的画展云云。一边说一边拿出手机让友人看他的画。我站在他身后，拍了几张照片，矮矮的画架支在长长的青石板路上，像学生的素描板。前面是陈旧的街景，灰色的天空，几粒稀稀拉拉的行人，他穿着白衬衣坐在架前，本身就是一幅画。他不是本地人，北方口音，个子高大，笑容纯净，长得也方正。

　　友人告诉我，非常喜欢他。说他执着，八十年代就画起，从未间断，经常看见他在街头写生；说是个工人，家境不好，然而心思纯正，画得也不错，有梵高的意味，精神上也颇似梵高。回家后，我把拍的照片，发在微信里，很多朋友过来留言。有的说采访过他，有的说是个隐士，有的朋友调侃说胜利街应该奖给他一个门面，等等。还有的朋友在小窗里，传来他当天的画作和以往画的胜利街，说此人不仅爱画，还嗜书，刚向朋友推荐了纪德的自传《如果种子不死》。

是呀！如果种子不死该多好，那便是火炬，黑暗中握在手里的春天。

一张张画作缓慢翻过，仿若一座座童话，存活在轻薄的纸上，又似水呈漂动的彩色床单，炫目、天真、梦幻。强烈的色块，抽象的人物、电线、阁楼、石板，石板里长出的绿草，蓝色垃圾桶，街头走过的背影，淡淡凝结的空气。那些固体和肉体的生命，虽失尺寸，没重量，但在阳光温情地泼洒下喷薄而出，流溢着淳谧的气息和忧伤的内质。可以窥见一个画者隐秘的热情、错杂的心绪、对时间流走的不安，以及于艺术的珍视与热爱，它是卡通的，也是庄严的。

把他的画转发给友人，友人也说好，点评了一张，说有时间感，画得比以往扎实。色调稳健，用笔含蓄，有愁苦状。是很多人熟悉的石板街，虽退出历史舞台，在这个城市的版图上消失，却情感依旧。

再同另外两位友人去时，他依旧在那画画，只不过换了个场景。有个朋友眼尖，说，那不是那个画画的吗！我笑着和他摆了摆手，他也笑着和我挥手。那天阳光很好，明媚的光线里，他穿了件红色格子衫。我们说起他的画，说起熟知的朋友，说起了他想办的画展。他掏出手机，说加个微信吧，我说你回去用我的电话号码加。他的手一直在抖，按不好键，说："你加我吧，我手有病，不听使唤。"我问什么病，他说哆嗦症，先天的。我说那还画，他说画画可以，尚能控制。

把他的情况告诉了友人，说起了他的画展。友人说，办画展是件严肃的事情，尽管在当下，今天是开幕式，明天就是闭幕式，并没多大意思。但还是愿意帮他，把他的画作传递出去，让更多的人看到一个异乡人对这个城市的守护，对每块砖瓦用另一种方式的保留。当胜利街不复存在、不复真实时，若干年后人们想起它，可以在他的线条里复活所有的情感和记忆。

办画展非常烦琐，要提前定日子，布置展厅，选画，帮他写开幕词，邀请嘉宾，一系列的前期筹备工作。最难的是募集资金。还得让他再画四五十幅黑白素描，从中选出若干，补充视觉效应，友人如是说。

他们约好第二天在友人的工作室商谈相关事宜。友人问我，是否过去采访下，写篇小文。我说不了，知道的已很珍贵，刻意反不好，喜欢自然捡拾的东西，一旦立传，便做作了。

所有的苦难都是云淡风轻的，有些事有些人不需要了解太深。岁月是严肃的，但从不吝啬精神养分的输入。

他一个人生活，大部分工资都买了画具，画画让他平静，脱离平庸，战胜孤独，并享受着这种孤独。他说黑暗中，总有一盏灯是亮着的。

人生很简单，无非物质、精神两大块，当一个人过多汲汲物质时，便很难体会到精神境界给予的快乐，那是一个台阶。虽说精神生活建立在物质生活之上，但此人是个心灵操盘手，并没过多纠缠，便直接进入了精神高地，这是可贵可敬的。

他自己没有巢穴，却画着那些即将失去的巢穴。

我通常看见自我标称画家或作家的过来加友，一般不予理会。所谓的"家"实在太遥远，也太亲近了。如果未能全身心投入，给予它热情，把它拢在身边，或跨越无数障碍，再远再难再黑的夜晚都奔向它，便不是你的家。相反你不能像对待孩子那样，爱它呵护它养育它，它也不会在你这安家，以你为家。若你只靠它增加自己的体面和荣耀，那它是虚假的，你更是赝品。艺术的尘埃只落在具有精神之美的精神者的精神世界里。

我在微信里修改了备注，画家吴老师。

一天晚上散步，又绕至胜利街，在废墟里走了走。没走几步便落起了细雨，雨水并不冷，我举着手机边走边拍。很多居民业已搬走，空空的室内一片狼藉，垃圾渣滓成堆，有的地方还淌着污水。丢弃的瓶瓶罐罐、味精酱油依旧散发着余温，好像刚刚还有人在此烧火弄饭一样。不少房屋已然推倒，露出厚厚的青砖、高高的屋脊、发黑的檩木，虽腐败，却难掩古朴华贵之气。

这是胜利街的东段，几年前便进入拆迁列表。曾在此扒出过一座青石牌坊，五米高，四米宽，原来是裸露的，不知何年何月被垒进墙中。牌坊上梁雕火凤凰，下梁为二龙戏珠图案，中间的文字已然模糊，两旁的柱子有冠袍带履的古色人物。左上方有块石刻，刻有雍正字样，后又考证为乾隆十九年之物，是纪念烈女真媛的。原有两座，一东一西。真媛未嫁丧夫，绝食过，上吊过，一心只为隔帘一眼的张家公子守节。30岁那年被张家接去，过继了一个子侄，守寡至死。此女姓温，名秀珠，荆门人，官宦之女，颇有才气。写过书，张家的家谱是她续的。她的后裔88岁的张凤材老人是长江大学的退休老师，现今依在；张家巷也在，属胜利街的一条岔径。

很传奇的故事，现在听来多少不是个味儿。于人性总是有失偏颇，过于狭隘，也体现了当时的价值观。历史迷雾不做深究。乾隆十九年，正是脂砚斋重评《石头记》时，也就不难理解李纨这个人物的诞生。那时沙市繁华，清人刘献廷在《广阳杂记》中说："荆州沙市，明末极盛，列巷九十九条，每行占一巷。舟车辐辏，繁甲宇内，即今之京师、姑苏，皆不及也。"是说昔日沙市，曾比肩北京，不逊苏杭，是个金门玉户、银花雪浪的繁华之地。

一位婆婆坐在一个门洞口，我进去避雨。婆婆说她从结婚至今一直住在这条街上，五十多年了。公公是河南人，新中国成立前挑担过来，在胜利街走街串巷卖些花生、瓜子、苹果类的小吃。稍有积蓄，便租了个门面轧面条，手头宽绰后，在胜利街买了座占地七十平米的小楼。老式结构，一楼青砖，二楼木质，和这条街上大多数房屋一样，典型的明清风格。

原房主是个资本家，先天失语。她嫁进来就住那儿，后来和爱人把那处房屋推倒，起了一座三层小楼。爱人在港务局上班，她是服装厂的，有三个儿子。婆婆今年76岁，一头雪练，一说一笑的，蛮和善。我问签合同没？她说签了，都拆几年了，房子也还了。现在是租住，搬迁时，赁了一间25平米的小屋。租金50元，不贵，就一直住了下来。她指了指对面的高楼，隐约可见几处零星灯火。说，新家没人，一个人空荡荡的，不习惯。

我问签合同时扯皮没？婆婆"嘿！"的一下，笑出了声。说扯了，咋不扯呢！扯了大皮的。我笑说，那您是钉子户了？婆婆笑道，这条街最大的钉子户，谁都知道。说着摸了摸头发，你看，头发都扯白了，扯了几年。我问扯赢没？她说还好，但也划不来，自己生气，睡不着，老头子也急死了。

婆婆说，她家的房子占地七十平米，三层计210个平方，一楼是门面。开发商一个平方还一个平方，给三套九十的。他和老伴不干，说家里还有个小院，院里搭有一间四十平米的小房。她有三个儿子，儿子们也有后代，人口众多，过去出场大，可以活动开，现在是鸽子笼。另外她有残疾，走路不便；再者她和老伴均未享受单位的分房福利。开发商起初不让步，断过水，断过电，节日间派过百十来号穿制服的人包围过她的家，上房揭过瓦，阵势蛮吓人的。她让儿子们不回来，不介入。那天她一人在家，老头子在小卖部打牌，回来后，生了不小的气。幸好有辆市局的警车经过，她拦了下来，警察进行了调解。说，没签合同前，属私产，不能动，那些人也就走了。上访过，市长安抚过，事情一直僵着，后来开发商做了让步，补偿了三套一百平米的房子，外加一个门面。

我说您的财产咋分的，婆婆说一个儿子一套，门面自己住。百年之后，给三个孙子。我说您老都是孙子呀，她说不是，有一个是孙女，但一样。

雨一直在下，我默默地听着，这便是老百姓，争也是为儿女们。如今一切都归于宁静，只有淅沥沥的雨声和孤单的婆婆留在了这个废墟之上。

胜利街曾经是这个城市最长的一条街，十华里，东西两段。西段繁华，为商铺云集之所；东段落寞，属家居之地。西段起头处，有座巍峨的牌楼，东头收鞘处有座寂寞的庙观——青龙寺。很规矩的一条街，全部用青石板铺就，因年深，雨水冲刷，脚掌摩擦，光可鉴人，泛出油润的质感和色泽。以前住在这里的孩子，每逢下雨，会提着布鞋回家，让脚掌充分享受石板的光洁和踏实。也有孩童，拿着镜片，边走边晃。那些老屋和花花绿绿的物品，顺着太阳的光线流动折射，成为孩子们心中的海市蜃楼，童年里的童话。二十世纪五六十年代，居委会的大妈们也会在天黑之后，提着灯笼，挨家查水缸、查火烛。像《红楼梦》里林之孝家的带人夜巡一样，这些都成为久远的影像与记忆。

街两边多是门面，门面旁是门洞，门洞窄小，看起来普通，进去却别有洞天，有曲径通幽之感。可以想象一下当时之景，外面车水马龙，人声鼎沸，里面金针落地，花叶无声，完全是两个世界。

巷子幽深，一个四合院连着一个四合院，一个天井接着一个天井。少则四进，多则八进，糖葫芦样串在一条主轴上。天井非常漂亮，有四方形的，也有椭圆形的，透过黑色的小布瓦檐，可以看见乌沉沉的天空，天空上流淌的云絮，滑翔的雁阵，湖水般翠绿的叶子，以及枝叶间筛下的碎金。有风有缠绵的雨丝，抽干水分的金箔，在曾经的天空和生命里飘过。还有屋主人的跌宕人生，小女子的爱恨情仇，在此一一上演。时间老了，日子倦了，有人出生了，有人离开了，往返循环，成为一种接力。

天井地面上有水井花台，高大的树木，石头砌的金鱼缸，俨然一个小花园。有的人家还搭有戏台，著名戏曲理论家、教育家余上沅的故居便如此，还有更衣室和赭红色壁画，雕花的石柱基等。至于唱的何戏，台上之人如何撕锦裂帛，细乐生喧，已恍如灯影，隔着时光的水岸袅袅散去。

堂屋大多木质结构，两层建筑，踏着木楼梯吱吱呀呀便能上去。板壁焦黑厚实，直通房顶，以前绘有雕龙画凤的图案，随着岁月侵蚀已然淡去。梁木粗壮，柱子林立，房屋建得高大，得仰望。大部分由堂屋、正房、厢房、天井组成，标准的四合院。这样的院落雁翅般递进排列，一栋至少三五十间。整个布局，疏落美观，巧妙宜人，又严丝合体。

风火墙非常高大，三层楼的样子，把栋与栋、屋和屋之间隔开，防止失火时蔓延。院内四通八达，栋与栋之间有腰门相通，不走街面便可往来，颇似红楼中贾府的味道。以此推断这样的建筑群落，应属一个家族，腰门起方便之意。果不其然，后来查阅资料得知这片房屋系邓家所建，是他家老宅，除拆毁的，目前尚有三十多栋遗存。新中国成立后，这里成了大杂院，孩子们在此藏猫猫，躲迷藏，仿若迷宫，是个很好的游戏场所。过去这里的主人颇显赫，多是官宦商贾，也有书香门庭，是有钱人家的壁垒，也只有此等人家才能建得起、买得起这样的房屋。

屋分两层，下砖上木，灌斗墙，翘屋脊，典型清式结构，也夹杂着民国遗存。新中国成立后至近年搭建的也不少，占据一定比例。成为大杂院后，住户见缝插针，扩充自己的地盘，能盖的位置皆竖起了砖瓦，密密匝匝的。有的还进行了改建和扩建，格局不断地被打破，很多天井已然成为过道。电线密如蛛网，东拉西扯，纠集在一起。青砖夹杂着红砖，油布上盖着石棉瓦，景致错乱。但一些彩色玻璃，嵌花隔断，精美的花窗，石上的浮雕等仍在，依旧难掩昔日的风采与辉煌。

有一木质楼梯特别的宽，直通二楼，一望便知是大户手笔。上面一圈雕花木栏，正方形的游廊圈着天井，廊后是一间一间木质房屋，顺此还可绕进另一回廊。至于公有还是私有就不知道了，胜利街百分之六十的房屋都属国有，皆为资本家当初上交之物，租户甚多。楼里大部分人家已然搬走，有间屋子从墙壁至棚顶糊满了报纸，报纸日期为2012年，即六年前有人在此打理布置过。一户虚掩的门里，两个女子在抽烟，身上只穿了条三角裤。

那天是春末，空气里飘着粉色茉莉的甜香。这所当初的江南豪宅不再是那些身着古意服饰精美颈领高耸摇曳生姿的太太小姐们的专利。时光断裂，风尘女子照样在此栖身。

楼梯很美，泛着木质特有的柔和。下来时，有金色的光柱从雕花的栏杆打下来，走在灰蒙蒙的光影里，人是轻的，像烟。时间是抓不住的，它就在那。我和许多人在一起，只不过他们走进了另一个时代。

很多年除词典外，我不知道"历史"这个词的真正含义，无法把它具体量化起来。当有了个人的历史后，方明白，所谓的历史，不过是精神回家的一种方式，是茫茫黑夜，轻叩门扉的声音。一个城市的历史，同样会在寂静的夜晚，叩打着这座城市的大门。是游子向母体深切地靠拢，自身属性独特气质的自然回归，也是思想砖瓦的默默垒建。所以无论对个人、城市、国家，"历史"都是回家的路，是夜深人静时，门板上的笃笃声。

胜利街，这个城市剩下的唯一一条老街，最后的市廛。泥鳅脊、雕花的翘角、上了锈的铁门环、吊脚楼，很多很多细节，都是我痴迷的。像旧时切割下的一角时光，缝补在现今的时空里，精致而腐败，灰尘里的美。至于它的历史有多古老，有文字可查的要追溯到晋，那时的名字叫寸金堤，想一想都昂贵，宛若一部黄金古书。后来叫九十埠，因濒临码头，开埠所得，俗称九十铺，商铺云集所致。民国时，曰中正街；日本占领时，谓兴亚街；新中国成立后，改叫胜利街。由此不难看出，这是一本袖珍的历史词典，浓缩了一个又一个时期的背影，每一阶段，都打上了时代的烙印。

曾有位外地游客，在一条里弄里向位太婆询问沙市老巷。太婆说去中正街吧，那里老，的士师傅左弯右绕，怎么也找不着，最后只好把她拉到了胜利街。可见那个太婆依旧生活在民国，自己的姑娘时期，不肯老去。胜利街，新中国的产物，解放了，胜利了，喜悦之情溢于言表，随之这条街道也成为了更多人的街道。一条街便是一部活着的历史，讲述它的不再是文字，而是由具体的形态，砖瓦、门窗、梁木、人物甚至是那些生生不息、柔软宁静的植物组合成的时间巢穴。

从盛唐至民国，再到改革开放的二十世纪八九十年代，这条街一直都是繁华的，衰落只不过是近一二十年的事。老朽腐败，肮脏杂乱。它是混搭的，年代的混搭、砖瓦的混搭、贫富的混搭、文化的混搭，从而可以清晰地窥见每个历史的断层。这里庇护过富贾，也庇护过流浪汉；住过本土居民，也住过外来务工者；生活过文化名人，也旅居过白丁、妓女和偷盗者。生活的内容很多，它是平静的也是包容的，上帝的掌纹，眷顾恩赐一切钟表的滴答声。人的影像在变，砖瓦也在变。大砖掺着小砖，青砖镶着红砖，时光缝缝补补，墙壁修修打打，不同的年代罗列在一起，成为立体的时间表。它曾是很多生命的巢穴，也是一个城市的灵魂、脉搏、缩影，时间线条里的永恒。

我的祖籍并非沙市，但不影响爱它，尤其在走过很多城市之后，越发知道它的瑰丽婀娜，遥远以及神秘璀璨的意象。我迷恋这种楚文化辐射出来的深红图腾，那是人类燃烧的火焰，长江流域永不停歇的文明。很多大城市都无法与之比拟。比如上海，只胜在繁华，很年轻的一座城市，原来的一个县城，是开埠，洋风的吹拂，让它繁荣起来，成为一代魔都，国际型的大都市；横空出世的深圳也是，生命的体表更浅，不像荆州，土里便是一个纵深古国。隆隆的战车、高耸的云塔、含蓄深沉的建筑，两千多年前就让中原使者惊魂的香风习习的宫殿依旧在地底下驶过。

第一次去胜利街，是三十多年前，随父亲到一户人家办事。穿过错综复杂的里弄，凹凸不平长长逼仄的青石板路，才抵至。沿途有打着赤膊乘凉下棋的男子，也有担水扫地的妇人，煤球炉子放在过道，散发着呛人的味道。炉子上垛着吱吱作响的茶炊。竹床竹椅摆在天井处，室内昏暗潮湿，蒲扇拍打的风，刮在竹席上，发出闹心刺啦啦的声音。那时年轻，心性浅薄，喜欢宽敞明亮，对此等幽深并不感冒。若干年后，方明白诸多细节之美是藏在历史深处的，历史本身就是口深不见底的井。它的甘甜需提上来，方能品鉴，照得出人影。并且真正的历史，是由市井写就的，那是一棵大树的根，又如夏夜里的老人，内心清凉。

邓家是户大户人家，在沙市蔚为壮观，系当年望族。明末清初从孝感迁来，在此住了三百余年。那时沙市很小，就中山路和胜利街两条主干道最为热闹。胜利街很多房屋都归邓家所有，邓家既是诗礼簪缨之族，又是商贾经济之家，有当铺、药铺、钱铺诸多产业。恒春茂大药堂，便隶属他家，自同治伊始至二十世纪三十年代一直鼎盛，慕名而来者络绎不绝，拿药的队伍宛若长龙。如今早已虚无，遗址上是同济堂大药房，空挂着恒春茂几个字。房屋也非昔日之景，当初那个贸达三江，垄断湘鄂西的中草药大药房早已灰飞烟灭。

邓家刚来时并不繁茂，只有丧夫的何氏带着年仅六岁的儿子，后发枝散叶，逐渐蓬勃起来。至雍正乾隆年间，已壮大，成为沙市首富，出过方正孝廉、举人、二三品朝官等。方正孝廉，属清朝特设的官制，挂六品头衔，平日无事，待召用，等同德高望重的地方名人。另外民国时期派往海外的留学者、大学专科毕业生、教育机构负责人，不胜枚举。清末民初时，家族破裂，各立门户，逐渐流散。

位于建筑群后面，一万多平米的花园——藻园，卖的卖，转的转，捐的捐，早已幻灭；百余间亭台楼榭，牌坊义门的邓氏宗祠也夷为平地，建成了现在的办公楼、派出所和宿舍。胜利街现在依旧有邓家建的大片产业，只是岁月流转，暗换人手，产权不断变更。包括上面提到的余上沅故居，栋与栋有腰门相通的院落，皆是邓家祖宅。也就不难理解《红楼梦》里的场景，一个家族到底有多大，可以占据一个城市多少位置，不是现今之人能够想象的。

在这条街上，随便走一走都会踩到名人的足迹，也许是屈原的，也许是杜甫、陆游、袁宏道、杨守敬、张大千等的，也会依稀见到他们昔日的生活场景。过去的名人不同现今名人，时光从不是拥堵，而是过滤器，尤其对名人一词的筛选。所谓的名人，乃精神思想的标杆，曾为推动地方文化、经济、政治做出杰出贡献，为百姓关怀呐喊过的优秀人士。比如邓狂言，一个红学专家，著有《红楼梦释真》四卷，内容比蔡元培的《石头记索隐》更广阔。还有在美国留学获得经济学硕士学位，受到罗斯福总统及夫人接见的邓裕志女士，均邓氏后裔，以及慈禧太后的御前女官，用英文写作的女作家德龄公主。老宅承载了他们，孕育了他们，是过客，也是精神和肉体曾经的下榻之地。

有天晚上，借着朦胧的夜色和小卖部昏暗的灯光在"杜工巷"走了走。下棋喝茶的闲散人群，租住聘赁的房客，早已司空见惯这条几百年甚至上千年的小巷，没啥稀奇的。只有我这个曾经的异乡人在此凭吊唱叹了一番。诗人是穷的，无论你有多大的胸怀，却无自己的立足之地，这便是事实。精神的面包喂不饱物质的匮乏。有关杜甫的故事，及他在沙市生活的诸多细节，可以查到，就不赘述。重复的生命和文字没有多大意义和价值，剪刀糨糊工程更是无效的劳动，也鄙夷。古物留给我们的不单单是情怀，更多的是时间节奏下深深地思考。

只要知道，他是投奔弟弟来的；一个大诗人并没有一张像样的书案，或能够坐在书案旁就够了。他得活着，在巷口卖米元子。他是河南人，喜欢吃面食，故把大米磨成粉，做成元子，迎合本地口味。他卖得很好，渐渐有了名气，人称杜甫元子。后来生活艰窘，小半年的时光匆匆而过，不得不拖家带口，萧萧而去。只有滔滔的江水为其送行，那是诸多人的眼泪。一个文化人吃不饱穿不暖，流离失所，不能不说是种悲哀！再后来人们以讹传讹，把杜甫元子，叫成了豆腐元子，且延续至今。

今年春节，一位友人赴汉，她的女儿特意嘱托，一定带些米元子来。她去后每日弄米元子给女儿当早点，可见诗人的美味和他的诗一样，坛封至今，成为另一种文化符号，被一代代人铭记。

雁过留声，水过无痕，那些历史名人也只不过是一个苍凉的手势，渐行渐远。

现在老宅正在拆迁中，整个老街都将拆除，青石板是否依在，很难说。也许挂牌的21栋优秀历史建筑将会保留下来，修复一番，对外开放。那时将迎来一波波的游客，它的宁静也将被打破，但总是好的，比全部易容强。最后的影像是珍贵的，虽破败，却真实，故常去流连。

那天，和朋友走过几重天井，穿过横七竖八的垃圾和障碍，在一处厢房前，有位男子坐在竹凳上修铁门。一颗颗铜铆钉打进去，规矩而漂亮，他低着头，做得极仔细。我说都要拆了，还修它干啥？他说防盗，前几天有人撬开门，把地挖了个大坑，以为有宝贝，雕花的木头也没放过。他仰头指了指房梁上的云头，说："有人出两百元钱要买。"我顺着他指的方向望上去，两朵云形木雕支撑在房梁两端，一头一个。云头卷曲，大气古意。因太高，而躲过一劫。我说开啥玩笑，两百，两千都不能卖。他又指了指过道说："门都被撬走了。"那是进天井处的一道石门，每一条里弄都有，坚固高大，刻有精美的图案和纹饰，非常气派。两个顶角呈弧形，有欧式风味，类似圆明园的建筑，一看便知明清之物，可惜现在踪影全无，唯残墙断垣。

男人说他祖上便居住于此，外公的爷爷是清朝官吏，从邓家手里买下此宅，当时有一千五百多平方米，后来充公，留下一百多平给他们住。这次拿到拆迁补偿款五十多万，暂时尚未搬离。家里的老物件，箱子柜子一直放在堂屋外面，怎奈偷盗猖獗，铜锁配件均已被撬，只留下光秃秃的印迹，现已挪至厨房里面。说着带我进去看了看，民国产物，红色雕花柜门。我说真好，他说喜欢就送你，免得塌在里面，还有一张老床，要不？给你修修。那一刻，我竟犹豫起来，想了想还是决定放弃，说不用了，难得搬，也确实没地方放。

每次去也会拍些植物，它们几乎都是自然生发的，是天空上飞翔的云雀衔来的草籽与果核。有绿烟般挂在马头墙上的藤蔓，也有屋顶瓦缝间探出的一丛丛蕨草。有的依附在斑驳的墙体上，绿茸茸的，宛若一道翠障；有的在门厅水泥裂开处挤出身段，蜿蜒成一条柔美的绸带。这些固体的汁液，把废墟装点得清幽而奢侈。

有株柚子小苗长在一扇牖下，叶如绿蜡，翠得耀人的眼，若清凉的井水。朋友说，是一粒柚子籽长成的。生命如此神奇，一次不经意的丢弃，便成就了一株生命。这样的生命再长出果体，惠顾人类，这便是大自然的恩赐。如此往返，植物的芬芳便植入了人类的体内。它是干净的，像泉水的羽翼。有盆蝴蝶兰开在一口磨出深深绳痕的老井旁，粗粝的断沿托着茂盛娇嫩的叶片，想是主人走时，遗弃了它，但依旧平稳安详。台阶墙角处染满斑斑绿藓，披了层清幽可爱的古意。一切都是欢喜的，因为生命，因为生命嫁接了生命。

一丛白紫两色的花朵在楼梯下安静地伸展着叶脉，我拍了下来。朋友告诉我，是茉莉，且是日本茉莉，她的家舅出访日本观光农业时，带回一株，泼辣好养。后来他们旅居外地，无人照看，干死了。现在家舅已去，睹物思人，不免伤怀，没承想在这里竟能遇见。

无法探究这一大丛舶来品的来历。时光反刍，植物也是会走路的。

一棵泡桐很老很老，一望便知几百年的历史，人站在树下非常渺小。原来长在天井处，后被挤进旮旯。腰身有刀斧的痕迹，皮被剥掉很大一截，露出里面的肌肤，已停止呼吸。但褐色粗粝的枝干依旧泛着宁静之美，那种沧桑像锉刀，锯着时间，陈列着生命的伤口与苦难。泡桐花淡紫色的花香已然不在，所有的柔情用尽后，便是这无声的沉默。还有株桑树特别顽强，估计很小时，便被砌进墙里，或许最初只是一粒种子，反正它七扭八歪，从砖中穿出，斜掠进天空，挂了一树的翡翠。而光斑温柔地落在我们仰起的脸上。过去的大户人家房前屋后都会种些桑树和梓树，所以叫桑梓之家，后来演变为故乡，故园之意。不知道，这棵桑树在等谁，又有没有人回来看望过它。

一切都来不及了，包括这静谧的时光、阴湿的空地、空地上金鱼般跳跃的树影、穿堂而过的风，都将逝去。

喜欢这些清凉绿意与繁茂花朵，它们像天鹅绒一样柔软着每一处坚硬。时光老了，它们不老，人走了，它们不走，年年深情着，破败都令人如此心动。一座黑色山墙后，露出一棵枯树的上半截，像幅墨色简笔。褐色的枝丫间挂着一个孤零零的鸟巢，衬着斑驳墙体，淡远天幕传来的雨咕咕声，越发显得苍凉。

风是如此寂寞！

记得一位山里的朋友这样说："鸟巢都是用耐磨、柔韧的材料筑成的。若是从外面衔回坚硬的材质，它们会用喙啄磨，用唾沫甚至是磨出的血使材质变柔，因而每一个鸟巢看似寂静，里面却衬着温柔的体温。有时带孩子探访这些林中友伴，它们飞出去的时候，就对孩子说，来，摸一个。"

这位山里的朋友是秋其。

那么我们都摸到自己了吗？

岁月长赊

母亲进来时，我不知道。她找至书房门口说："这么专心，家搬走了都不知道。"我把她让至客厅，沏茶、切水果，问为何不休息。她说："睡不着，出来走走，闹心，你老姑又病了，这次是肝硬化。"这么多年，不时听到她的消息，不是摘这个，就是拿那个，身上的零件已然不多。我说："妈！没事的，只是硬化，不是癌，好好保养，还能活很多年。"母亲沉吟道："看你说的，硬了就软不了，再也不是原来的样了，她还那么年轻。"说着竟滴下泪来。

我起身拉了拉窗纱，午后的阳光筛成米金色，一团团落在地板上，也洒在母亲的暗影里。帘后是影影绰绰的绿，春天真的来了，像蹑手蹑脚的猫。这个世界有过无数个春天，每个春天都不同，何况肚子里的肝。

见到老姑那年她十八，我八岁。她带我去插班，找她的张老师，逢人便说我是她的大侄女，那个兴奋劲儿我一直记得。她和谁都熟，见谁都打招呼，说我生在那所学校，天天用悠车子悠我。

她没妈，从小就没妈，她妈走时她八岁。趿拉着我爷的大头棉鞋，提着铝制饭盒坐火车去给我奶送饭。奶在长春铁路医院住院，一住就是五年，是肝腹水。

这样的场景，我幼小时曾在心底一遍遍描摹。想着同样幼小的她像童话里的小女孩，趿着那么大一双鞋挤蒸汽式火车，孤单地坐在绿皮长椅上，听着铁轨叮叮当当地响，寂寞而勇敢。

那是个布局很美的小城，遗有俄罗斯风格。街道平行，一道街、二道街、三道街，一直到八道街，就这么数过来。街道间除一条条岔道相通外，中间有条大马路，横贯东西，叫中央大街。那是我唯一不迷路的城市——我的故乡。一道街前有条杨林路，杨林是烈士，年年清明给他扫墓，参观他的故居，听他父亲站在院子里作报告。她说认识杨林，是我爸的同学，与我们家隔一条马路。

那时她待业，在街道帮忙，脸色红润漂亮，穿的也时尚。他们唱歌跳舞，拉二胡、手风琴，说快板三句半，还有现代京剧、二人转之类的。我常常混迹其中，看他们排练，跟着跑文化宫，坐在那个小城最大剧院的第一排，看他们演出。满天星辉从棚顶而落，"浏阳河弯过了九道弯""交城的山来交城的水"这样的旋律，与夜幕一起响起。我怕她出丑，担心她演砸，跑到后台看他们上妆卸妆。刺眼的灯光，京剧一样的脸谱，漆黑油亮的眼影，大红的腥唇，那是她的青春，浓墨重彩的青春。

她谈恋爱，钢琴般雪花漫长的恋爱。他们一起排练，他喜欢她，总找她。每晚七点在胡同口打口哨，清脆的哨音拐着弯划破清凉的夜色。她能听见，我也能听见，整个胡同都能听见。她借故跑出去，回来却要挨揍。我爷打她，用皮带抽，抽一下，她叫一声。多年后不再承认，说爷好，待她好，没太拦着。而爷爷心如磐石，死活不肯，家里不时洪水滔天。"文革"时两家有仇，大姑妈深受其害，家里讨厌那个老太太。老太太却喜欢她，一口一个"苓"地叫着，想让她做她家的儿媳妇。

很多次，我和二姑半夜不得不从暖烘烘的被窝爬起，穿戴整齐，走过寂静无人的街道、高高的天桥，去敲响铁道南那所红色老毛子房。站在高大的玻璃窗下，二姑敲一下，喊一声："姐！"直至屋里的灯光亮起，厚重的木门，在浓重的夜幕下，吱呀一声打开。三个人影再急匆匆往回赶，哪怕是冬天，柏油路上的雪吱嘎嘎作响。

她没少挨打，为了她的爱情。我经常掩护她，为此在三道街的电影院，跟着看了一场又一场的电影。《流浪者》《冰山上的来客》，都是那时的节奏。我坐在他俩中间，当电灯泡，护着她，也顾忌着爷爷。没我她出不了门，我是她的挡箭牌，基于爷爷对我的信任，她的恋爱一直可以在冰封的暗河底流淌。

那时的人清淡，恋爱不像现在这般黏稠，只是看看电影，压压马路，或成群结队出去玩。至少没看见他们拉过手，最浪漫的事，无非昏黄的路灯下，各自抄着手，矮倭瓜一样并排慢吞吞前移。天空的雪花一片片往下落，我不时站住，回头等他们。

有次爷爷打她，她深夜跑了出去。二姑牵着我出去找，以为她投敌叛国，游入别人水域。凌晨两点，我起夜，皎洁的月光下，她独自坐在院落里，脸上挂着晶莹的泪珠。穿了件藏青色后开衫短袖，纯白荷叶两瓣领，满身清辉，尤为肃穆。是我记忆里她最美的一个画面。

她对我好，我需要的东西，总能变着法子弄回来。发卡、钱包、铜钱扎的鸡毛毽子，透明的羊嘎拉哈，橡皮筋、魔方、九连环，掐着红牙子的军帽。同学们没有的小东西我都有，惊喜总在意外。发卡松了，拿出去找人用橡胶水撸一撸，回来就紧了一圈。她认识很多人，朋友遍天下，到处都是同学，让我觉得无所不能。

她有个同学叫李晓宓，幼时母亲回了日本，1979年又找了回来，带回很多衣物。送她，她不穿，往我身上套。我身量高，那些尼龙弹性的东西正合适。那个时代，审美有别现在的桑蚕棉麻，但她的心是天然的。

每至星期六，同学们要忆苦思甜，去校田地劳动。校田地很远，在郊外，排队走着去，需带饭。她给我炒土豆片，煎鸡蛋，用袖珍黄铜腰型饭盒，一盒盒装好。饭是饭，菜是菜，规规矩矩，干干净净。吃不完，把菜分给同学。有一年土豆大丰收，同学们连挖带抬，堆得小山似的。拖拉机一车车往回拉，天黑还没干完。猛抬头，看见她从田垄头，喊着我的名字，就那么扑了过来，胳膊肘还挎着我的红格上衣。那个画面一直定格在我的脑海。她帮我们干活，搂着我坐拖拉机回家，夜风吹着头发，很幸福，是唯一找到校田地的家长。

有一次，二道街挖水沟，几个男孩子用黄泥巴打仗，一个泥团飞过来，误伤了我的眼睛。我惊叫着从同学家门前的秋千上跌落下来，眼前漆黑，泪流不止。她风风火火赶来，找不到凶手，背起我就跑。趴在她背上，能听见耳边呼呼的风声。我说没事的，好了。她不听，奔进医院走廊，就喊她同学的名字，把我的肝胆脾都照了一遍。第一次接触B超，凉腻腻的东西涂在肚子上，她帮我擦了又擦。

爷爷是个老派的人，板板的，每天提笼架鸟，悠闲地迈着八字步，火上房都不着急，这是母亲的原话。上馆子、听戏、搓澡、看书、读报、下棋、养花、捉虫那是常态。以现在的话说，叫虚度光阴。他抽烟斗，盘腿坐在炕上，看《参考消息》，喝牛奶，管美国叫米国。做鸟食，鸡蛋加小米，又蒸又碾，再用牛皮纸袋封好；给鸟配种，看鸟孵蛋，把蛋放在水盆里转，不转的就说死了；把鸟笼子托在掌上，把鸟放出去，再举过头顶等鸟回来。鸟不回来，就发动一胡同的小朋友们帮他找。唱京剧、打太极、摘茉莉花、做花茶。生活的烟尘一丝不染。他天真慈爱也暴躁，洗脸水温稍不对，会一脚把盆子踢飞，扬手也能将整桌饭菜扣在地上。然后领着我扬长而去，坐在馆子，重新点菜。

四年间，爷爷给我的全是溺爱，一句重话都没有。没啥对错，对错对这个老人一文不值。他难伺候，伺候他的事，多半老姑做，那些糙事粗活也是她的。弓着腰背米回家，抢紧俏物品，用架子车拉煤，在院子里做煤球；站在水池边给我们洗衣服，衣服晾在绳子，很快冻成铁板，滴下的水凝成冰柱。这样的场景，成年后我一遍遍想起。用坛子腌朝鲜咸菜，烧得一手好菜，溜肉段、挂浆白果、爆炒小肚，啥啥都会。她能干，健康，浑身使不完的劲，稍有空闲还要忙她五光十色的爱情。

吃饭时，常坐在桌前，讲她的大哥。说她的大哥多么智慧幽默，转业是多么大的官，天天盼着能回来；也说我的父亲，多么的聪明，算盘打得如何好，古今人物了如指掌，倒背如流。我却不以为然，觉得都是春天枝丫上风吹的一粒，而非她口里崇拜的哥。若干年后，开始理解，她需要的仅仅只是一块遮风挡雨的天空。

每年叶子深时，小城要开运动会。有次，县市代表团齐聚这个小城，同学们轮流去。我课间偷偷跑回去取白衬衣，借给没有的同学。院子里围了不少人，她半边脸是红的，有泪，手里握把剪刀。我闪进屋，开箱拿了衣服藏在背后偷跑回学校。知道打了架，那家有三个儿子，最小的儿子打了她一巴掌，起因是爷爷家的海棠遮了人家的窗户。这件事，让我纠结很多年，想着为何没能冲上去保护她，是不够高大，太小，还是没有勇气。如果她哥在，会不会一拳挥下。这成了心底的伤疤，隐隐的，揭不得，揭了就流血。仿佛那一巴掌打的不是她，而是我。可我一生爱惜自己，讨厌这样的粗鲁和野蛮。

为了拆散他们，爷爷把她带到几千里外的部队雪藏起来，一住就是半年。家里只剩下我和二姑，那是一段宁静时光。二姑文雅，慢声细语，一笑两酒窝，有地主家小姐的范儿。但也琐碎，一个盘子在天空下照半天，才能盛菜。她挑拣我，嫌我把衣服穿脏了，书包弄破了，没爱惜东西了。所以那时和老姑肝胆些，她大咧，毫无城府。她走后，我和二姑进入蜜月期，二姑每晚陪我写作业，坐在桌旁修铅笔，然后一根根码进文具盒；低头一针针缝沙包，用小米装好锁上，再放在手上掂一掂；用线给我订本子，整齐平整，和古装书没啥两样。后来我也这样给儿子订。我帮她相亲，那年她二十七，到了危险的年龄，得嫁出去，相了一个又一个。她胆子小不敢去，拉着我，把我自己一个人搁家也不放心。我们相依为命，两个人常常走在满天星斗的大街，一边走她一边问我："菡！你说咋样？"我说："好像不行，没长开，土豆似的。"也就作罢。她没人可商量，婚姻一直无果。后来找了一个儒雅白净，个子高大，鼻梁挺括，出身清寒的读书人，现在的二姑父。

二姑爱美，在百货公司上班，冬天常穿一件灰色大衣，毛线钩的领子，口罩雪白。每天回家都要在屋子里转一圈，看看前面，再瞅瞅后面，方摘掉围巾，脱下大衣。爷爷家四周都是镜子，淡青墙壁，双层大玻璃，暖气冒着热气，是我们的水晶城堡，也是T台。

快春天时，爷爷和老姑回来了。爷爷依旧像尊瘦月，提着鸟笼子，风清朗目，皮袍垂地。老姑似头牛，背回来一堆东西和一件铁盒苹果汁，我第一次知道了易拉罐。除此还带回一糖果盒的情书，爷爷自以为万千山水，可以阻隔一桩姻缘，没想到她的宝贝女儿，暗通款曲，愈演愈烈。

她的箱子不锁，那些情书成了我们学习小组的学习资料，大声朗读，摘取精彩段落。"时间是奔腾的野马，青松似盛开的鲜花。"这是一封信的开头，觉得好，便加作文里头。那时红旗招展，铿锵，现今哑然。一个人不会走时，往往喜欢捡拾别人的贝壳，装点门面，而若干年后，更喜欢自己思想的沙砾。

在一切法子使尽，不见效果后，屋檐的水滴开始下落。春意泛起，又是一年物华时分，大伯穿着草绿色的军装回来了。坐在廊下打开我的书包，翻出作业，夸我的字好，要带回去留念。看到潦草，揉成腌菜的，也会幽我一默，说："敢情是桦子里的大个。"老姑的恋爱也开始解冻，男方家前来提亲，希望能订婚，并请下厨师。不知道大伯是怎样做通爷爷工作的，总之云开雾散，春暖花开。那是个郑重的日子，意味着肖常棣从此可以正大光明走进这个院落，牵手我的老姑，那些暴风骤雨的日子一去不返，随之一道宁静的彩虹挂在天边。

放学后，我换了身新衣服，松绿的良衬衣，彩条搭扣绒线背心，是母亲编织、缝制从很远的地方寄回来的。梳了头，端坐在朱红照得见人影的写字台旁的木椅上，等肖常棣来接我。我管他叫肖常棣，一字不落。我们家住二道街，他们家三道街，很近的路，去过，但今天我是贵客。我摆弄着手里的小钱包，发现彩色拉链的接面脱了扣，便找出针线准备缝两针，恰巧他进来，我连忙藏在背后，不好意思起来。这个钱包是他买的，买过许许多多的小东西，包括绣花的衫裙，每次去长春都不会忘记我。追了老姑四年，也溜须了我四年。

再后来，我带着很多礼物离开了那个小城。1979年，小学五年级，十一岁。学习很棒，是三道杠，在最大的礼堂指挥过十几个小同学一起的合唱，是爷爷和姑姑们的骄傲。我的离开，让他们哭了又哭。

爷爷走的时候，是二十世纪九十年代初，我已二十多岁。他躺在奶奶走的那家医院，风度一点没改，雪白的山羊胡子梳了又梳，纹丝不乱。洗脸水依旧端至床前，试好水温，挽好袖子，方能伸手。胡子要戴个套子，洗完再摘下。他一生如此，一点褶都不打。父亲带的烟他放在贴身口袋里，想时就拿出来贴在鼻下嗅一嗅，或散给病友，炫耀是他儿子买回来的。三个姑娘女婿们衣不解带地伺候，还要受他的气。我那个老姑夫，一直鞍前马后陪着小心，即便是骂，也得听着。爷爷吐出来的一口口鲜血，他用手捧着。爷爷走在严冬，等两个儿子从几千里外赶回去，出殡的队伍已白漫漫蜿成长龙。当两顶孝帽两套孝衣端至跟前，嚎啕的哭声飘荡在北国寒冷的风中。

几年后，我辗转拿到爷爷唯一的一件遗物，一个幼时，经常看他坐在皮褥子上摸索的葫芦，色呈暗红，光滑如缎。再后来，年幼的儿子出于好奇，想窥探究竟，偷偷锯掉了嘴。

上初中时，老姑曾邮来一块七十元钱的电子表，别人从南方淘腾回来的。婚后，给我捎来一套化妆品，一件梦特娇的衣服，大红色，穿着不合身，塞锣打鼓，衣服没穿，化妆品也搁置没用。再后来说给我买了羊绒大衣，淡紫色的，捎信让我回去。我手边就有电话，拿起便能听到她们的声音，但从未这么做。她们是我心里的水井，照得见童年的影子，我怕自己匆忙的脚步溅落灰尘。她们是那么与众不同，有别于大街上来来往往，庸尘俗世里的任何一个人。她们是我的姑妈，生活在遥远的精神之国。

我真正见到她是十二年前在北京。她头发枯黄，牙齿外撅，脸色晦暗，背微驼，穿着市面上大众的服饰。记忆中的老姑，那个扎着麻花辫，脸色红润，健康美丽的老姑，不复存在。她切了阑尾，摘了脾，拿了胆，极度贫血。我与她们住在一起，听着卫生间的水声哗哗流淌。她们老了，松懈干瘪，二十年该风干的都风干了。曾几何时，带着我到道南的浴室洗澡，雾气腾腾中，洁白饱满的身体，美得让人昏眩。那样的青春，对于当年的我，得仰视。

大伯病逝在301医院，是心肌梗塞，还没正式退休。不让哭，怕诱发更多人的心梗，她们就嘤嘤地。也不让去八宝山，怕受不了。所以当灵车开出医院后，她们在后面跟跄地追赶着，声嘶力竭地喊着："哥！哥！"直至车子的背影越来越小。她们蹲在北京的街头，无助地哭泣，上气不接下气，任初秋的冷风抽打在身上。她们没妈，父亲不管事，顶天立地的哥也轰然倒下，这个世界越发荒凉。

后来大姑也走了，很遭罪，浑身插满管子。剩下老姑二姑两姐妹在那片土地相依为命。她不时去她家，她也去她家。老姑不会过，总有捉襟见肘之时，二姑偷偷往她手里塞钱，自己把短裤补了又补。再后来日子宽了，可以换房换车，乘飞机、火车、轮渡到外旅游，二姑依旧给她买。但每次去她家，拉开柜门，空空如也。便急着问："苓！苓！我给你买的衣服呢？"那些衣服都是大商场的品质，即便打折也价格不菲。她嘻嘻地笑，二姑知道又送了人。她家没有多余的东西，光溜溜的，所以人缘好，交际广。二姑就数落她败家，说再也不管了，可下次还要给她卖。

她对二姑也好，有一年二姑得了类风湿，浑身骨节肿痛，寸步难行。她背着二姑上医院，过马路，爬天桥，二姑像个孩子趴在她的后背。后来老天眷顾，二姑闯过难关，彻底治愈，可以穿着真丝旗袍，在微信一端温柔地喊我。

如今老姑也两鬓落雪，快六十了，碰到喜欢的东西还会让她二姐给她买。她不见外，撒个娇不算什么。二姑常说，咋整，就这么一个妹妹，你爷临走时交代，不放心的就是苓。说从小没妈，不会过，你们得管着。

有一次，她到长春看二姑，二姑送她走。进站时，她说二姐！你每次都给我买衣服，就这次没买，我心里空落落的。二姑说那咋办？这样吧，给你五百块钱，你自己买。老姑说我不要钱，有。这样吧，还有两个小时的车，附近有菜场，割十斤猪肉给我带着。二姑说好！就这样她提着十斤沉甸甸的猪肉回了家。

初次听说，以为是笑话，觉得不可思议。多方证实后，我的眼泪开始一颗一颗往下落。一个没妈的孩子，人生的天空总有一角是漏雨的，需要别人缝补。娘家没了，姐姐成了唯一的通道。

爷爷花光最后一分财产撒手人寰，他是个清高的老人，不是不懂人间疾苦，只是喜欢用自己的方式表达生命。爱爷爷，他给了我另一重人生，极小就懂得什么是荣辱不惊。即便现在两个姑妈，时常在电话里对着我年迈的父亲呜呜滔滔地哭："哥！你可要多保重呀！你要是没了，我们到哪再找亲人。"

所以亲人一词不仅仅是配偶和儿女的专利，还有最初的根系，连着扯着，挖心挖肝的疼。

前年再次见到老姑，她穿着黑色小喇叭短裙，烫了头发，比我还时髦。依旧是北京，半夜在我头顶数钱，唰唰唰！新票子的声音。我迷迷糊糊地问："老姑你带多少钱，咋还没花完！"她说这是儿媳妇给的，让好好玩，还没动。我便夸她儿媳妇好。他们说你别信，她爱面，工资卡都攥在别人手里帮儿子还车贷呢！

她的旅行包是水货，在济南时衣服就露在外面。叉着腿坐在地板上闷着头缝，我说别要了，陪她去买拉杆箱。东西太多，装不下，在北京的旅店，又裂开，又坐在走廊里连捆带缝。外面是热闹的街市，望不断的人流。

凌晨五点，我们分手在黎明的街头，最后的拥抱，让我泪湿衣衫。知道，物是人非，很多事都回不去了。

春天里

春天是个舒服的季节，不冷不热，美是裸露的，繁密而安静。每一种植物都行进在自己的路径中。

一个朋友在微里对我说，破旧的楼道，有人下楼，过后又归于宁静。窗外开始放白，是泡桐花盛开的日子，它高大，花期两三天，待花谢后，叶苞才能用劲伸展，直至盛夏一片浓荫。没桃花娇艳却有着淡紫的朴素，鱼肚白的幕上映着它的身影，那是她的窗帘。她喜欢朴素，也喜欢花香。

说得真好！鲜美总是与老旧相伴，腐败里的美，才令人惊心动魄又平静如水，像我们的日子，每一天都在盛开。

昔日上学的校园，也有这样的泡桐，繁花遮过二楼的走道，我挨窗坐，伸手便可摘到。若干年后回去，它们依旧在，远远望去，一校园的雪白，如天空栽种的云朵，极为奢侈。

昨天约了朋友去东门看樱。樱花并不美，朵大而密，有点俗。她真正的美，是落花时，雪纷纷，一层又一层。人走在花雨里，一片凄美的粉红，那样的归隐才令人动容，俗世里的纯洁，纯洁到心疼。所以它很适合日本，像日本的女人，深潭里的美，有股淡淡的哀愁。

与之相反，梅的美却在打苞时分，开了反而坏了，静气会随之减弱。老杆新粒，胭脂般紧紧包裹着，浓得化不开，凝结了一树的心血和精力。古装的女子，春天颈项的一枚纽扣，最文气的花。她的好，是个"清"字，天地间万古不灭的东西，适合插瓶清供，那份疏落非庸脂俗粉可比。故许多人偷梅，也只有它值得一偷，宝琴的丫环抱着瓶梅站在山坡上，贾母看着也直夸好。梅兰竹菊，它排第一，当之无愧，亦是吾终生最爱，像中国，很中国的一种花。

很多年前和友人去对岸，坐轮渡，破旧的码头，似基铺的乡下，偏僻外省的小说。江面上有风，有航标，水是清的，阳光呈暖金色。也是这样的一个春日，江水卷起白云。一户农舍人家有株梨花，盛开在矮屋前，宛若白色宫殿，那么白那么白，衬着黑瓦，华贵得不得了。那样的生命足以让人叹喟，清洁如斯，简陋如斯，这个世界真好。

还有一次，给友人送书，暖暖的午后，友人在车站等。太阳分外安静，春日的小站静悄悄的，友人孑然而立，背后是一株暗粉的玉兰和一棵高大的李树。李花细小，像碎花裙子印在天空一般。那一刻，竟看呆了，车子开过去，都忘记喊停。待下车，返身回走，像走进一个烂漫的童话，镜头里满是明媚的春光和笑容。

有关春天的记忆很多，大凡与花有关。花，最洁净的生殖系统。这次看樱，朋友带了她的二胎女儿。小女孩白净乖巧，刚三岁，我牵着她。她的母亲和另外的一个朋友边走边细细地说着话，她们要走城墙内，我要走城墙外。小女孩仰头对我说："咱俩是好宝宝，走这边；她们是坏宝宝，让她们走那边好了。"童言很好听，嫩嫩的，如哈进耳朵里的风，软糯温香，可以压缩掉许多东西，包括时间。我们每个人都是春天里的孩子，需要长大，也需要回归，最初都是从一粒粉宝宝开始的，这是无疑的。

外城墙很美，石板路，护城河，幽深的青砖，静谧的花香，该有的都有了。时间积攒，像一艘涨满春水上的船，驶向季节深处。古旧的灰砖上刻有铭文，生辰年月，那是它们的身份证。墙体表层有枪炮的痕迹，也有腐蚀的痕迹，每一年都不同。斑驳日深，有的已经一小块一小块往下掉，但依旧高大坚实，宁静肃穆。站在这样的墙下，人是矮小的，如同站在时光之廊，古人今人，交织流变。它是静的，时间的好，就是让万物安静下来。

城墙，战乱的产物。过去是壁垒，保命的工具，是森严，也是分割。人们居于盒中，生命的阳光拥挤凌乱；而今，天地敞开，草木修养，花香依附，充满着迷人的色彩和宁静的诗意。人类不再迷失，走在觉醒的途中，历史的眼泪，被轻轻擦干，城墙成为了永恒的记忆，最真实的写实。

墙上生有绿植，根处长满绿茸茸的藓，地下开着黄色野花，一小朵一小朵蓬勃着，像月亮的眼睛。花哪儿都有，然而古城墙的花是不同的，它来自最深的母体，附生在古老的花床上，愈发清寂。

席地而卧，小女孩也学我的样子坐在花丛里，和我保持同一姿势。她的母亲示意我看，我知道她在效仿我，只是我们中间隔了47年的光阴。她采了两三朵野花，拿在手里左右摇摆着，喜悦着。看到脚边有几朵被人遗弃的樱花，说道："花花，粉色的花花。"我说那是樱花，被人丢弃的。小女孩纠正道："花怎么是丢的呢，它是长大的，从土里冒出来的。一粒种子，发芽，慢慢长高就伸出头了。"

她反复自言自语着，疑惑着我的无知。"哪种子咋来的呢？"我问道。"小鸟的嘴巴叼来的呗！"她回答着。她母亲边拍她背包上的尘土边说她："你看把包包都弄脏了，就这么不安生。"她奶声奶气道："这是小蚂蚁干的，我咋会搬土呢！"她妈妈没法，笑着说："她就这样，从来不承认错误，尿了床，早起指着喊，妈妈！妈妈！快来看，昨晚小恐龙在咱家床上撒了泡尿。"

童话的世界是和蔼的。童话童话，儿童的语言，稚嫩的声音催发了另一种文学。因为想象，不成逻辑跨界的想象，连撒谎都带着意趣。每个小孩都是一篇崭新的散文和一首小诗，想象力是它们的上帝。这句话，是我化巴别尔的，当然他只囿于散文和诗歌。

那天我穿了一条白裙子，小女孩牵着我的手："你是白雪公主，我正式邀请你到我家做客，坐在我家沙发上，我把我的毛绒玩具给你玩。"这样的场景是一个三岁女孩为我设计的，她把我当作了她的同类，同一个玻璃世界里的人。很荣幸，我进入了那扇狭小的水晶之门。

按说我的年龄足可以做她的奶奶，她的母亲是我的同学，我们一命。很佩服她的勇气，在我们说着抚养之苦时，她又造出了一个鲜嫩的小生命，是不是春风一吹，就长大呢？不知道。总之那是希望，一个又一个的春天。等她大学毕业，她的母亲已近暮年，牵着一个花骨朵一样的女儿，走在路上，是不是很骄傲，该有多少人行注目礼。要知道，这样的幸福，要在很多很多的春天里，无数付出中完成。

我是个于成人疏落，而与孩子亲密的人，夫家的孩子也极喜欢我。他们都是那么的可爱，像长着翅膀的天使，一见到我，便扑过来，叽叽喳喳的。我把脸伸过去，嫩嫩的小嘴便印上来。春天的吻，带着新鲜的奶香，风是透明的，睫毛下闪烁着满天星斗。他们告诉我许多有趣的事，河流的耳朵，太阳的尾巴，也考我些生僻字。让我看他们拍的植物，说着每个植物的名称。挤在我腿中间和他们一起看小马王国，告诉我哪个是好的，哪个是坏的。我稍走神，侧头和别人说话，便把我的脸轻轻扳过来。

孩子的世界是孤单的，希望有个同盟，精神上的，仅此而已。无关教育，无关照顾。那样的世界是简单的，简单到只有坏人和好人。同学的女儿也会指着地上丢弃的矿泉水瓶、塑料袋，稚气地说，这都是坏人干的。儿童的小宇宙，不知疲倦，是座宝藏，有多少天真的声音和梦想谁也不知道；而成人的世界，往往是无意义的消耗。

香樟是种即时换叶的树，一边脱着旧叶，一边长着新芽，生死从容间，极其优美。那份惆怅是明媚的，让你分不清是秋日还是春景。地下积了暗红憔悴的一层，天空上还在优美地飘着，滑过你的头，你的肩，你的裙，走在那样的空蒙中，心是澄澈的。空气从一个玻璃容器注入另一个器皿里，清脆悠鸣。我问同学："这孩子这么乖，你打她吗？"同学道："咋不打呢，有时还不是不听话。"小女孩细声细气道："妈妈不打我的。"小小的自尊，优美得像块琥珀，懂得包裹，又如路边的花朵，希望得到每一缕春风的抚摸。

这个春天，我在练字。毛笔、字帖、宣纸、墨汁摆了一桌，有模有样的。那些字就像我砌的墙，每一天都在增加，已经很厚的一摞。翠绿的风从纱帘钻入，洒落纸上，我希望它一口气就能奔跑起来，但急不得，需一笔一画。习字，习的往往是内心的端庄。

不当书法家，这是最初就说好的，只是为了好看。至于骨骼神韵，精神气息的贯通，那是后话，自然而然的事情，刻意不得。水到方能渠成，熟了，心性自会流露。好看总比难看强，那么多人练字，每一天都在坚持。甚至写着同样几个字，年复一年，日复一日，这样的机械重复，无非想趋于完美。完美是个高度，甚至是自省，需一步一步仰望上去。就像生命到最后是往里长的，所呈现出的美，是有壳的。

老师很可爱，不大管我，只是在微里催我交作业。没去上过一节课，也是因为时间。若是懒，不写，他也不说，自己在那边写，一张又一张。我的进步不大，老师写的倒是越来越顺手，已臻化境，临谁像谁。所以有的时候，觉得老师应该感谢我，当然，这只是个笑话。

很多东西，很多事情，只是个常态，一种选择的生活方式。

也有朋友发来链接说习字的女人如何如何，看了挺愁人的。这些非我所好，说不屑，稍显刻薄了点，但确实如此。这样的鸡汤帖子一般也会绕行，无非剪刀糨糊工程，换个马甲进进出出而已。很多词语在被生吞活剥，甚至践踏，失去了原本的真诚。不是词语不好，而是天天说这话的人，并不具备这种品质，属浅暴发。生命是一种自然状态，容器里的水，无论何种样貌，都改变不了 H_2O 的属性，除非你往里扔垃圾和化学品。它是母亲，干净纯洁的母亲，万物之源，这是我仰慕的。

每一缕生命都是殷实的，充满自身的果木香甜。就像孤独者从来没有时间孤独。什么东西说出来，便轻了。好的爱好，更多的是养育着你的纯洁，那是你内心远离世俗的必经之路。所以一种完整的爱好，只是除掉杂草的方式，那是它全部的概念和体面。

就像对照片不喜欢做后期处理一样，让人一眼看出假的东西，再好，都将打折。我知道美，也知道假。很多东西，不是在追求中获得，而是在你丰厚的思想审美里依附。比如人们所说的优雅、安静、高贵等词语，都只是饱满生命的追随者。好的女人是母性深切的。

友人搬家，整理书橱，说看到几本适合我的书，要送给我。一本法国作家梅里美的《嘉尔曼》，傅雷译的，很短，三个钟头就可以看完。《再生草》，法国作家让·吉奥诺著的，也很薄，讲的是一个村庄没落与复兴的故事，诗意动感，人与自然宛如一个链条，共同生命体。《记忆与印象》，史铁生的散文集，书里有铅笔的眉批感言，可以留作纪念。还有一本苏联巴乌斯托夫斯基的《面向秋野》。久远的年代，久远的书，是我们曾经的春天。

中饭，蒸鲈鱼。开了背，抹了料酒，切了葱姜丝，把冰箱剩下的半块洋葱拿出来切片垫了底。生活是温暖的，像这个四月天，绿绿的，蔬菜般的季节，纱帘后满是清凉的声音。于做饭并不厌倦，也谈不上多喜爱。若时间允许，倒是可以做一个美饭师，研究出很多烹饪新花样。但毕竟有更喜爱的事情要做，用另外一种声音填补生命，解读内心的存在，成了必须。所以不能把太多的时间匀给琐碎之事，故吝啬。

锅里烘了藕汤，白白的，搁了枸杞和黄花。腊蹄子的香味，寂静的楼道就能闻到。炒了菠菜，绿微微的，像活的样。米饭里放了几粒红枣，饭菜是春天的，也那么像这个春天。

庚口先生

十月的古城是静谧的，由一层层桂香铺就。那些轻质柔软细小的花朵，簌簌而落。风一吹，便聚拢在一起，旋成金色的涟漪，泛起甜腻腻的香，满城皆是。

空气是水质的，十五到了，月亮又大又白，整个小城沦陷在一派明净中。

见到先生便是这样的季节。

先生古意，深潭一般，有绝尘之美，比我想象的要瘦。穿了件米白色粗布对襟立领盘扣襦褂，两只袖口缘着雪白压边，很文艺，也很随意。先生笑，水里的波纹就全开了，那么平静。我把小书递给他，他嗔怪道："就这么给了我，也不写上几个字。"我说您翻开看，先生果真翻开，又笑了起来，像个老顽童。这是我和先生的第一次对话。窗外云影滑翔，桂香摇落。

那是一次朋友的饭局。朋友久居远方，因思念故土中人，返乡即邀约同好，设下宴席。杯觥交错是假，叙旧谈心为真，我和先生均在坐，席间都是极好的朋友、师长和前辈们。也是这样的机缘，我见到了先生。

先生是许多人的先生。有朋友少年时，便听闻先生，知道这个小城有位姓唐，名明松，字庚口的画家，是湖北美院毕业的高才生，且仰慕至今。几十年后方得见，合影纪念，以示对其执着一生的敬意。也有朋友，年轻时的作品，曾得先生点评，言犹在耳，受益终生，成为珍贵的回忆。我孤陋，捉笔晚，写些零碎小文，但很荣幸，成为最快最直接的受益者。

我的书，也只是早期练笔，第一本书。生命里的一道燕痕而已，好不好，都留存在记忆的天空里，风一吹，就散了。那样的思想袍袖自是粗陋不堪的，但温暖过我，是键盘下曾经流走的时间。虽羞于示人，还是一次次上网下单，送与朋友，权作一种友谊的表达。先生的书柜，也因此多了一份负担。

也曾无数次设想过见到先生，我在等，等我的另一本散文集付梓后，带上书，备上薄品，亲至先生的画室致谢。然而出书是漫长的，急不得。书中用了先生二十幅画，作插图，感恩先生慷慨，为我的小字平添色彩，并与之流浪远方。

记得先生在微信里这样说，喜欢就拿去，到时送我一本就好了。随后先生发来图片若干。当我提出像素不够，要传原图时，先生又和他的学生联系，用相机重新拍摄，传至我的邮箱。所以先生的情义，像我生命里路过的每个秋天，明净而高远。

先生的画是我喜爱的，也是见过的最干净的画作。我并不懂画，但不影响美对我神经的牵扯和我于美的捕捉，以及站在画前的空旷与时空隔离感，还有对幕后舀墨者的敬意。先生的作品多脱胎某一诗词典故，也有自己的新解。并非完全写实，有时只是意象，或内心的平铺与延伸。那些虔诚的线条和颜料都是水洗过的，简素而美好。

时光是不动声色的，隐在画纸的背后。那是一条用松针铺就的小径，寂静的很，布鞋的生命方可抵达。越过这样的心灵湖泊，对岸是古代的圣火，婀娜的文明，以及先生的心窍和火影后幽深平静的双眼。

先生是个理想主义者，与现实保持距离，有自己的审美维度，挑战着美的极限。笔下的荷清洁，仕女多高古，临水而生，饱满润泽又不失纤秀袅娜。抑或文静里透出几分俏皮，《红了樱桃绿了芭蕉》便是，这点颇像先生的性格。

曾经喜欢过林风眠的画，一株株饱满浓郁热烈笔直蓬松的树木，像魔板的卡通，移动的电影，一幅幅开过来。那么灿烂，是视觉的盛宴，孤寂内心开出的向阳花朵。先生的画不同，设色清淡，用料吝啬，笔意超拔，留墨处是内心白云的深湔。所以看先生的画往往风停雨住，雪尽春来，是一个手势或精神背影。

人类的艺术是相通的，与撰文一样，皮囊为下，挥发的无非是作者内在的精神气质和思想穿越。作为表现形式，音符的蝌蚪与绘画的线条比文字更严谨，更富有灵性，高于文字，同属生命美学的话语权。解剖生存之道，提纯世界之光，筛滤美之尊严，是它们的使命。先生的画清虚，一把湖水，足可荡平心涛，无需愁云惨淡的现代情绪，便卓然世外。

他学生曾在微圈里感叹，说先生深居简出，最喜独处一隅手不释卷。每日六点晨读，已成为多年习惯。作画居次，只是对书卷的理解与神交，真文气！由此可知，看书乃先生的常态，是汲取；而作画为先生多元心灵的反应，是眼中山水，美学品位的提纯和艺术再加工，属供养。

先生发来的《千里送京娘》，取材于赵匡胤的故事，古时在民间颇为流行。京娘，山西人，被虏，幸得赵匡胤相救，护送回家。荡气回肠的一则故事。千里护送，千里情义，先生独解，是我看到的最简淡的一个版本。戏曲多香艳，红男绿女咿咿呀呀，撕锦裂帛般，满场奔跑腾挪。先生的作品安静，只一匹马，京娘坐于马上，一袭橘色长衣，依风而行。小鞋同色，娇躯后倾，脸部饱满皎洁，丝巾前飘。没风，却知风从后来，马尾亦贴着马身顺过。赵匡胤行于马前侧，牵马坠镫，回首望着京娘，做关切状，亦橘色包巾渲染。画面和谐，气韵流畅，着墨取自同一色系。橘红至深咖，层层过度，与荆州博物馆战国丝绸的色调相契。

京娘马上，赵匡胤步行，千里路程就这样走过，并定格于此，足见怜香惜玉。那时的赵匡胤尚未发迹，与其说是侠客，还不如说是名士。此画，画的非故事，而是风骨。

《蹴鞠》四卷合一，场面浩繁，人多马众，并不好画。先生绘得舒朗，女子云松鬓软，提马跨鞍，擎着长杆，从四面围剿一枚球体。身姿轻展，眉飞眼飘，或俯或仰或侧或正，各具神态，俊捷不失妩媚。衣饰依旧采用炫色提亮，增加动感，明黄长裙泛起橘红衣角，却淡极静极。马压地有风，张弛有度，并不夸张，只是些许意象。笔锋高贵，收得住，有宫廷范儿。

先生的画里，我最喜欢的是《梅苑卷十终》。此图非直观所能理解，看过之人，多半会停留在女子面相身姿，这些表层上，而忽略背后的支撑。这是一幅构思非常巧妙的画作，女子呈45度角斜插画中，是坐姿，却没有椅子，只是一个优美的侧影。背景深咖，铺有一张微熏泛黄的书页，竖版线条隐约可见，盖住女子的半边脸和部分衣饰，略显朦胧，又分外清晰。

女子半身入纸，色若桃染，恬淡安详。先生下笔幽微，蛾羽低垂，有光影晕过。一手托腮，一手抚书，骨腕细美，手指柔弱白皙，书很自然地放在裙上。裙子蓬松，条纹顺势而下，褶皱依稀可见。衣领贴着修长白腻的颈项上沿，含蓄典雅，发丝紧密温香，根根可见，髻上箍有银饰，颇秀润。也许是个午后，窗外梅香淡淡，女子困意袭来，已进入梦境。虽没看书，却在书中。

书页右上端题有《梅苑卷十终》的字样，下注栋亭藏本丙戌九月重刻于扬州。是篆书。栋亭即曹栋亭，江宁织造曹寅，此作即曹雪芹祖父的藏本。此作巧妙，女子手中的蓝色线装，并未言明系何书，而阅者已从背景获悉。女子没看书，却已与书融为一体。这是一种双重表达，一歌两喉。若只见美人，便被先生瞒过。书是慧眼，女子乃书之延伸，书为女子内质的体现。书是本体，女子为喻，不可分割。

《梅苑卷十终》是唐宋时，专门咏梅的诗词小辑，共十卷，由南宋黄大舆编。初为斋居之玩，后流传开去。还有李祖年刊本，赵万里《梅苑》辑本。梅生寒，却向暖，故先生除用笔清丽外，依旧选用橙红加以点缀，袖口、衣襟、裙纹、扇柄皆是，和谐一致，这是他的偏好。丝扇并未拿至手中，而是横卧画端，内覆几笔素写，非常淡秀。

先生的画作很多，不能一一道来。况自己审美有限，心即天堂，这样的石阶，不是人人能攀登的。和先生的交往并不多，说过的话极有限，于画也鲜有讨论。

有一天，先生在微信里留言，说要送我一幅画，名字为：卷终梦里留余香。当时颇意外，随后先生打来图片，竟是《梅苑卷十终》。那一刻，山谷里的花全开了，空气是喜悦的，与我的心意恰恰好。方知此图不叫《梅苑卷十终》，而是《卷终梦里留余香》，余香乃书香，与画作吻合。美人无书，便是空壳；书香不入梦，岂不是人生一大憾！

先生说，总比我家墙上现挂的好，我像他的画，梅苑可以相对，后续事情则由松林老师完成。话里还有爱才如命的字眼，松林老师也反复提到，此乃先生赠画缘由。这里实录，不敢稍作篡夺。自己惭愧，粗浅之人，写点单薄小文，窖藏生命，不值得先生如此厚爱。

后来他来过电话，商讨装帧事宜，恭喜我获得先生佳作。那天外面下着大雨，我正陪姑妈在医院输液。我说按先生的意思办就好，先生的画配先生喜欢的装帧，才完善。过了两天，他发来录像，说画已装好。手工拓裱，宽边，实木圆角画框，纯羊毛垫底，古重大气，是我想要的。

原就想写篇小文，附在散文集里，作为插图的解读说明。也一直想去先生的画室，感受下那些颜料、线条、成品、半成品穿越纸背，复活生命的神奇过程。

取画那天上午，下着蒙蒙细雨，想先去拜谢先生。他说，替我问下，我说不必了，先生闲云野鹤一般，在就在，不在就不在，不要打扰他。提着礼品站在门外，先生果然不在，遂反身去他的艺坊取了画。

他说原来的一幅早已售出，这幅是先生特给我画的，稍有不同。若没记错，我是这五年间，先生赠画的第二个人……站在琳琅满目的画廊中间，外面飘着零星细雨，听着很感动。山高水长，先生的情义是无价的。

走时，他提着画送我上车，极尽谦虚友爱。说若挂不好，派人帮我安装；又说如果想拜访先生，抽空陪我一起去。凉凉的雨点落在头顶，全是暖意。

回来后我给先生留言：画已回家。

画真的回家了。是我的，便是最好的，也只有是自己的才是安逸踏实亲切的。于此画，因喜欢，故并不曾扭捏，先生也真的给对了，这是一句大言不惭的话。作为一个观者，能这样用心读它的不会太多。画也是魔方，需一层层解开，我温馨的小屋，应该是它极好的归宿和承载。我非浅薄之人，靠一幅画满足虚荣；先生也是自怡，艺术乃心底的神圣，非功利。画的是美人，而非美人，只是一种精神符号，心境的表达。

日静山长，先生清寂，有幽独之美，是不属于这个世界的。生活在现实的帘外，自己的掌纹里。

家事烦冗，能静下来写这篇纪念文字时，已是十月末。绿色尚未褪尽，就降霜了。冬天真的快来了，雪会更白，梅会更香，先生骨清神奇，会更儒雅。时光真的慈悲，一切都好。

摊事

逛了逛摊。

明眼人，满眼的假；我这种不明白的，也能看出个大概。

连门口卖水的大爷都啧啧几声，摇摇头，知道百分之九十九是赝品。但还是不少人趋之若鹜。

阳光很好，走走停停。蹲在那摆弄摆弄这，看看那，然后离去，或坐在小椅子上和摊主聊几句，都是好的。闲处光阴易过。平素这条街十分冷清，门可罗雀，一年也就热闹这么几天。收藏界省展，店面里的老板，也把货凑出来，支个摊。

巷子口停满了车，后备厢里，一只只草绿色帆布箱子码得整齐。拎进去，铺块布，纸包纸裹地打开；也有收摊要走的，一样样急急地往回装。

来来去去。时间和人流都在穿梭。

现在的古玩市场，没法说，说穿了就是假货市场。价格高高低低，几百至几万不等。要把假货当成真货卖，魅力便在于此。

曾有位画家朋友，经朋友介绍，说有位收藏家仰慕他的画，要用自己藏的两枚古印来换。朋友是个实诚人，换就换吧，想着画是自己的，印可有年头了，说不准是哪朝哪代的，那可是看不见的时间。人家说值八千，也就信，用三幅画换了来。朋友的朋友，怎会有假。喜滋滋地拿给我看，我请一个刻印的朋友过目，刻印的朋友说，不值钱，盒子是石头粉冲压的，章子机刻，流水线工艺。我讲给朋友听，朋友将信将疑，笑着说，能咋样，又不能把画要回来。

白瞎三幅绝好的工笔。

后来我对朋友说，什么明代的砚台，清代的笔筒，都是忽悠人的。想混画，拿钱来，这才是硬道理。

地摊上，那些瓶底打着雍正乾隆年间的粉彩浅绛，也不可能是真的，捡漏的希望不大。摊主又不傻，真的早就被人妥妥收起，不会仨瓜俩枣随手卖掉。现在的古玩市场，成熟得不得了，也虚伪得不得了。所以要有工艺品的心态。古玩两个字，古早已不复存在，只剩玩了。

也不能说没真的，那些月饼模子倒像真的，残而破旧，焦黑的木头。一问40，又觉得假，也许后仿的。一位摊主说，有真的就有假的，我说什么东西都有人仿呀！他说那当然。

逛了两天，也逛出点门道。过去家里搞装修，中式家具需配铜锁，到处找不到。去定购，麻烦又贵，质量又不好。相比还不如到摊子上去买。有把黄铜横条挂锁，两边三角形堵头，小小巧巧，独一个摆在一堆物件中间。钥匙很古，一头微微上翘，往里一插，一撬即开。问了价，老板说200，我还价，她说最低100。我说30，她说50，犹豫着没买。那时心里还想着也许是真的，一个老物件。结果第二天，来了个摊，摆了七八个。看见时已是下午，几个人七嘴八舌围蹲在那。摊主说，30了30。一下子冒出这么多，便知道是假的，但若装修用，还是不错。现在仿的工艺好，足以乱真。我问是真的吗？摊主说真的咋会30，他倒实诚，口无遮拦。

梳子家里有，谭木匠镶贝的，牛角桃木的都有，还缺一把小巧随身携带的。看到一把佛手擎莲的，便蹲下。握在手里挺舒坦，往头上试了试，感觉得力，不似塑料梳子刺啦啦作响。摊主说是银的，在手里掂了掂，有分量，不像是铝或锡。上面还有绿微微的银锈。关键是手柄的工艺合人意，有点小精美。肥硕的手掌翘着兰花指擎着一支细莲，干干净净的线条，也算清秀澹美。喜欢，便询了价，摊主说280，我说少点，摊主说没开张呢，一百吧。我说贵了，也不能断真伪，买也是好玩。那你出多少？我说30。30就30吧，开个张，他说。

回到家，用牙膏洗了遍，没多大改观。心里暗忖会不会是不锈钢的。想起装修后还剩一张水砂纸，便从抽屉里找出来，沾了点水来回摩擦了几下。越打越亮，在阳光下一照，是紫铜的。挺好，光光溜溜的一把梳子。做旧就做旧吧，品相比原来的还好。

在一个摊上，瞥见与换走朋友画相同的一方印章，灰扑扑摆在那，像个孤零零的孩子。拿起来看了看，一模一样，底款也是耕石二字。只不过里面的章换成了红色，连腰线，所刻内容都相同。询了价，摊主说是鸡血石，800元。我起身离去，摊主在后面嚷着，给个价，给个价。

转了一圈，往回折时，又被他拦住。再看看，出个价，他低低地说道。什么价？看的东西太多，早已忘记。那块石头呀！什么石头？我有点疑惑。鸡血石，他回摊拿了起来。我笑着摇了摇头。在后面的摊位，接二连三，出现了几方这样的印章，喊价都不同，有的直接开180。估计几十块钱就能拿下。显然是批量生产。看印看久了，相熟的朋友也赠了不少，拿在手里，机刻、手刻一目了然。机刻，没笔法变化，没力度，甚至没性格，线条直筒筒的，整齐划一的沟壑纹路，像军队。关键是没人的味道，也就没了个体情感。想起朋友的三幅工笔，不免怅然，那一笔笔清绝的仕女，也算世间少有，全是自己的精髓，非那些徒袭皮毛之作。

存心骗，不免可恨。心里的黑洞，贪婪而惊悚。

在这条街买过一只笔筒，乌木，托在手里很沉甸甸，镶的贝。四平八稳的图案，缠枝的莲与芙蓉，清清瘦瘦的，颇有点古相，放在家里倒是压得住。第一次去时，店里萧条，店主瘦瘦地坐在那，仿佛在玩游戏，电脑里传出极小的轰炸声。闲闲地逛了一会，还是询了价。他走过来，斯斯文文，戴副眼镜，说一万六。拿起来，翻过来看了看，底座标的也是这个价。我说少点，他说2000，我说贵了。一压再压，他最后同意600。我说500，他不卖，我依依不舍地走了。

再去时，已是一年以后，天下着小雨，干净的石板路积着一汪汪浅浅的水洼。陪姑妈去三国公园转，顺路弯了进去。店内阴沉沉的，看了看，那只笔筒还在。老板依旧坐在电脑前，默默地，很专注。我伸手让他把笔筒递过来，他摇摇地走过来，暗影里，愈发高瘦，说记得我。我说500卖不卖，他说加点，550。我不加，他道好吧，生意难做，就500吧，这次他松了口。我准备付钱时，姑妈突然一把抢过钱包，冲进雨中。也许她觉得不值，这么个东西，不当吃不当喝的，说买就买了。

我出去做了半天她的工作，两个人淋着粉末一样的细雨，凉凉的，并不曾打伞。十一月的天已有点微寒，她嘟着嘴说划不来。可我喜欢呀，我说，也差一个笔筒。她站那不作声，半晌不甘心地把钱包还给我。然后忽然拉住我道，你别去，我进去只给他400，看卖不卖，不卖拉倒。我从钱包里，抽出四张红票子，交到她手中。她进去后，摇着头走出来。我又往她手里按了张50的，过了会，她抱着笔筒出来，走近时，故意举得老高递给我，神情有点小得意。

不是演戏。

淅淅沥沥的小雨，渐下渐大，我们用报纸包好，匆忙回家。中途又打开看了看，有古重感。450元拿下这只笔筒，好歹也是贝雕的，闪着细微的幽光。沉稳的黑木，有裂痕，但无所谓。也无所谓真与假，东西在那摆着，价格也摆在那，一件普通衣服的价位。自己喜欢就值。就像朋友说的，买的是情调。但我不喜欢情调这两个字，尤其人为的情调，老土又做作。钟爱的是灰暗的时间，苍凉，以及物件背后的孤独感。那条暗河，触及我哗哗流淌的黑夜，通向未知方向，是时光的隔断与疼痛。所以我经常茫然，想留下点什么，或在某处顿一顿。当然希望它是孤品，若市面再出现同样的笔筒，肯定赝品无疑了，造假不可能只造一个。

其实不管真假，我的便是好的。来历已不再重要，给它一个家，结束漂泊的命运，而不是贴着标签和一大堆东西拥挤在一起。那样很笨重。就像我死了，旁边的邻居一定不要酒鬼和日夜喧嚣的麻将人。不是别人不好，而是自己不够豪爽阔度；也不要故作清雅的正统之士，那样很倒胃口。要和有情怀的人在一起，清清白白的日光月光，宁静单纯着。人若非得有信仰，我信仰自尊和审美，漂着的东西不爱。有些深刻，也只是台面上的水花，实在眼高手低。

无所谓藏，一个摆件而已，在一个干净的环境里，主人喜爱的目光下。

在那个店，还看到一只罐，有点大，饱肚子。方家珍绘的，晚清浅绛十大名家。一名绿衫女子倚石而坐，开脸很大，高额头，凸鼻骨，细眉窄眼。黑黢黢的头发，愈发显得脸白若雪。神情低低的，不笑，已春色无边。眼底含着珠光，像无数灯影照过来。红红地点了一点朱唇，并没满涂，反显得厚实诱人。不免多看了两眼，姿态也不错，葱管一样的手指，握了一柄芭蕉扇。衣褶婆娑，有笼烟滴雨之态。

古人的审美自是极好，天然清媚。不硬，神大于形，也笔意简练。问了问，店主回曰1600。浅绛的水太深，自己不收藏，也只是闲问，拍了张图发给藏瓷的友人。友人惊呼了声，别买。我说没买。紧接着友人发来一张手里的藏瓷，方家珍绘的一把壶，壶上女子正是此女。举止神态、衣饰皆一样，不比不知道，一比罐上的女子立马矮了下去。壶上人物条畅自如，傅色轻淡，更润物无声。没火气，一团雾像。这个显得新而抢眼，还是刻意了。朋友说高仿的，欠了神韵变化。

在一个摊位上，摆了只鼻烟壶，很小，手指样粗细。淡彩，也绘美人，水水嫩嫩的，那抹粉清凉至心。瓷上美人好于纸上美人，更舒爽明净。纸上的总归拘泥，染了墨气，虽说雅，但也死。线条烧成了瓷，脱了墨胎，摸着光滑，骨骼愈发莹润。瓷上也不宜繁华，几笔勾勒，已烟视媚行，强过几万重山水。浅绛好于青花，青花过于端庄，得双手捧着，尚属压抑之作。浅绛就不同了，有了故事、人物、诗词，简简单单的，就像有了动作，有了呼吸。

清朝在中国审美史上，属退化期，尽管技艺精湛，但很多东西不耐看。太隆重烦琐，像故宫里的大柜子，实在沉闷。当然也令人惊叹，那做工，没得话说，但也只是惊叹，重工难免疏境。太满，不透气，也就没了诗性。停了风，世界是死的。清军的铁蹄开进来，晚明一片惨败，也剿灭了最后残存的一点灵气。资本萌芽于明，审美已趋市井。入清，汉人们的四肢裹在袍服里睡觉，自是压抑。浅绛是个意外，晚清的一大收获，融合后的涓涓清流，渐回天真，属瓷上逸品。所以审美不是孤立的，都会打上时代烙印。能超越，自是珍品，和市场的估值没多大关系。

民国的审美也做作，香烟盒，良友杂志的封面，月份牌上的女子，大多粉妆玉砌，夸耀而性感。加之英伦风吹拂，又染上时髦特征，不免太写实，讲意境几乎奢侈。很多人冠以婉约，是较今人而言，但绝非空灵。

逛摊，尽管知道假，还是要逛。为什么？因为假源于真，迫于真。仿真，尽管笔意不到，但总是好的，模子在那。古人有逸骨，不重写实，笔墨省俭。有的铜墨盒盒盖或烟枪上，刻上几笔兰草，或几节疏篁，已相当动人。染了文气，放在最恶劣的地方，都有向上的意味。

国画毕竟不同于西画，喜欢把时间推出去，有理想的成分在里面，讲静，放下，抒发和规劝。远人无目，远水无波，远树无枝，是王维的山水论，淡淡的哲学品味。倪瓒也说，不过逸笔草草，不求形似，聊以自误。而西画饱满，精准到刻度或情绪，甚至思想突围。

地摊中，铜墨盒居多，里面烟熏火燎的，摊主说是陈墨。不贵，喊一至两百。摊主多半会说是老的，然后努努嘴，瞥一眼隔壁的摊子，低声道那才是新的。有的摊主也会说不知道是个什么东西，自己进的，加点就卖。这样很巧妙，真的不知道吗？他一定会知道的，只是给自己留条退路。

说不买不买，两天下来七七八八也花了七八百。现在想来都是没用的东西，但管不住自己，看到好的图案，搞搞价就拿了下来。

想着那个时代非我们所处的时代，隔着无数枚铜月亮，深蓝的天幕也是古旧的，地下的瓦屋纸白霜样浮在草地上。最后的农耕时代，有银子的脆响。

买了一枚银镯，扔在地下，哑哑的，不似别的金属的鸣叫。关键是那鱼莲花纹，从容光洁，泛着磨旧的古气。玉把件，一朵松茸驮着两只尖嘴鹤，藏着下身，实在机妙又润气。

有位拎黑提包的老先生，朴素谨慎，看得出是某国企或机关退休的员工。藏玉的多半低调，衣着吝啬。他说买了玉，我说什么玉？他撸开袖子，露出一串石头，温润的感觉，看得出包浆很好，白色的石头尖子上浸了点铜红色。他说和田玉，我说能肯定吗？他点点头，说自己藏玉很多年了，曾花五年时间专门研究玉石的种类和结构。然后从提包里又摸出两块小石头给我看，依旧是和田籽料，淘得都很便宜。那两块小石头顶部都有眼，估计被人戴过，磨得光光的，喑哑的美，像古月亮。我说收藏吗？他说过两天来加工，这条街，有家门面专做加工，雕好了，值一千多。看样子，他是懂行的，他不懂，加工的人也懂。

一位男子把一个挺大的蓝花圆盘摔碎在地，又气鼓鼓踏上两脚，引来不少人围观。男子愤然道，砸了也不卖。不知谁惹恼了他，还是生意实在不好。一名手套珠串，高大健硕的小伙子说："别砸呀，别砸，给我！"然后蹲身捡起地上碎片，裹在怀里揣走。

太阳偏西，金属一样的清辉收了去。倦鸟回家，路上行人也有了萧条之意。从古玩街出来，去搭18路，有几个人站在站牌底下闲聊，一望便知也是逛摊出来的。

他们问买了啥，我拿出银镯，他们说好，是老银，做工精美，也秀润。远处一位男子，很清正的模样，穿着考究。大声道，现在谁还戴银的，都是玉梗子，金的都没人戴，农村人山里人才戴这种东西。他双手插在裤袋里，说得义愤填膺，眼睛并不朝这边看，清高地望着马路。好像买银或戴银的人侮辱了他似的。我不免笑了，也许他替我不值，我不便多说，那样太露骨。活到我这个年龄的女人，不会没首饰，也不会喜欢珠光宝气。他的思想肯定被打劫过，武断得要命，那些落地有声的见解，太渺小，行走在黑黑的胡同里。

一件事物，活在那，有生命的光辉，与万物一样平等。是真的吗？不要问了，喜欢就好！值也不值，不值也值，才是真性情。

雪落之地

那一年，我回至小城。清寂的空气，分不清是早春还是残冬，同样清寂的还有我的蓝布碎花上衣，它是新的，异常安静。父母带着我们从很远很远的地方回来，坐了三天三夜的火车。绿皮车厢里满是东倒西歪的乘客，困了，我们三姊妹被塞进座位底下睡觉，每转一下身，身下的报纸就会发出纸张特有的窸窣声。

回家去是喜悦的，母亲的缝纫机要突突几夜，做不完的衣裳；车票也反复拿在手上看了又看，是免票。不安的空气里，躁动着慌乱的气氛，兴奋是个藏不住的东西。

我们要回家，这是一个伟大的命题，一个家族内部的节日。

在北京中转时，宽大的候车厅墙壁上，挂着两位领导人的巨幅照片。1976年，我八岁，第一次乘电梯，第一次坐地铁。父亲扛米背面，母亲也是大包小包的，我们三姊妹怕冲散，手拉着手。那些包，是母亲连夜拆了雨衣，翻个面用缝纫机轧成的。草绿色，当时的流行色。

那个冰冻的小城异常安静。在此之前，于我的记忆，它是真空的，尽管我出生在那。爷爷家住在二道街的胡同里，宽大的院落，有花有草，累累的海棠压满枝条。它们是谦卑的，和无数在外漂泊的游子一样，躬身于这片土地，亦像无数个宁静繁茂的日子。

外婆家距城里八里地，俗称街边子，属近郊浅地，需走着去。父亲提着包在前面大步流星，母亲和我跟在后，中间隔着一截距离，各走各的，并不说话。那样的状态，更像赶路。弟弟们呢？已记不得。八里地，迈着稚嫩的脚步，不停地走，要坐在路边的石墩子上，歇上几歇。骑自行车的叔叔阿姨，也会停下来询问，要不要捎上一截。

姥姥家很好找，出城顺着马路一直走，拐进一条土路便到了。那个屯叫妖屯，母亲出生在那。薄薄的村庄笼罩在虚烟里，空气里满是鸡鸭鹅的味道和玉米秸清凉干燥的气息。它是白的，和若干年后，看到的俄罗斯边陲小镇忧郁的画作一样，同属一个格调。

外婆家是纸窗还是玻璃窗，已然忘记。我坐在窗台上，闻得母亲归来，挤了一屋子的人。母亲是家里的老姑娘，手脚勤快，有眼力见，大家都喜欢她。

那时我头发乌黑，厚而密，鼻子挺，眼睛毛噜噜的。一个叫桂琴的19岁女孩，说我俊，非要带回去给她娘瞧瞧。桂琴在姥姥家的村当民办教师，她的母亲是我大姨，住在另外一个叫邢家窝棚的地方。那里穷，不是普通的穷，下雨涝，天晴旱，颗粒无收时也是有的，距外婆家约30里地。

很远很远的路，坐马车去的。桂琴搂着我，身上围盖着一件蓝布制服大衣。空气清冷，北国的雪气浸淫在每一粒氧分子里。有风，她戴着一条红围巾，脸红扑扑的，非常好看。若干年后，当母亲说起她叫"丑姑娘"时，我很诧异，人的记忆竟能如此不同。

大姨家有二个姑娘五个儿子，灌风的房子，异常冷清，炕上的席子破着大洞。在那住了七天，印象里度日如年，每天不知道他们吃的些什么，黑乎乎的一锅，现在想来是野菜。就我一个人是白米饭，用铝制饭盒蒸的，上面还有条小鱼。即便如此，我还是一个人瞅着窗外抹眼泪。一次被四表哥看见，告诉了他娘，说人家城里的孩子住不惯，还是赶快找个车，送回去吧！我就天天盼着能有马车，把自己拉出去。

农村讨个媳妇金贵，何况那么穷的地方，得哄着。大姨的大儿媳，曾向大姨要台缝纫机。大姨手头紧，没钱，说秀儿，不急，等咱秋天分了红再买。谁知到了秋天，歉收，连吃饭都成问题。媳妇就把一锅正在蒸的黄灿灿的豆包，扣到了地下。

大姨夫脾气暴，年轻时没少打大姨。刚结婚时，大姨一趟趟回娘家，他一趟趟来接，大姨一次次妥协。孩子多了，眼泪哭干了，这种日子，还得将就着过下去。

后来大姨老了，丧失了劳动能力，生活依旧没多大改观，五个儿子为赡养老人的问题相互推诿。大姨的房子给了儿子们结婚，自己挨家住，一家一个月，月头月尾是交接日。兄弟间，常为多一天少一天，大月小月闹意见，甚至打仗。有次大姨正病着，患的肝昏迷，在一个儿子家住到月尾，该接的没去接。大姨便被弄到架子车上，盖床被，推到另一个儿子的院门外。冬天，干冷干冷的，大姨在外面冻了一夜。早起六点多钟，天蒙蒙亮，一个拾粪的村民踩着积雪，吱吱嘎嘎走来，隐隐听到哼哼声，以为是头猪。近前一看，才发现是人，捶开门，大姨的儿子才睡眼惺忪走出来，说忘日子了。

轮不下去后，大姨曾到大姑娘家住过一段时间，久了，女婿有点不愿意。她大女儿和二舅一个村，大姨便被二舅接去。二舅妈是个爽快人，说大姐，我家条件虽不好，住的位置还是有，我们吃啥您吃啥，别挑就行。大姨在那住了半年，怎奈她的五个儿子走马灯似地来，让二舅苦不堪言。

她的两个姑娘合计了下，一人出一千块钱，在大姨他们村买了间平房，让大姨一个人过。谁知烟囱一冒烟，大姨的十几个孙子孙女就端着碗来了，大姨的饭根本吃不到嘴里。

大舅很气愤，调解多次无果后，便把他兄弟五个告上了法庭。每人每年给大姨两百元钱，情况好转没一年，钱又开始不能到位。

大姨死在一个寒冷的冬日，低垂的云朵，回旋在纷扬的大雪中。天地间一片寡淡，觅食的乌鸦呼号于村庄上方。三个舅舅非常痛心，觉得这样好的一个人，一天好日子都不曾有过，就坚决要求拉回自家祖坟地，像对待没出阁姑娘那样厚葬。可后来的一天，人家五个儿子连夜来车，悄悄把他们娘的棺椁又起了回去。

就像一场可悲的人间闹剧，在吵吵闹闹中落幕了。一个连温饱都解决不了的地方，生存的尊严无从谈起，纸糊的人生，那么薄那么薄！

大姨活着时，如果有出差或做生意的亲戚路过我家，讲起大姨的近况，不等母亲开口，父亲便从兜里掏出所有的钱，让他们帮忙带回去。

母亲常感慨，可惜了你大姨那个人了。我们五姐妹属她最漂亮，又高又白，性情也好，竟一辈子没得好，死得又早！要是你大姨还活着，我就把她接来，给她养老送终。母亲絮絮叨叨，一辈子说得最多一句话，便是要给大姨养老送终。

但天堂没有假设，人的生命只有一次。

母亲有八姊妹，她排行老六。我出生时，业已各自成家，有的在省会，有的在其他的地方，只有二舅和外婆生活在一起。

二舅妈非常喜欢我，每次来看我，又抱又亲的。我生怕被她抢走，飞也似地逃进屋，关上门，隔着门上的玻璃摆手让她离开。任她在外面百般央告，就是不开门。她很执拗，依旧一趟趟地来，夹个小包，烫着头，像城里人一样时髦，老远就笑嘻嘻的。

到了晚上，我一边给鸟喂食，一边有一搭没一搭地和爷爷说话。

"那个陈韵香又来了，真烦人！"

爷爷捋着胡子，笑我没礼貌，说得叫舅妈，不能这样小大人。

二舅是一个老实人，木讷，傻傻的，有点憨，只会干活。每个星期天照例也会来，来了就知道冲我笑。我三言两语把他打发走，没让他进过屋，喝过水，往往手没离龙头，就调转回去了。

若干年后，每当忆起这些，都满心惭愧。想他放下手中农活不干，收拾停当，郑重来接我，每次都无功而返，回去还要受姥爷姥姥数落。也只有接我时，才会登爷爷家的门，平素赶着马车上街，穿得破破烂烂，不会进爷爷家胡同。即便碰到我和同学逛街，也只傻笑下，扬鞭过去。

小时，母亲和父亲一直在外地工作，自八岁那年起，我便留在爷爷家，同两个未出阁的姑姑一起生活。这样的日子持续有四年，小学五年级才返回父母身边。在老家时，母亲每年都会回来，每次回娘家，我一般都拒绝同往。现在想想那条小路，对于远在异乡的母亲是多么热切，而于我却十分冷漠。

二舅妈出了名的手巧，许多人求她的针线，包括城里的姑妈们。每年换季，她会送来许多新衣裳，自己结婚八九年一直没孩子，便把几乎所有的爱都给了我。常听她对人说："你看，老姐又不在，一个孩子家的，怪可怜的。"但那时，我并不觉得自己可怜，反而觉得她可怜。

若哪次她能把我接回去，便是桩喜事，带着我游遍全村。逢人便说，这是老姐的孩子，城里的姑娘，斯文着呢！

每次回外婆家，非常热闹，亲戚邻居都会来，也会带来一些自家的海棠和樱桃。第一个进门的准是二姨，二姨是那种老远就能听到声音，风风火火的人。说话办事响快，家里收拾得窗明几净，被里洗得雪白，不比城里人差。每次还硬拉我到她家过夜，那时她的子女们都已参加工作。晚上躺在床上，二姨常讲些鬼故事给我听。

二姨命苦，解放前，嫁给一户地主，对方下了100块大洋做聘礼。婚后不久，一个风雪弥漫的冬日，她的公公出去收账，几日没回。丈夫骑了匹白马，挎着钱袋子去找。访到一户人家，别人留其过夜，说第二天带他去。那户人家磨了一夜的铁锹，在离村两里地的路边挖了个大坑。清早巴早喊二姨夫上路，走到坑边，一闷棍夯下去，推到里面就埋了，得了马得了钱。据说和胡子有关，那几年正闹胡子，土匪猖獗。后来二姨他们去那户人家闹过，案子破了，但公公和丈夫也没了。

她婆婆接受不了这样残酷的现实，迁怒于二姨，说她克夫，把她撵了出来。那时二姨已身怀有孕，回娘家后，赶上大舅回家结婚，家里多了个吃闲饭的，大舅妈话里话外便透着不愿意。外婆又刚生下两个最小的双胞胎舅舅，尚没满月。二姨看实在待不下去，只想找个容身之处，明知道后来的二姨夫患有严重的类风湿，一辈子只能坐在床上往外望，等于半瘫。家里还有两个年幼的女儿，还是挺着大肚子，毅然决然把自己嫁了。嫁过去后，里里外外全靠二姨一个人。她勤劳，日子过得还算顺风顺水。先房的女儿，一个六岁，一个三岁，二姨视为己出，吃穿用度先紧着她们。她的亲生女儿经常到外婆家告状，说她妈偏心，把好吃的好穿的都给了别人，自己总捡剩。姥就会说："纹呀！你想穿啥吃啥，姥给你买。"

那时割资本主义尾巴，不能养猪，养一头交一头；养两头，可以留一头。二姨没钱，只能养一头，但又不想交，颇犯难，又怕杀猪猪叫，被人举报。半夜喊来姥爷和母亲帮忙，插上院门，关死门窗，一棒子一棒子夯。撵得猪在屋里乱跑，直到昏死过去。第二天早上，二姨挎个篮子，装些猪下水，到大队部说，猪病了，死了，只得连夜杀了，孩子们等着学费吃穿嚼货呢。队长一听，是病死的，也就算了。

二姨是个公认的好人，村里村外没有不交口称赞的，先房的孩子一直敬重她，相处和谐，没红过脸。她自己的三个孩子也培养成人，两个儿子，一个民办教师，一个考学去了省城。二姨夫死后，子女们陆续结了婚，二姨也去了省会，在那生活了三十多年。去世前有点老年痴呆，走失过一次。没办法，儿子上班，只得把她锁在家里。母亲回去看到后，心疼得不得了。回来经常唠叨："你看，人老了就是不中用，你二姨那么刚强的一个人，现在不也这样！"

晚年时，二姨看我妈回去，兴奋得一夜夜不睡觉，觑着一双眼睛，窸窸窣窣到处找钱。说老妹子待她好，总给她买东西，她现在有钱了，给老妹子带着路上花。翻遍床上床下都没找到，最后在枕头瓤子里找出一千多块钱，硬塞给母亲。母亲只好先拿着，走时，再压到二姨的电视机底下。

我曾问起二姨的100大洋。母亲说，当年二姨出嫁时，姥姥家留下20块置办嫁妆，余下的80块，她自己带着。那时大洋不值钱，四元一块。她再嫁后，小儿子上学，卖掉过20块，是母亲陪她去的，那时母亲也就十来岁。子女们结婚用了20块，死时还剩40块，为这40块大洋闹了不小的意见。二姨主张几个孩子平分，小儿子不干，说二姨一直跟他过，属一家人。他照顾了二姨三十多年，应该留给他。二姨则说，给他带孩子做家务，帮了他三十多年，这笔账也就算不清了。

二姨性子烈，赌气找出家里所有的药全吃了，幸好抢救及时。二姨看死不成，又去撞墙，撞成熊猫脸。最后绝食，躺在床上，滴水不进，把嘴撬开，方能喂进点水。

那年，父亲的大妹，我的大姑妈病重，躺在长春的铁路医院，要见自家哥嫂。父亲和母亲赶回去，将将碰见二姨也咽气。母亲握着二姨的手，问认不认得她了。二姨点了点头，一颗泪珠从眼角滚落，顺着脸庞一直流到青筋暴露的脖子和头发上。母亲不停地擦，二姨不断地流，嘴唇嗫动着，就是说不出话来，人已瘦成柴。儿媳近前，她用眼睛狠狠地剜。母亲说她的儿媳妇也不易，上班管家拉扯孩子，二姨当家时，也没少受委屈。

　　摩擦让亲情不断降温，甚至生出仇恨。

　　三姨嫁的是长春一户王姓人家，天津人，有名的天津王。大地主，院落多，规矩多，婆婆说一不二。桌子要轻拿轻放，筷子需摆得整整齐齐，吃饭不能出声。儿媳妇不能上桌，得站在地下伺候。三姨性子倔，农村出身，野惯了的，受不得憋。

　　三姨夫是抗美援朝的老兵，1952年复员，在姥姥村锻炼过半年，喜欢上了三姨。三姨白净，人好看，即便现今90岁的人，也清清爽爽的。母亲家基因好，都俊。三姨夫追三姨时，姥爷不同意，嫌他出身不好，大地主家的后代；又是复员军人，怕再上前线。但三姨夫待三姨好，三姨也愿意，也就嫁了。

　　三姨的小姑子是个瞎子，三姨得给她梳头，洗来月经带血的短裤。平时站在墙边立规矩，向婆婆早请安，晚汇报；夜里给婆婆端痰盂，早起倒尿罐。有次，婆婆给她一对白纱手绢，上面绣着淡粉桃花。三姨夫带三姨到公园玩，两个人坐在草地上，把手绢垫在屁股底下，走时忘了。回来后，被老太太训了一顿，还罚他们的跪。那时已解放，新思想早就吹来，三姨自是要反抗。

　　她婆婆便让他们离婚。三姨夫应承下来，带着三姨到哈尔滨玩了两天。老太太气不过，把他俩撵了出来。两人没地方住，把三姨夫单位一间废弃的厕所填平，住在那，孩子也生在那。自此，与婆家鲜有来往。后来王家受到冲击，也就零落了。三姨夫的大哥，是国民党军官，去了台湾，他的嫂子，一直守着老太太过。三姨夫出来得早，又是抗美援朝下来的，故没受到牵连。

三姨夫待人好，体贴三姨，一辈子让着三姨。三姨年轻时，经常派儿子姑娘坐火车给姥姥姥爷送东西。姥姥姥爷走后，她很少回去，主要嫌农村脏，去了不吃饭、不喝水、不上厕所，坐一坐就走了。三姨孤介，性子冷，待人不热络，这点，我有点随她。三姨现在还健在，姑娘儿子一大堆，过得挺好的。

还有一个未曾谋面的四姨，很早就离开了人世，成为母亲心头的痛。四姨年轻时嫁到长春，爱人是个银行职员，在四姨怀孕期间，有了外遇。四姨没吵没闹，也没和家里人说，生下孩子，就把婚离了。一个人抱着吃奶的孩子回娘家，在火车上，把孩子送了人。回至家里，一病不起，不吃不喝，问啥啥都不说，一个月后就死了。

死前躺在床上，断断续续对外婆讲，怕拖累家里，把孩子弄没了，心里愧得慌。自己神情恍惚地上了车，木呆呆坐在那。邻座一位太婆瞧她不对劲，问道："姑啊！有啥心事？"她摇了摇头。老太太喜欢那孩子，一路上没少逗。她谎称上厕所，让帮忙抱下。车开走后，方后悔，沿着铁轨疯也似地追，但，怎么也没能追上。

失魂落魄地回到家，也就病倒了，是脑膜炎。

四姨死后，按东北的老规矩，嫁出去的姑娘，发丧不能走门，否则会影响以后儿媳妇进门。那时两个双胞胎舅舅尚没娶亲，姥爷就把窗户凿开，喊着号子，抬了出去。四姨埋在姥姥家村口的一块坟地里，前几年我归乡，跪那上过坟。坟里的她，永远年轻着，天堂里，如花的生命永不倦怠，也不会被辜负。

外婆去世在1979年，母亲知道时，已是八十年代。有天中午，我们放学回家，家里冷火秋烟的，死般沉寂。那种凝结的空气，一辈子都不会忘记。父亲从里屋走出来，摆摆手，示意我们出去。小声说你大舅来信了，你们的外婆走了。然后递给我们饭票，让我们自己到食堂打饭吃。记得母亲足足躺了两天，不说话不吃饭不上班，家里也没人敢高声说话。

大舅在信里对母亲说："妈已经走了一年半了，没告诉你，是怕你着急。考虑到山高路远的，你的三个孩子又小，等你坐三天三夜的火车赶回来，也来不及了。妈临死时，让我们把她荷包里的两百多块钱掏了出来，说是老姑娘给的。你寄的两批白布也当了孝布，全用上了……"

母亲每每讲到这些，都会感念父亲的好。说那时她每月给家里寄十块钱，父亲出差路过，也会给外婆搁下点钱。布是节约下来的布票买的。

我就觉得父亲特男人，重情而豁达！

外婆死时，我刚上初中，我们三姊妹皆不懂事，一滴眼泪不曾掉过。倒是成年后，一次次在梦里，走向那条通往外婆家的小路，一次次把自己哭醒。

记忆里，外婆家依在，依旧干净，箱子柜擦得锃明瓦亮。墙上一排镜框，镶着黑白照，有妈她们姐几个站成一排拿毛主席语录的，有外公外婆穿着黑棉袄黑棉裤，抱着两个双胞胎舅舅的，还有许多孙男娣女的，当然也有我。小时候够不着，踩着小板凳踮着脚，仰着小脸看。院子里有马车，外屋有井，家里有鸡鸭鹅猪。最喜欢那一筐筐白生生的鹅蛋，蹲在地上用小手不停地摸。门前有菜园子，菜园子滴里嘟噜结了一堆。黄瓜比小孩还大，没见过，特稀奇，抱回来给这个看那个看，姥爷就笑我摘了他留的种。现在外婆家早没了，二十世纪九十年代初就被工厂占了。

外婆长得端庄，慈眉善目。小脚，在垄上一摇一摆，走路像风。冬天盘腿坐在炕上，叼个绿嘴长烟枪，磕得火盆啪啪响。烟嘴是玉的。母亲的爷爷很有派，梳着大背头，是过去的私塾先生，赶着车来过姥姥家。马车一进院，母亲就忙着喂马，撮马粪。太姥爷夸她聪明，眼睛里有活。

外婆走后，外公也走了。母亲回家的心也就淡了，但对亲人的思念却愈发强烈。每次提及外公总是自豪地说，你姥爷多能干！我们家当时在村里数一数二，人人都羡慕。我出嫁时一分钱的聘礼都没要，你姥爷倒陪了四铺四盖，外带27套衣服，拉了满满一马车。在城里最困难的时候，是你姥爷把一袋袋粮食码到你爷爷家的地中央。他那时上街送公粮，大冬天，省下的钱给我们买麻花吃，自己揣两个大饼子，一咬掉冰渣。

每次回来胡子眉毛都是白的，像个冰人。

　　每每听到这些，我的眼泪就唰地掉下来，会想起外公的好。如果冬天去，他也会把我冰冷的棉袄棉裤，放到他被窝里捂热，再拿过来给我穿。对母亲说的这些，深信不疑，清晰地记得母亲陪嫁的缎面棉袄，我高中时还能穿，尚是新的。

　　小的时候，到了寒暑假，爷也会说，他们天天来接你，你就去看看你姥姥姥爷吧！并让带上五斤通红通红的国光苹果，四角九分钱一斤，我和爷爷去买的，用网兜提着。姥爷他们一个都没吃，我一天一个，走的时候，全吃光了。二舅妈总说，人家老爷子怕委屈了孩子，都是自己带的吃的。现在想想，万分惭愧，少年如风，并不懂人间疾苦。

　　每次去，二舅都到街里买一麻袋的菜，猪肉粉条一倒倒一地。即便他们吃粗粮，我也是白米饭。

　　后来二舅离了婚，那个美滋滋，不能生育的舅妈走了。不是二舅不要她，是她有了人。二舅老实，笨，和她唱不到一块去。二舅后来娶了新舅妈，对方带来一个孩子，又给二舅生了一个。姥姥姥爷去世后，苦扒苦干的二舅没能把生活过好，家道逐渐败落。二舅拉过煤、水泥、瓷砖，扛过气坛子，也拉过死人。马受惊，把他的肠子拖出来过。后娶的二舅妈性格豪爽，但不事家务，脏乱差，把钱借给娘家，也就音消了。晚年的二舅异常困苦，得了血癌，无钱治，死在家中。弥留之际，我回去过，风干的身体，佝偻在床上，只剩下一双可怜的大眼睛。再也不是当年那个白白净净，挺拔健硕的二舅了。山河垂泣，为一个普通的农民，我那苦难善良敦厚的舅舅！

　　时光天真，并不曾恩惠人间，很多亲人都走了，外婆家这棵大树上的枝叶逐渐凋残。但他们身上的人性光辉优秀品质依在，并在母亲身上得以体现。即便母亲16岁做列车员时，赶上1961年大饥荒，每趟出车，发的十个面包，自己饿着，一个都舍不得吃，全带回长春给大舅的孩子们。我在老家时，如此不谙世事，尚能得到诸多亲人的喜爱，也是因为母亲的爱泽。婚前我没做过家务，皆因母亲勤劳，记忆里她总是最后一个上桌，手里端的是家里的剩饭。

　　现在每每说起大姨的那碗白米饭，母亲就会说，那是借的！借的！

我便无比惭愧，觉得那是吃到的含金量最高最昂贵的一碗饭，因为她自己的孩子们只能眼巴巴地看着。

苏州女

　　艾文先生是我的恩师，也是风雨人间一盏微弱的灯。讲这段故事是在一个寒冷的冬夜，窗外皑皑白雪把玻璃映得雪亮。那夜，是这个冬季最冷的一夜，也是十几年来最冷的一夜。先生用了十几年的电暖气突然罢工，简陋的书斋里，生了盆炭火，红红的火盆旁放着先生的一包烟、一杯茶、一本书、一个打火机。茶吹在炉上吱吱作响，他用手机在微信里输入一个个繁体字。先生说这盆炭火，让日子有了年味。

　　1966年，先生从银川电影制片厂被派往杭州学习，十一月的天，已寒意袭人。至杭州是晚上九点半，空中飘着毛毛细雨，街上到处是等着载人的三轮车，突突地鸣叫着。

　　先生提着简单的行李站在潮湿的街头，路灯在雨水中显得格外清冷，暗橘色的光晕下雨丝弥漫。南方的浅冬冷峻，阴气重重，来自全国各地的学员近七八十人。

　　开学之际，学校组织学员参观，大巴车行进在美丽的江南街景中。廊回檐转，细草盈阶，更别提小桥流水了，愈发有别于银川的干涸与荒芜。先生的前座是位年轻的姑娘，两根细长的辫子搭在瘦削的肩头，专注地捧着一本书读。先生不禁疑惑起来，什么样的书竟能让人看得如此入迷？后来方知，是本苏联版的美术理论书。他读过，晦涩难懂，要啃。何况这个年龄比自己小的女子，遂生敬意。

　　那是个苗条的姑娘，瓜子脸，白皙文静，说着好听的苏州口音的普通话。在班里并不张扬，侧影很美，像剪纸。喜欢和先生切磋技艺，赞他的图案设计美观大方，想象独特。先生也与她讲些趣事，一来二去，两人熟络起来，常在一起互换书籍，讨论文学。

普里什文的《大自然的日历》、肖洛霍夫的《静静的顿河》、齐奥诺的《再生草》、梅里美的《嘉尔曼》等，都是他们心灵的"百草"。仙鹤飞来了，红隼飞来了，榛林花开，白桦淌汁，小草返绿。他们心意融融，无所不谈，闻得见彼此身上"树脂"散发出的芬芳。春天就在手里，每一丝空气都是新鲜温暖的。

姑娘告诉先生，原单位有名同事对她有好感，被她拒绝了，俨然视先生为知己。学习班里也有位男生对姑娘死缠烂打，姑娘不同意，便威胁她。先生找人调停，又由组织出面干涉，总算摆平。

每每制片于暗室，两人独处，暗红灯影下彼此尊重，并无一丝邪念。他待她像亲妹妹，先生家弟妹多，他是老大，她也信任先生。

一次学习班组织到绍兴参观鲁迅故居，岁月侵蚀的学堂依旧散发着江南的幽独之气。课桌上的字迹清晰如昨，只是故居后院远不如大先生描绘的那般美好。也许是时间太久，庭院光秃秃的；或许岁月本身便如此，少年之梦想，多半是一个人记忆里存放的阿拉伯钻石，带着时间折射出来的光芒和心底加工。

那是个月圆之夜，与先生多年后画的那幅《明月水中两相映》一样。如水的天幕，四五条小船荡漾在绍兴社戏的湖面，"乌苏里江水长又长"的歌声响彻在低矮的星空之下。两人并排同坐，细花凿银的水面，泛着莹莹绿波，桨声划动，歌儿游历在天水之间。生命是美好的，因为青春，也因为彼此的青春在一起。

天终于落雪了，西湖的雪景分外迷人，断桥柳堤披上了银袍。通亮通亮的他们玩雪球，打雪仗，不知累为何物。那是一段无忧时光，青春的热度，在寒风中丝毫没有减弱。

若干年后，先生忆起，依旧感慨，写下过一首《江城子》：

闹市曾别苏州女，素罗巾，两行泪。春雨时节，铁马向西行。惆怅湖中东西堤，戏雪球，梦中游。

银装素裹断桥路，湖滨楼，两相约。水长路遥，年年相思煞。俗海鬓霜又忆菱，依旧是，当年情。

词里的戏雪球，便是当时之景。下阕的又忆菱中的"菱"，便是姑娘。

半年的时光匆匆而过，学习班生活即将结束，同学们互赠礼物。那是个贫瘠的年代，并无值钱的东西可送。先生便把自己最好的一本硬壳笔记本送给了姑娘，也是先生给她的唯一一件信物，里面是平日写下的日记和读书笔记。如今看来都极为珍贵，没什么比一个人的心路历程更值得纪念。财物将老，精神却是不灭的灯盏，可以让暗夜温柔起来。

　　同学们一起去了上海。翌日凌晨，大家将各奔东西，先生也要返回银川，"铁马向西行"。先生和姑娘背着大家，在昏黄的南京路上，来来回回，不知走了多少遍。日间的繁华早已散去，孤单的马路上只有他们踟蹰的脚步。

　　四月末的天幕星辉灿烂，柔情依依，万国博览园那些坚固高大富有异国情调的巴洛克建筑，默默地看着这对年轻人。时针指向了夜里十二点，外滩的钟声响了起来，伴着黄浦江哗哗的流水，空蒙悠长。

　　分别的时候就要到了，姑娘突然哭了起来，哭得那么伤心。她知道天各一方，再难相见，或许终生不见，而彼此爱慕的话，还没说得出口。她望着先生，清澈的双眸，似两汪紫色湖泊。月光下，哭得如同泪人，先生想轻轻为她拭去，却怎么都抬不起手，只能默默看着。是羞涩还是懦弱？若干年后，问过自己。更多的应该是责任，前路茫茫，不知身在何方！

　　先生说还不曾见过哪个人为分别哭得说不出话来，那么委屈。为她自己，也为先生，也是生平第一个女子为其而泣。青春年少的他们，站在夜雾笼罩的街头。夜风温柔，星子倦了，月亮的清辉温柔地披洒在他们的肩头。冷清的马路上，只有两个人依依惜别的身影。

　　不得不分手了，两人约定鸿雁传书。

　　在书信中，她喜欢寄照片给先生，先生也曾回赠过她。

　　返回银川半年后，单位停止运转，允许回原学校。

　　先生匆忙上路，火车抵达武汉后，并没回学校，而是直接转乘开往南京的列车。站台上到处都是人，闹哄哄，乘车不要钱，随便坐。车门挤不上去，只得爬窗户，哪成想用力过猛，哐啷一声，头把玻璃顶碎了。用手一摸全是血，顾不了许多，赶紧换位置，但还是上不去，只好往车尾跑，去乘装牛马的大车厢。车厢里倒是人少，人畜混合，气味难闻，怎奈一心东行，只得如此。

好不容易到了南京，已是傍晚。市府大楼里住满了学生，每层都打着地铺。见一床棉被下的人较小，说声借个地方，便钻了进去。那时已是十一月末，黄叶无风自落，天气开始转寒，夜幕中飘有零星雪花。先生依旧穿着美院毕业时学校发的那件蓝色粗布大衣，亦是去年参加学习班时穿的。但距上次去杭州已整整过去了一年。

次日清晨醒来，不管同被的是男是女，便扬长而去。

先生乘车去了苏州，那是目的地。

记得她是苏州市美术工厂派往杭州学习的技术员，在厂门口，巧遇与她一起去杭州学习的同事，她把姑娘家的住址告诉了先生。

那是一条苏州老巷，在平江路附近。一路打听，曲曲折折找到。进屋后，走至一天井处，两边都是厢房。住处倒也宽敞，普通人家，家具平常且陈旧。室内阴暗，空气湿漉漉的。一排竹篮吊在房梁，黑色老木头门，倒有几分古气。后门石阶临河，有从乡下进城的乌篷船缓缓摇过。望着水面，等了好久，一个男孩跑进来说，姐姐不在，去北京了。先生站在廊下，好久没回过神来，从未有过的孤独感袭上心头，怅惘了会，只得落寞而返。如契诃夫小说《带阁楼的房子》里最后的一句：丽尼娅！你在哪儿？

她在哪？这也是若干年后，夜深人静时先生常问的一句话。

记不得是怎样回到的故乡。

之后先生又返回电影厂，单位的一位大姐知道他的事，说在北京遇到过这个姑娘，姑娘问起过先生。

再后来，时光是乱套的，他们失去了联系。半年学习，半年通信，尚未表白就散了，以后再也不曾遇见。像陀思妥耶夫斯基《白夜》里，那个望着玻璃流泪的幻想者，只不过梦醒之后，得面对现实。家境艰窘，异地婚姻显然是纸上图画，再美都是个人的乌托邦。这之后，先生娶了一位家乡姑娘，姑娘待他不错，先时两地分居，后来调回古城，结束了五年的西北生涯。

回来初始，找不到工作，一切都是停顿的。父亲病在榻上，弟弟妹妹们还在读书，只有母亲苦撑着这个风雨飘摇的家。童年的月亮街依在，可父母竟老了。

离开银川前，他把姑娘的照片放在那位大姐那。自己已结婚，带着不便。

现在想来，姑娘的五官已然模糊，留存记忆的唯有一个影子。

有一次在鸢湖吃饭，暖金色的水面，跳跃着大团阳光。初冬的风，乍暖还寒。先生儒雅，一身黑衣，一双布鞋，纤尘不染。一位多年的朋友调侃先生，说起那个苏州女，说起那首《江城子》。先生讪讪然，嗫嚅道，婚前的事，婚前的事。

那阕词，二十多年前，偶然落在一张宣纸上，后被友人索去，追盖了印章。如今纸冷人温，黄笺红印黑字，倒也文气。先生纯洁，以他的话说叫行为美，凡事止于艺术。赤裸裸的从来不爱，懂得人生珍贵，尊人敬己。现今依旧散淡，万事取一静字，从不提十几岁时画作便在国外获奖及后来的诸多事。常告诉我们，要活给内心，每一个墓碑底下都是一部优秀小说。

那时我就在想，先生的自传，应该由我来写。他曾说，人们对其画作及人品的评述，一般不作回复，那只是印象，好歹自知。真实的不一定美，对真实有感触的再现与表述才可能美。美在内质，有感而发才有诗意。而我的文艺观，会更接近他，更像他。

至于那位清秀的姑娘在哪？是否还活在人世是个谜，算来也是近八旬的人。曾想托朋友帮忙寻找，被婉言谢绝。先生说，不找了，找到又奈何，昔日苔影，留存记忆吧！那是永远年轻的时间，春天里的"第一滴水"。

彼此的青春复印过，便是幸福的。

正如先生喜欢的那首诗：

她的额角闪烁着群星

你是多么温柔

约诺我以幸福

在这无凭的尘世之上……

去年的梅

收拾卫生时，发现桌上的梅已经旧了。

去年此时，才习字，老师怕我不会买宣纸，嘱咐到一个艺坊去取。拿了宣纸，顺手讨了这枝梅。那时它开得正艳，养在一只一次性杯里。抱着它穿过红门路，沿着章华寺那条街往回走，引来无数路人侧目。一个骑自行车的，骑出去很远，还扭着身子回头看。

也是那天，第一次用了一枚绿檀发簪，别在髻上，挑着好看的流苏，一走一荡，很中国。后来那支发簪，在去深圳过年时，遗在山里的一个寺庙里。折回去找时，暮色已浓，坡道上满是落叶，在风里打着旋。高高的大理石台阶上只有我一个人，没找到，很失落。自己的东西总是好的，觉得一直都在那，在时光的最深处。

那沓白白的宣纸用完后，又买了黄色的毛边纸。

唯这支梅安于几上，一晃已是一年。它在不断褪色，可依旧舍不得扔。旧了仍然好看，像所有旧了的日子。

今早要出门时，有人转动锁眼，那迟缓的声音，告诉我是母亲。爱人利索，钥匙会叮当作响，遂抢上去打开门。母亲戴着帽子手套，提了一袋子东西，躬身站在门外，正准备第二次把钥匙插进锁眼。东西很沉，把母亲接进屋，一样一样往外掏。对母亲说，以后不要再送吃的，家里都有。母亲并不接茬，絮絮叨叨说着自己的，笋子才烘好，还是热的，中午就可以吃。面已经和好，包韭菜合子的，热水和的，不能擀面条，一定记着。说着用手指轻轻敲了敲碗，说里面是馅，已调好，只包下。我说水果就不用提来了，怪沉的。母亲说这种橙子好吃，难得碰到，你感冒了多吃点，吃了就知道了。

我倒了杯水，让母亲坐。

母亲说，不啦，你爸现在和小孩一样，我走哪儿，他跟哪儿，还在公交站等着呢。另外让我告诉你，明天我过生日，你们回家就行了，什么都不要买，一分钱不要花。再买蛋糕就扔出去，没人吃，年年浪费。

父亲胖，有哮喘，爬不上来楼。

母亲是腊月25的生日，每年这天，我们都会回去，也会给点钱，买件衣服，提一个蛋糕什么的。后来母亲死活不要钱，说她有工资，花不完，用的地方少，衣服也穿不完。

很多年前母亲是没有生日的。我们每个人都有，也会被提到议事日程，有碗面或几个鸡蛋。早起上学前，母亲一边往书包里装鸡蛋一边会说，今天是你的生日，然后拍拍书包，目送我们离开。

有一年很冷，家里办了年货。那时住在一个家属院里，一家挨着一家。昏暗的灯下，母亲站在地中央，一边剥橘子一边幽幽地说，今天是我的生日。话很淡，像说给自己。我却一下子顿在那，分明听出了凄凉。石破天惊，母亲还有生日，我们竟然不知道母亲也是有生日的，母亲也是母亲生的！

那年我十二岁。

仿佛母亲一直对着岁月，悠悠地说：今天是我的生日。

我们长大后，每年都会给母亲过生。母亲60岁的生日，是在我们家过的。两个弟弟出去取蛋糕，一会便打转回来。母亲问咋这么快，搭的什么车？两个弟弟齐声说公交。然后一个弟弟侧身低声对我说，的士，老远就下了，怕老太太看见，又说我们不会过日子。

15年过去了，母亲不会再有60岁，我也不会再有35岁，我和弟弟们都老了。

还有几天就要过年了，家里的卫生勉强收了下。于家务现在总是怠慢，不像过去那么勤谨。时间太少了，不可能分割，重复的劳动已不再重要。母亲也知道我嫌麻烦，不可能去买笋子，再泡再发再烘。

母亲走时，外面飘着粉尘一样的细雨，路面已湿。

我去画室改了画。回来后，饿了，打开保温桶，准备把笋子热一热。一摸还是热的。坐到那就吃，吃着吃着，想起圈里有人说，今天是小年，忽然明白母亲为什么送笋子和韭菜合子来。往年是水饺，爱人说过喜欢吃韭菜盒子。这笋子估计也是早起四五点钟起来烘的。

　　对于这些，母亲是常态。苦，是不怕的。

　　辞旧迎新，桌上的梅换了。所有的日子都旧了，唯母爱是新的，在保温桶里保着温。

第二辑／檐前见

婆婆纳

清明时节，坟地里有种蓝色的小花，状如满天星，贴着地皮生长。朋友告诉我，它叫婆婆纳。婆婆纳喜阴，性甘，是我见过最袖珍的花。像零碎的思念，或长情的陪伴，每年比我们先到，簇拥着每座坟茔，与那些花簇簇的绢花冥幡比，自是生动。

我的婆母就葬这，一个开满油菜花的乡间墓园。每年此时，犹如一幅黄绿色块堆积的油画。过去是条土路，现已铺成柏油的。我与婆母相处日少，她也非我亲妈，故没太多的痛。有的只是对一个含辛茹苦母亲的敬重，而于爱人，却是通往他母亲唯一的一条路。

婆母走在深秋，平静得像枚被吸干了水分的落叶，没有一丝风动。我坐在她床头，悠闲地织着毛衣，肚子里怀着宝宝，月份已重。什么时候掉的气并不知晓。只是恍然间，天地太静，静到死去，连空气都没了呼吸，只有窗外的树影和折进屋里的光凝在那。不再有呻吟喊叫，不再有与疾病的诸般缠斗，不再有一针针打进去的杜冷丁。婆母走了，和日月云朵一起走了，像一枚小舟划出了时间之海。

婆母是个老派的人，拒绝新鲜事物，终日穿一件灰布斜襟、腋下盘扣的袄褂。头发绾于脑后，胖胖的，慈眉善目，但骨子里倔强，说一不二。看过她倒洗澡水，干瘪的乳房，像两个风干的口袋挂在前胸，只剩一层皮。她生养过八个孩子，存活五个，他们不仅掏空了她的乳汁，还掏空了她的心力精力，以及一个女人全部的美。婆母长得不错，要不五个子女不会白白净净、标标致致。她把他们喂养得很好，个个健康漂亮。一个母亲身上到底能承载多少，只有她的儿女们最知道。他们的衣食嚼物，以及遮风挡雨的瓦片，均来自她心底的无私和手脚的勤劳。中国的母亲大体一样，属同一版本，尽可讴歌，任何词语都不过分。但能剥离自己细胞的只有一个，别人的再好，爱的枝叶也砸不到你头上，所以能仰望的只有一个。何况这个十三岁就背井离乡给别人当童养媳的女人，汗水泪水自然比别人多。

婆母走时，只五六十斤，轻得像朵云。没有别的要求，希望能土葬。这是件难事。她的儿子在对岸，一个小城的乡下，托亲戚偷偷买了块地，作为她的安身之所。那几天下起了冷雨，外面满是密密斜织的雨丝，我身子渐沉，即将分娩。只能穿着件白色大衣，端坐在幽深的堂屋里，于婆母的灵前，折了一朵又一朵的纸花。任廊下的雨滴，一滴滴滴落。

凌晨四点，天还是黑的，昏黄的灯光下，依旧雨丝弥漫，婆母被装进厚重的棺材，由八大金刚喊着号子抬上了车。棺材是现打的，她的儿子亲自上的漆。三个儿子一身重孝，顶着白布，领着密密麻麻的人群，绕过屋前绿树掩映的小路，弯过巷口，消失在茫茫的雨夜中，并不曾打伞。我立于门口看着雨越下越大，渐成瓢泼。那是个伤心日，那年他们的母亲六十岁。

墓地，我没有去，那年有没有婆婆纳也不知晓。按理说十一月份的墓地还很荒凉，婆婆纳刚睡下，尚来不及醒来。在泥泞和大雨中，他们安葬了他们的母亲。爱人回来时，冻得嗦嗦发抖，衣服拧得出水。

婆母走后，老屋依旧保持着它的平静之美。竹林簌簌，鸟儿一群群出没。梨若轻雪，柿红霜落，燕子也照样在檐下安巢筑窝。这个世界少一个人，多一个人，并不会改变什么，所不同的是，爱人夜半回来时，开门的不再是婆母，而是我。儿女们有了自己的家，也就有了爱的传承和接力。她留下的红砖绿瓦，古木青藤依在，精神气息也在，而怀念却窖藏在流动的光阴背后，不动声色。

一年后，我从那搬走，像一尾鱼游入市廛，结束了那段掰得出水的清凉时光，从此市声相闻。偶尔回去，踩着竹林里厚厚的积叶，走过泛青的石台，木质的门窗。仰头望着盘旋于头顶，漏过翠叶间的细碎日光，仿佛进入密林一般，满心水色，记忆的潮湿也会不时泛起。

每年在最美的季节，婆婆纳盛开时，也会去给婆母上坟。上坟的路并不遥远，但要过江，过江就要坐轮渡。坐轮渡要等，车子在堤上往往一排就是一两个小时。时光是白的，像滔滔江水，流淌着生命的折痕和一些散碎记忆。日子很缥缈，我牵着儿子走过，站在船舷，从一个妙龄女子变成现今这般模样。婆母也很缥缈，往事做烟，一缕缕都散去。思念并不真切，却无处不在。我们都知道这个世界她曾来过，并开出诸多枝叶。所以每个母亲手里都攥着一个春天，她的子女在她的手心里魔术般长大。

轮渡靠岸后，车子尚要开一个多小时，才能到达墓地。墓地里布满衰草、枯枝、土韭菜、野芹菜、蒲公英和婆婆纳，偶尔也会有老母鸡抱的一窝窝土鸡蛋。阳光很美，是温煦的，踩着枯枝，咔咔作响。泥土新鲜，泛着腥气，走过一座座坟茔，并不害怕，反而亲切。最喜欢的还是婆婆纳，它年年都在，不起眼的花朵，颤动着海洋般的色泽，如柔软的星空散落。它开着，娇弱鲜活，充满汁液的恩泽和清香。它亲近那些亡故之人，模糊着生死之界，是这个落寞墓园里最温情宽厚的点缀。知道那些地下之人也曾有过呼吸牵念，有过梦中的麦田村庄，一大堆的希望和一群群的儿女，以及灶间赶不走的炊烟。亦像那个时代的女人一样，不可能硕大艳丽，过多爱惜自己，多半默默无闻奉献着自己的爱和光亮。

公公是个简单而有意趣的人，婆母活着时，两个人并不合拍。婆母走后，才痛感人生的苍凉和孤单落寞。他年年至坟前烧纸，黑色的蝴蝶飘了又飘，一飘就是20多年。他活到近94岁，比婆母有福，吃的、穿的、用的、住的、看的、走的，自是丰富。20多年来这个国家发生了什么变化，谁都知道，随着长江大桥的落成，车子一刷也就到了对岸。公公明白那个刚强的女人十三岁就到他家，不停地劳作，唯一的休息，便是这地下的长眠。而自己的娘家路远山高，并不曾顾念；知道给他生了一大堆的子女，在他病榻高卧时，可以承欢膝下，尽享天伦。

他九十岁生日时，彩灯高悬，戏台高搭，人家有文化的妹妹，带着大队人马，从长沙赶至。冢前落泪，看着一屋子花团锦绣的帅男靓女，一代又一代，心疼地问道，可曾委屈过自己的姐姐。公公竟无言以对。生活太快，忽悠悠就过去了，也常如灰色帷幔，拉开才有明亮的光线；生命亦是一个谅解的过程，最后均会达成彼此敬重珍爱的协议。只是时光太晚，有些东西已怆然离去。

今年上坟，公公唯一一次没到场，已至那边与婆母做伴。于他的离开，我倒诸般不舍。与之相处日久，深谙其秉性脾味，是个简单可爱，头脑清晰，不乏小幽默的老人。临走前两个月，已癌魔缠身，现吃了药，不顾医生反对，换下病号服，坐着轮椅至酒店。在豪华的包间里，设宴款待了我们，并起身举杯，为自己致了闭幕词。感谢了儿女们的陪伴和照料之苦，以及生死之别。这样的轻描淡写，着实令人敬爱。故现在每至家宴小聚，望着上座空空或跪至冢前，想起阴阳两隔，便泪从心起。时光是一个筛子，金色的羽毛从天而落，留存的多半是暖意。轻与重，父亲都是山。

今年的墓地喜庆，老早就披红挂绿，祭奠也趋于奢华，冥币成亿成亿地送去。人们念念有词，祈祷这保佑那，希望阴灵一路庇护，实属私意。清明哀思，只是一缕清风，贵在感谢先人恩德。能世袭的无非是些朴素的品质，个性的尊严以及波及照耀身上的精神之光，这才是最值钱的东西。上天自会恩典踏实勤劳，善解人世之人。时光流变，有些东西却永远安放，就像婆婆纳依旧围着坟茔，于我们脚边寂静无声地盛开着。

有的坟茔很矮，和旁边高大的土堆相比愈发渺小，一看便知是多年无人打理的荒坟。仅有一些零星的枯草和婆婆纳无私的触角为其温柔覆盖。便犹豫着要不要把手中的花束，插上一株。一个人走了，没人惦记，收不到钱物，没有后人的祭奠，会不会伤心寂寞，真的不知道。

返回时，临路的一座坟茔旁，一位中年男子踟蹰而立，脚边摆放着鞭炮、冥钱、绢花。擦身时，他提出借火。爱人掏出火机，他蹲身费了半天劲也没弄着。爱人接过，抽出一折纸点燃，递到他手中。有人相问，这么大的炮，给谁买的？他回说是姑妈。大伙便夸看人家这侄子！男子叹道，姑妈无后。此话一出，伤感顿起。不知地下之人能否听到这阳间一递一答的对话。有些人的生命注定单薄，并没鼎盛的香火缭绕。

走出墓园，很快没入一片油菜花海。一条水渠从身旁流过，偶有杂物散落，并未影响这乡村四月的美丽。拐过石桥，上车离开，一座座垛起的小楼在窗外闪过，车后是静谧的马路，挂着彩幡花纸安详的店铺。小城和婆婆纳在这个春日的午后已渐行渐远。

抽身离去的光阴

　　这个春天，始终是宁静温暖的。窗外的绿植在缓慢生长，阳光通常明媚，古老的城墙沐浴在光与影的交变中。碎花一层层围裹着日渐残破的青砖，先是娇艳的桃花，后是一树树波涛起伏的樱花，再后是细小洁白的橘子花。春意渐深，不觉已至暮春。

　　喜欢这个古缎般的城市，就像喜欢那些经纬交叉的河流，似心底的软玉，带着时间的莫测性，流向远方。

　　先生让我陪他去上坟，我欣然应允。先生是我的友人，也是恩师。只不过他喜欢用画布说话，我喜欢用键盘。所表达的都是些低垂的生命，细小的事物，流失的光阴及残缺的美。

　　先生有好几年没去上坟了，他的父母业已离世多年。关于他们我听说过一些，另一个时代的故事，带着铅灰色的底蕴，久违的美。是这个世上曾经栽种下的花朵，风干了，也就憔悴了。先生的儿女们均在外地，只有婆和他生活在这个古城。婆刚强，先生柔弱，生活的波纹倒也平静安详。四年前婆出车祸，落下残疾，先生榻前侍奉，生活的琐碎也就多了起来。即便现在，铺床叠被，炒菜洗碗这些小事，先生每日也会按部就班做完。

　　先生和婆都老了，像两棵古树，泛着青铜幽暗的色泽和质感。昔日精美的纹理，早已淹没在斑驳的光阴中。回忆从不鲜明，哪怕那些打了蜡的记忆，都是灰蒙蒙的，生和死那么近，也那么远。

清明那天，先生没去画室，给自己放了假。木窗外飘着细雨，不远处传来雨咕咕，咕咕的叫声，声音透过雨幕混杂着雨滴声，那么空旷。先生说像他的童年，老旧的天井，天井上空低垂的灰云以及乌沉沉的黑瓦。那时的家有父亲有母亲，一大家子人，共一扇窗户，一枚月亮。那条街叫月亮街，家人的月亮，圆了又缺了。

先生在微信里给天堂的父亲写了封信，似玻璃上的雨丝缓缓流下。

我把信顺了一遍，到楼下写字间打了出来。打印的小姑娘，接在手里，"哦！"了一声，繁体呀！也许她第一次遇到，也许时光太浅，还没来得及触摸一个老式文人的情怀。人生有时只是一个过去式，回忆的站台，迎接的只有自己的列车。而回忆的美，带着时间的凝滞性与缓慢性，如古城墙上那些日渐繁茂的藤蔓，在自己的内心疯长。

先生父母的墓在铜陵山，从市内到那并没直达车。我说打的吧，先生执意不肯，说公交散淡，缓慢而平静，希望自己的父母不被打扰。我给墓园打了电话，工作人员相当客气，问我住在哪？然后告诉我搭几路，再在哪转，以及车次及价钱。还说到墓园后，若走不动，给他们打电话，电瓶车会出来接。

一个薄薄的早晨，我背着双肩包走出家门，包里装着简单的吃食和一块浸了水的抹布。空气晴朗，像新剖开的水晶，清凉四溢。小巷里有人卖花，新鲜的粉，硕大饱满的蔷薇泛着幽香。马路上尽是些行色匆匆的早班人，还有送孩子上学头发花白的爷爷奶奶们。

先生精神很好，面容喜悦，天真而纯洁。上身穿了件枣红色的中式盘扣布衣，肩头落了层白色头发茬子。先生说昨晚深夜习字后，自己剪了发。我问咋不去发廊，他说去那干啥，怪浪费时间的。先生就是这样，我曾说他像爱翁（爱因斯坦），衣服上常有烟灼的小洞和污渍，但气质轻盈，纤尘不染。先生说，他的时间不多了，只想做点有意义、自己喜欢的事情。

一个北大毕业的摄影师，每一年都会给先生拍几张照片，作为新年礼物。他在微信里这样说：画意人生——78岁高龄，一年365天不间断创作，每天挤公交往返画室和居室。一身布衣，油墨为伴，画作穿越古今，我敬重的艾文老师。

通往墓园的路是宁静的，除了一个妇人扛着锄头走在身侧，推销她的茭白、香椿、野芹菜、土鸡蛋外，几乎没有其他行人。该上的坟都上过了，清蓝蓝的天空，只生长着松软的云朵和一两声掉落下来的清脆鸟鸣。路边的水域长满了芦苇，先生纠正我说那不叫芦苇，是毛烛。打苞时才好看，开花反而糟了，烛花可做枕头。

陈年的叶子堆积在路边，踩上去软绵绵的，像一簇簇暗红色的火苗，楚陶的色泽。

巴氏曾道："每片秋叶都是一篇杰作，都是一锭喷了朱砂与黑银的精美金锭。"我们可以这样理解，埋在这里的人，肉身离去，魂归天堂的一瞬，都是洗净灵魂，金属般清脆耀眼的。就像先生的父亲，何尝不是季节里一首忧伤而古老的歌谣。

静静的白塔屹立在远处，灰白的云朵缠绕在它的周围，呈出毛玻璃似的温柔之美。先生指着告诉我，那就是铜陵山，很多人的归隐之地。那个银白色的塔，他年轻时曾在里边做过画，干了半个月；包括春秋阁，关羽读书的位置，墙上的青铜壁画也是他作的。曾经的曾经，现在只画自己喜爱的东西，内心真实的虚构。那时有梦，但离梦想最远；现在无梦，却离梦想最近。

先生的父亲，并没葬在这，仅衣冠和母亲放在了一处。父亲走时，家里穷，买不起墓，便把骨灰埋在了一棵树下。后来那棵树没了，父亲的骨灰也就找不着了。好在土来土去，总归化作泥土和泥土长在了一起。

一行洁白的大雁从头顶飞过，那是很多逝去和活着人的眼泪。

墓碑是我找到的，先生已记不清是第二排还是第三排。所有的墓碑都一样，白色大理石的，那么肃穆。碑上的照片，我见过，先生的母亲异常清秀，父亲温良。母亲内着一件小领旗袍，外罩一件翻领毛呢大衣，颈项优美，梳着旧上海月历牌上的发型。父亲一袭褐色长衫，眉宇间颇有教养，很搭的一对。

据说当年，先生的父亲见母亲第一眼时，便认定她，后来果真娶了她。

先生的母亲是商家的女儿，祖上经商，地道的楚凤人。母亲识文断字，家里的布置和徽州老房子无二样，中堂的条案上摆着春瓶，墙上挂有字画。父亲是安徽人，地主出身，年轻时出来闯荡，开有自己的纸号，后来被划为资本家。

先生说他生下来时得了脐风，是位老中医医活的。父亲很感激，亲子般侍奉，老中医走时，父亲安的葬。父亲是个厚道人，他懂，这点他像父亲，相貌却似母亲，清秀，鼻子高而挺。父亲喜欢京剧，唱得一口好京腔儿，铺子里有留声机，每日下午时分，父亲唱，年轻的徒弟在旁边配京胡。久而久之，先生也喜欢上了京剧，父亲那时也常带他去戏园子。这些幼时的记忆，后来都成了精神上的古董。

少时，从父亲铺子回家，须经过两条并行的小巷，那年代的小巷没路灯，黑黢黢的。先生的家住在月亮街的北端，曲折的青石板路。先生常在干净的门厅口写作业，夏夜于墙缝里找掏蟋蟀。厢房外有一竹床，雨天，一个人待在那儿看天井上的黑瓦，听雨咕咕凄凉的叫声。

母亲喜欢美。初夏，会把洁白的栀子放在干净的床头，或揣进先生的荷包，先生带着去上学，一天都是香的。母亲还习小楷，字迹清洁，像她的人。墙壁上挂着四条屏，没弟妹前，父母都看小说。书里对景物以及情调的细腻描写，影响过先生，为日后的审美奠定了基础。

后来，先生的父亲，主动公私合营，交出全部财产，要求当了名挡车工，白夜班轮换。从那时起身体日差，患了肺病，渐重后，组织上照顾他，让他住汉办。先生从宁夏调回楚凤的第三年，父亲离世，享年五十岁。那时先生的弟妹们已找到了工作，父亲总算闭上了双眼。墓碑上清晰地写着：艾蘭楷，一九一八年生人。老先生若活着，整整一百岁了。先生说他理解父亲，父亲苦，撑着一大家子人，不能死，也不敢死。

岁月是沉默的沙子，能留给后代的，只能是精神上的金粒。父亲的手指上曾戴有一枚戒指，上面刻着"艾蘭楷"三个字。穷时，当掉了，再后来家中一贫如洗，祖上遗下的财产，只剩一口樟木箱子。这只箱子，跟着先生辗转武汉、银川，最后又返回故乡，至今陈放在家中堆积杂物的阳台上。

父亲得肺病时，照顾他的大妹也被染上，家里愈发雪上加霜，生活的重担曾一度全落在母亲肩头。住房，原有的进宅门的两间厢房，只留下一间。子女多，无处洗澡，只得把大脚盆端至屋后厕房洗。妹妹们接着零活，打网子、糊纸盒、剥莲子贴补家用。压力大后，母亲呈出刚强的一面，脾气暴躁时也会一个板凳摔过来。先生那时年幼，多少有点恐惧，多年后才理解母亲的艰难。

上大学时，父亲正住汉办。先生去看望，见他一小碗饭，一小碟咸菜，不停地咳，落下泪来。想起父亲有钱时，在省城酒楼，一点一桌子菜，吃不完全舍给穷人；进货的钱贴肉绑在腰上。今非昔比，现今的父亲，默默无语，总说组织好，关照他。

先生工作后，把工资的百分之八十五寄回故乡，帮父亲养家，支持弟妹们读书，仅留一点解决自身温饱。毕业时，学校发给分配到西北学生的粗布蓝棉袄，穿了五年。那里少雨干燥，除夏天两三个月不用外，一年总有十个月陪在身上；第一个月发工资，买的一双高帮翻毛鞋也春夏秋冬不离脚，穿了整三年。

先生1965年大学毕业，学的是油画，五年专业。他喜欢十九世纪的文化艺术，那些精髓烘焙过他。列维坦是他喜欢的画家，影响了他的一生。先生说列氏是个歌者，来到这个世上，心里只有美和诗意。他想像列氏那样，走向原野，走向自由蓬勃的生命，画喜欢之物，平凡中见美，亲切而又忧伤。列氏画中那些好看的阴天、低垂的云、流淌的空气、水的波、静静的丛林，甚至金色的草垛、苍茫的远方、寂静的小路，以及皑皑白雪下，早春清冷明媚富有动感的空气，都是他喜爱的。但生活的结疤太多，并非一面光滑的镜子，他必须得面对一些现实因素。

由于成分不好，只能分配到遥远的西北，在宁夏电影厂当了名编辑。

半个世纪前的银川，虽是省城，较之南方普通城市都萧条。初到有点失落。省电影制片厂坐落在黄河边段家滩，两个半足球场那么大，六层小楼，人员最多时二十多个。幸福的是拥有了一间单人宿舍，最爱那盏台灯，暗橘色的灯影下可以做许多喜爱之事。爷爷的箱子里装了几件换洗衣服和几本书，那是他全部的家当。

先生勤谨，初入社会便得到重用。组织上派他去杭州学习，回来后，他们组建了幻灯片厂，经常送影片下乡。最忙时，三天三夜不曾合眼，也曾在小旅馆睡过两天一夜未醒。

有次出差，广袤的黄土地寸草不生，走了老半天，不见一个人影。不禁纳闷这样贫瘠的地方，咋会有人生活。远远听见几声犬吠，待走近，狗已扑上来，只得往树上躲。抬头时，竟呆住了，那是一片梨林，盛开的梨花把树染得雪白雪白的，一簇簇像天上的云朵。那是北方的异国情调，奢侈动人的生命！先生用采访的相机和守林人照了张相，一脸的灿烂，那年他25岁。

他说向晚的夕阳照在高坡上，一片火红。瘦马在小河里饮水，美丽的景象，像《卡尔曼》描写的西班牙高原，宁静而又壮丽。

小镇上，正午的街道满是行人和叫卖声。清一色平房，电线扯得横七竖八，不时有驴车经过。有所官样建筑，坐落在高坡上，走上几级台街，果然是本区图书馆。有点像四合院，朴素且干燥，室内倒也清凉，寥寥数人，线装书居多。

第二天去了另外一个地方，采访一个人物，并留在那熟悉体验生活，收集整理素材，为尔后回单位创作幻灯片打基础。西北农户稀少，飞沙漫漫，远远望见一座城堡坐落在山岗上。高大的半圆门，二三十级台阶，黄土夯就的围墙紧闭着。远处黄河低吟，周围十几里没有人烟，一个人乘着羊皮筏子顺水漂流，站在筏上望着笔直的河岸，异常孤单。到目的地后，艄公背着筏子一步步往上游走，等待叫乘。

运动初期，曾和一位北京同学组织了个战斗队，过了几天就散了。出身不好，那个同学更差，后来他们成了逍遥派，没惹什么祸。只有一次，在十几米高的墙壁上写标语，因紧张，写了前边的忘了后面的，名字颠倒，受到了批判。一个浙江分来的大学生对先生拳打脚踢，但总算平安度过。等那个人因路线错误挨斗时，先生并没参与，依旧待他如初，此人方识得先生人品。

一个偶然的机会，和北京的那个同学发现省电影发行公司的四楼有一书库，遂弄开门，在里面偷偷饱读。《悲惨世界》《静静的顿河》，都是那时的营养，外面闹着革命，屋里他们享受着书海里的浪花。

那个北京的同学，一直是先生的朋友，后来回京，在北师大做了名教授，也是位画家。他喜欢读书，家里藏书颇丰，去年曾把一本《葛莱齐拉》的最早译本，拍照发给先生。先生也曾有过此书，只是被借阅者遗失。米色布面，我在孔夫子旧书网查了查，独一本，价格已炒至5000元，太贵了，遂放弃购买。

读书始终是先生的命脉，幼时初交是课本，封面包了又包，用心折用心习。稍大一些读老师推荐的书，厚厚的《卓娅和苏拉的故事》《牛虻》等。父母读的小说，也曾翻阅。家境每况愈下后，只得站在新华书店里，翻那些搁在桌面上的书；那些不要钱的宣传册，作家名著介绍也会收回家。

有一本《怎样写美术字》，硬是被迷上了，没钱买，只得学流浪儿在茶馆里拾烟头。那时香烟没过滤嘴，熄灭的烟头还有一大截，烟丝攒起来，可以卖给卷烟厂。就这样，用劳动换来了第一本书。还用手抄过哈定编撰的《怎样画人像》，从封面到里面的插图均自己用心描摹誊写，再合成册，有人借阅过。书，从小就喜欢，且依稀知道它的价值。

一本书能影响一个人的一生。中学时读到《金蔷薇》，成为最爱，它教会先生人性之美，故思维不曾坚硬。也曾邮购过一本《回忆列维坦》，书到手时，觉得这个世界真好。大学时，每得一本更是爱如珍宝，在寝室里大家轮番传阅，看过的人在上面签上自己的名字，下一个继续看，也算是求学时的一道人生风景。

先生曾对我说，读读屠格涅夫吧！大学时他通读了他的书，学院没有，便跑到华师的表哥那借，凡翻译过来的都读了。那时还结识了莱蒙托夫、普希金、冈察洛夫等。他说，十九世纪文学是人类历史上的高峰，十九世纪末二十世纪初仍在发展着，像勃洛克、库普林之流，在他们中间随便找一本都是金砖。他大学五年就是这样过来的，全靠自己阅读，那是个人的面包。

先生说，在教养上，文学有了用武之地，故文学是不朽的，是克服动物性的学问，但不是说教，是动之以情的结果。

先生的女儿是名失语者，第一次见她时，一个劲地冲我笑。

失语的世界是安静的，自己不说话，也听不到外界的嘈杂，有的只是些无声的影像。但语言功能的丧失，无疑意味着生命中美好部分的切割，这样的破坏是残酷的。若想和常人一样，只能用自身更多的努力，及父母数倍的付出作为代价。

先生说女儿出生时，是有语感的。两岁时，得了一场感冒，一针下去，便失了聪。那是一场灾难，为了给孩子治病，带着女儿走遍大江南北，曾在一个仓库的桌椅板凳堆中抱着女儿坐过一夜；过轮渡时，钱包丢失，无钱过江，也央求过别人。

那时先生已是位颇有名气的画家，连巷子里的孩子都知道他的大名。但背后的艰辛，并不为人知晓。

先生成名颇早，年轻时画作就参加国展，拿奖；加入中国美协后，有过一些名头。然而五年的行政工作，让他苦不堪言，后来终于甩掉了，轻松起来。回归自己的艺术之境，无疑是喜悦的。对于过去，社会曾给予荣誉的那些作品，先生并不看好，认为接近心底艺术，比较满意的，还是近十几年的创作。无负担的劳动，才是幸福的。

女儿稍大后，先生每晚灯下教她画画；中学时，帮她补习几何英语。女儿从小就乖，文静，和正常孩子没啥两样，父女间从不用手语，只意会。

我曾在一个画廊，看见过先生女儿的作品，出奇的静。

先生的女儿非常优秀，九岁时便获得世界儿童画金奖；十六岁一个人去上海求学，有过很多殊荣。她为自己的女儿，起了一个好听的名字，叫"音子"。她的女儿是可以听到的，这是最幸福的事情，并且今年考取了加拿大一所音乐学院，她要加倍用更多的天籁，弥补母亲的不足。

女儿失语后，婆媳之间出现裂痕。先生的夫人不能原谅婆母，认为是婆婆的失职，导致女儿失聪。先生说那时他们上班，常把孩子托母亲照管，感冒本正常。母亲对此并不辩解，一再说媳妇的好，夸她会持家。

晚年，母亲自己住，先生在桂花街给母亲租了一间房子。每到向晚十分，母亲就会站在巷口，两边张望，看见先生，便十分高兴。先生每天下班，先落脚母亲那，也会把手边的书带给她，有经典也有一些散淡的书籍。母亲亦看红楼，谈论里面的人物。书籍在母亲最后的岁月里，起了重要的作用，填补诸多寂寞时光。晚年的母亲清瘦，依旧是个大家闺秀，日月磨光后，一片皎洁。

母亲走的时候很平静，八十四岁，比父亲多活了三十多年。先生接到消息后，回至家中只说到江对岸的一个小城开会，三天后方回。就这样一个人在殡仪馆待了三天，于母亲的遗像前，哭了一夜。先生说并没给母亲多少温暖，那一次，是生命里最后一次，也是婚后最长一次陪伴母亲，三天没离开过一步。只想安静地送母亲走，就像母亲当初安静地接他来。

晚年的先生须发皆白，静里向深，愈发幽淡。仙气鹤姿后，有了自己的山水之相。

依旧住在一栋老房子里，破旧的楼道，木质窗棂，生了锈的栏杆，到处弥漫着时间的印记。室内局促，并无独立的书房，那些发了黄的书籍依旧和一些杂物混在一起。老鼠子经常出没，先生却蔼然道，也是生命，相安吧！

先生性格野逸，小室虽破，依旧有古镜空照之感。也爱面子，并不邀朋友们家中相坐，怕怠慢，也确实杂乱，自己却随遇而安，一天笑呵呵的。平素节俭，省下来的钱都凑起来支援儿女们在外地买房购车。

曾见过先生作画，提笔轻点几下，山河立变，那样的仙风道骨，优雅至极。

先生的家没挂一幅自己的作品，简陋的墙壁，只有一张年轻时的照片。倒是京城大画家讲究的客厅里，悬着先生早年或现在的创作；朋友和亲人的居室也为其开着画廊。我观摩过，真清爽，有些画作，先生不曾留有底稿，每每看到颇亲切，也会像孩子样合影留念。

　　去年，先生的儿女们为他买了处房子，是一楼，带个小院。院内流泉藤蔓倒也齐全。小区闹中取静，有一个好听的名字——蓝月亮。

　　小区很美，是个幽秀的去处，细水横波，有小桥通至门前。天晴时，小龟会爬到石上晒太阳。园内草木扶疏，大自然声情并集，落地长窗对着满园绿植，不知名的小花由墙角探出，先生每每拍照，说野花虽小，更让人疼爱。

　　置了小几安于阳台，没事一本书，一碗茶，倒也安适，依旧是陶子笔下的"素心人"。两扇隔断被先生改成了书橱，满满两柜子书，颇文气。那些书被先生从旧屋搬来，一本本擦拭，倒腾了一天。先生说旧时之影，拿之温暖。书柜的一格，有我的书，在里面最新。也有我在网上淘来的书籍，有最早版本，李时译的，红色封面的《金蔷薇》。还有《生活的故事》《阿列霞》等，都是我送给先生的。同一本书，往往买上几个版本。这些书先生原来都有，只是或借或送也就散了。

　　我出书后，先生让给他快递一本，嘱咐不要签名。那时他在外地，等先生回来时，书已读旧，里面布满密密麻麻的圈点批注。先生物还原主，对我说："再给我一本，签上你的名。"这时方知先生之意。

　　先生也曾送过我很多书，史铁生的《记忆与印象》、张中行的《负暄絮语》，《列维坦》，宗白华的《美学散步》等。每一本上面都留有先生的阅读体验。先生说最好的友谊是文学艺术的友谊，最好的缘是书缘。

　　站在墓前，有缓缓的金色洒下，我摆上花篮，一抹布一抹布地擦着墓碑。"坟"，土里的文明，大地遗留下的乳房。

　　先生长跪不起，涕泪长流。说婚后，便不能像单身一样，把大部分工资给家里，每月只能给十块钱。父母并没怪他，只是日子愈发艰窘，不久后父亲就走了。现在每每想起，心头愧疚，好在都过去了，弟弟妹妹们都大了，有了工作，有了家庭，有了后代，后代又有了后代。他们都爱他，常去蓝月亮给那些盆景换土浇水，收拾卫生。

上了香，烧了纸钱和元宝，也烧了那封清明时写给父亲的信。先生说："爸！对不起您，您的骨灰至今没找到。家里最困难时，您一人顶着，我虽到了能帮您的年龄，您却执意要我读书。每每暑假回来，您在码头上接；我离开时，那夜色的码头，直到看不见船的灯影，您才离开……"

生命是哀伤的，有风轻轻吹过，吹着纸花，也吹着先生的白发。生活吹走了太多的东西，唯独没吹走这份思念和曾经的忧伤。

纸灰全部燃尽后，我和先生靠着一排树荫下山。先生说墓园真好，真清净；那一刻，我也觉得逝去的人真幸福，外面的尘沙一点都进不来。

那个来时碰见的扛着锄头的妇人，在一棵大树下摆了个摊，摊子上摆着她推销的竹笋、野芹菜类；旁边有位耳聋的大爷在卖土鸡蛋、香椿、腌菜等。

我选了几样蔬菜，也给先生选了同样的东西。先生说，他喜欢吃豌豆尖子，绿绿的，抓一把，用鸡蛋氽汤，像春天。我说香椿炒鸡蛋也好，香，正是吃的时候。

墓园清凉，阳光透过枝叶，洒下碎影，好看的鸟儿落在不远处，在草地上走来走去。风是翠的，像春天的眼睛，明亮而宁静。

归来

　　故乡于我是一枚萎了色的青果，尚未鲜艳，就已凋敝在时光的纹理中。素笔的天桥，一枚枚雪花无声飘落，偶有一两粒行人裹衣而行。桥下是冒着白烟的蒸汽式火车。这样的长镜，足以从遥远的记忆之海的水面无声推近。就像塞尚的画，完成一幅静物需要一百次，绘制一幅肖像需摆一百五十个姿势。所谓的作品只不过是对绘画的尝试和接近，并没鲜明的主题和目的。没谁是记忆的天才，蒙太奇的剪辑只是下意识不自觉的复制细化，避免影像丢失而已。

　　人是悲凉的，只是孤独的一瞬，与时间的厚重相比，甚至是轻逸的，而依附的车站，却由无数个寓言组成。体内的风只游走在自己的腔内，所有的繁文缛节都没多大意义。于诸多喧嚣和形式上的热情，我是保守、孤立和隔膜的，并不适应毫无界限的热络和自我浅薄的存在。始终认为"尊重"一词的优越，是对人、事、物，甚至一座城池，一个国家最大的褒奖。一旦打破，丑陋便会衍生。故于许多人许多事许多物只是瞭望，或潜意识的精神靠近，而非接纳。

　　自己是一个薄情之人，37年后才回至这个阔别多年的小城。爷爷洁白的墓碑安放在一个宽阔的墓园中，外公外婆的坟茔也掩映在一片油绿的玉米地里。在记忆里他们始终是老人，从没年轻过，如温煦的暮阳，柔软过我的童年，即便现在活着也有一百多岁了。我在此生活了四年，四年间爷爷没给过我一句重话，外公也会在寒冷的冬日，把冰凉的棉袄放在他被窝里焐热，再给我穿上。这样的细节我复习过多遍，他们的爱始终保持着优美的距离，从未凛冽。感谢这样的清澈和没复杂性，让我懂得尊人、自尊是一个宏大的主题。是心灵完整和谐以及超越血脉姻亲，伦理道德的最高境界。

这是个遗有俄罗斯风格的小城，并没多少可以收支的历史，不像我现居的古城，三四千年的积淀，抹都抹不掉。中东铁路从这里穿过，沿途的车站都是俄国人建的。红砖几何图案，木质三角屋顶，厚实的墙壁，极具异域风格，一望便知是舶来品。我的故乡，也因此成了我国最早拥有铁路的城镇之一。条约是李鸿章1896年签的，那时光绪还活着，沙俄百般纠缠，先要借地修路，后攫取路权，终于在彼得堡达到目的，签下《中俄密约》。清廷懦弱，惧倭怕俄，左顾右盼，借此牵彼，主权屡屡丢失。人家威逼利诱，要开矿要办厂要修路，你是块肥肉，又无法保全自己，只得在黑纸白字上签了又签。所以这条路权一直在俄、日两国手中辗转，1952年才归还自己。

到达时，已是暮合时分，一切趋于宁静。夕阳把小站涂了层明亮安详的釉色。

多少年了，依然没变。我拍了照，朋友说，像花样年华的背景。历史是无言的，已淹没于时间的沟渠，并不讲太多的良心。没谁会真心认错，无非是场弱肉强食的动物大战，并挂上冠冕的招牌，没准儿是认为在帮你。教养只是部分人的专利，停留在同一水平线上，当你够不着时，人家就轻视你、要求你、欺凌你，甚至分割你，强者的游戏而已。每个平静的谈判桌下都是不平静的，哀号撕扯愤懑，无休止的伤害和副作用。每个条款里也都写满了利益，而不是友谊。那些高调的词语，只是自身饱和后或太弱小时的表达。你不得不承认，人性是恶的，生来就要吃要喝要掠夺要保存自己。"教养"是"教"出来的，"修养"是"修"来的，都是后天的产物，学习而已。亦曹老夫子说的"锻炼"，锻炼方能通灵，有知有识。尊重谈何容易，距离一旦打破，战火就将蔓延。

俄国人在此修路，家属人员自然顺理成章地带了过来，由此派生出教堂、学校、住宅，楼堂馆所诸多机构。喇嘛台即那时的产物，有一百多年的历史，主要供沙俄铁路职工礼拜之用。运动时尖顶被削，现接上，并重新刷了红漆。铁中是他们当时的子弟学校，年少时曾在里面溜过冰，故对这些建筑一点都不陌生。大姑妈就住在这样的红房子中，里面阴如城堡，墙壁厚达八十厘米，窗台可以躺下一个人。相当于现在南方推出去的大飘窗，地板也厚如枕木。整个房屋冬暖夏凉，坚如壁垒。俄国人从不马虎，从不敷衍自己。

张奶奶是大姑妈的邻居，同住老毛子房。今年94岁，三寸金莲。年轻时就干净漂亮，头发溜光，行事做派有大家之仪。现今大姑妈已逝，她也从那搬了出来，住在这个小城所谓的"天安门"地段，和小姑妈楼上楼下。身体依旧硬朗，轻盈瘦削，并不老态。每日傍晚坐在楼下纳凉，故我常见。

她面色白皙，俨如一片月光，望第一眼便觉很美。性情也舒展随和，不拘泥，没陈腐旧套，喜欢看《全程热恋》，偶尔也摆摆pose，拍拍照。有披俄罗斯羊毛彩色提花披肩的；有戴墨镜、棒球帽的；也有穿运动服、风衣的。相当摩登，均可上时尚杂志封面。平日里极可爱，老幼皆喜欢她，上下楼有人搀扶，属国宝级人物，被邻里誉为"伊丽莎白"——高贵的女王。

我稀奇她的小脚，觉其珍贵，总想看看摸摸。小脚文化系我国独特遥远的一瞥，畸形文化，美丑至今尚有争论，但毕竟真实存在过。放足，女人走出家门，展现自我，独立于世的开始。标志着一个时代的瓦解以及价值观的再造，这是无疑的。只可惜奶奶生的早，不得不受那份苦。

我说奶奶您是活历史，咱俩得合个影。奶奶连说，这咋说的，我也没收拾，鞋也没换。说着忙扬手招呼她女儿道，快！麻溜的，到楼上取我的小帽来。那天和奶奶照了许多相，她的小帽换了一顶又一顶，有淡粉的，也有大红的。后来奶奶又带信来，说，没照好，得重新照。就这样我去了她家。她独居，养了一缸的金鱼，那些小鱼很自在，快活地游在水里。奶奶叼支细烟，跷腿坐于床沿，打火点烟的姿势熟练优美，还换了一双黑缎红花的尖头小鞋。我说奶奶比比脚，说完自己倒不知该抬哪只。奶奶道，来！这样。马上伸出一只和我配成一对，动作灵巧，思维敏捷。我们照了不少的像，奶奶一会站着，一会坐着，还管她女儿要墨镜。我说奶奶休息下，她说没事，不累，和玩一样。

奶奶的女儿孝顺，日夜在此守候着，顾不得自己的家，也是奔七的人了。把奶奶伺候得干净，小袄漂白，言语态度亦好，经常带她去公园散心，故奶奶很幸福。我对历史比较感兴趣，总想问这问那，可惜时间太短，不能和奶奶更多地交流。我说奶奶日本人和俄国人您都见过吗？她说见过。我说哪个狠些，奶奶说俄国人坏，高鼻子，深眼睛，人高马大的。马蹄子搭在窗台上，老吓人了，还祸害大姑娘。以奶奶的年龄推算，她见到的有可能是1945年的苏联红军，虽是盟军，却军纪败坏，这点毛也说过。我自己的爷爷给苏联人做过事，会说俄语，小时教过我一些简单的词汇，比如数字、火柴类，有些依然记得。爷爷说家里也曾来过兵，他让奶奶抹上锅底灰，躲至另外一个房间。他拿着斧头站在门口守了一夜。幸好那些老毛子兵只是在隔壁房间喝酒吃肉，闹了一夜就走了。少时，爷爷给我讲过不少有关日本人、俄国人的事情，也包括解放战争的真实片段。他有一句没一句地讲，我左耳朵听，右耳朵冒，也就烟消了。

走时，奶奶把我送至门口，问说啥时再回来，我说得几年。奶奶说那咱俩得拉拉手，不知那时我还在不在。我说，奶奶，可以视频的，您老得等着我，您活着，世界才美好！

真正走的那天，是黄昏。落日还没褪尽，奶奶已坐于楼下，穿了件红色碎花衣服，好看极了。她起身和我握手道别，然后踮着小脚，一崴一崴轻颤至车前，依依不舍地挥着手。当我掏出平板，想记录下这幕时，车子已然离去。玻璃后是奶奶渐行渐远的笑脸和摇动的手臂，这个小城和慈爱美丽的奶奶一起定格于此，成为珍贵的回忆。

故园遗梦

　　一次去母亲家，出来时，母亲和我一起下楼。她去买菜，我回家。那天阳光很好，小区的甬道上落满香樟树叶筛下的碎金，空气温香，弥漫着太阳潮湿新鲜的气味，垃圾桶旁堆了许多清理出来的旧物。路过时，我说这个小篮真好，母亲"哦"了一声，漫不经心地道，都是些别人不要的东西。我边走边恋恋不舍地回头望着，嘴里依旧说着，那只小篮真好！母亲一下子就站住了，说，是不是真的喜欢，喜欢就给你捡着。我忙拉道，别！别！遂挎着母亲走出了大门。

　　过了几天，我听到钥匙转动锁眼的声音，知道是母亲来了。开门的一瞬，看见她手里提着那只篮子。母亲说，给我捡了，用开水烫了，洗洁精反复刷洗，又在太阳下暴晒了几天，可以放心使用了。那一刻，觉得母亲真好！

　　篮子很洁净，篾片清爽，密密叠加，有规则地交织穿插在一起。纹路里依旧能闻见鸟鸣洒于竹叶的芬芳，像心底的钻石，闪着隐隐的光。后来，我把这只椭圆形，敞口，有盖的篮子放在铺有荷花桌旗的茶几上，装过满篮子玫红的鲜花、黄绿的水果、书籍、眼镜以及一些杂物。总之，它有了全新的身份，承接着纱帘后每个黎明与日暮时分温暖宁静的色泽，和我一起度着年轮里沉沉的光。

　　七月份回了趟故乡，简净的天空洗浴着每个毛孔，像本我珍藏完好，久未翻动的经书。许多亲人都平安地生活在这里，因为幸福、富裕、辽阔的天空，有厚厚的鸟羽覆盖，而无需太多的惦记。唯有我的舅舅蜷缩在郊区一张肮脏粘腻泛着霉味的床上，没有医保，没有社保，危在旦夕。我无法穿起母亲一颗颗遗落的眼泪和心头的哭声，以及由血脉拧成的丝丝无奈。三十七年后的舅舅干瘪吓人，像一截枯木，随时可能折断。让我想起难民、非洲、木乃伊很多字眼。除了眼睛灵活转动外，其余的都似张薄而脆的纸，刮在风中。

那一声"舅"，穿越三十七年，让我泪雨纷飞。三十七年前的舅舅是体面漂亮的，像苗壮的庄稼，挺拔饱满，大眼睛，双眼皮，白白净净，穿着藏青色呢子中山装，推着辆凤凰自行车来城里接我，腼腆、憨厚、木讷。我的姑妈们喊他大红哥，我还有个小红舅舅，他们是双胞胎。他给我买好吃的，一麻袋一麻袋地买，进门，"哗啦"一声，倒在地上。姥姥家是全村最富裕的人家，满院子清碧的蔬菜，一筐筐白生生的鸡鸭鹅蛋，一垛垛的粮食，彩绘描红的箱盖照得出人影，玻璃门窗擦得锃明瓦亮。城里的姑妈们都喜欢吃外婆家的捞米饭，说那是一眼的敞亮。可如今，秧败苗残，稀稀拉拉的几棵，满院的鸡粪鸭屎，赶都赶不走的苍蝇。脏，比穷更可怕。

舅舅的床头放了瓶氧气，是五百元钱租来的，难受就插上，是唯一的治疗措施。没钱，看不起病，即便社区的医生上门，也是基于老辈的情义，听听心肺，把把脉，给点小药，都是免费的。说句不好听的话，舅舅在等死。那天，我买了菜，做了饭，用了他家一缸的水。剁了圆子，炒了许多菜，舅舅吃了很多。他的肠胃没问题，只是干瘦，皮包骨。他的孙子叫彦泊，八九岁的样子，白净胖乎，喊我大姑，围着我不停地转，帮忙递盐找油。夸我斯文，说话好听，是南方人。拿出一袋咪咪虾条往我手里塞，说他谁也不给，只给我。我偷偷地给他一百元钱，让他出去想吃啥就买点，他扭捏半响，压在文具盒下面。然后提着补课袋和我道别，用鼻子嗅着说："大姑烧的排骨真香，可来不及了，给我留点回来吃。"

舅舅油灯即将耗尽，只是生命里最后一口气的问题，不知啥时咽掉。说话已相当吃力，只能用简单的眼神或手势来表达。眼眶里常常蓄满泪水，时不时用袖子揩下。那套睡衣乌眉糟眼，已看不清本色，罩着他干瘪的身体，细细的脖子支撑着脑袋，像个骷髅。思维却异常清晰，依旧聪明。我们去后，他可以支撑起来斜靠着墙坐会，示意我坐下，示意他们倒水；当我困顿，斜躺一角，示意他们开柜子找东西给我盖上。我吃完饭，回身时，他会吃力地把纸巾推给我，比任何人都明白我的心意，还是那个七十年代最漂亮的舅舅。可如今却如此窘迫，即将离开人世，不知心里该作何感想。

　　乡村的夜晚是寂静的，一轮明月挂在宝石蓝的天幕上，像画上去一样。白茫茫的夜色如水银铺下，凉爽惬意的空气充盈着四周。住在小红舅舅家里，望着窗台上那些泛香的花草，高大绿植蔓下的枝叶，彻夜难眠。想带舅舅去看病，这是我回来的目的，但从舅舅的身体看，确实是风里的蜡烛，吹不得。舅妈也一再表示，医院不收，舅舅的身体早已不能造血。我把病情形容给懂医的朋友听，他们说是血癌，且晚期，若早，还能治疗，但需一大笔钱。那一夜我有点走火入魔，无数的灯笼在眼前转动，设想出许多方案。去募集，去找有钱的朋友做慈善，只要扯下这张脸，总是有办法的。

　　当曙光打开院门，一轮红日斜晾天边时，一切都醒了。太晚了，舅舅是癌，无药可治，只是在慢慢耗干最后一滴血。

　　挎着母亲的胳膊走在乡村整洁的道路上，薄雾笼罩的田野散发着草木叶浆特有的清新，早起的空气如井沿新提的井水，清透甘洌。七十年前母亲出生在这里，先时叫腰屯，后来改为松柏公社。母亲八姊妹，都是漂亮人，有六姊妹从这里飞了出去，只有最后两个双胞胎舅舅蛰居于此。当年外婆家是望族，日子过得非常红火。母亲十几岁便离开，随大舅到很远的地方读书，尽管中途辍学，并没能成为文化人，但依旧是我见过的最温柔动人的女性。这块土地，是母亲魂牵梦绕的地方，生命的岔径再多，最急切的脚步，却响在这里。

　　小时，山再高，水再远，母亲每年都要带着我们三姊妹，坐三天三夜的火车，大包小包地回来。外公外婆走后，她也是隔几年回来一趟。

母亲一生的积蓄，都撒在这茫茫的铁路线上。

　　算一下，我却有三十七年没有回来，最后一次是十二岁。自小和父母漂泊在外，故乡对我是遥不可及的梦，曾一度认为自己是没有故乡的人。很多年，忙着自己的日子，头上的阳光无法分叉，霍然回首，舅舅已然衰老，贫病交加。母亲讲着舅舅的变故，舅舅的疾病，舅舅的窘境，讲家如何过败；讲舅舅如何的瘦，如何的没力气。去长春找大舅时，一个跟头磕到那，昏迷过去，被送到医院急救；讲大雪天到民政局要低保，倒在雪地里，大病一场，回来输液的钱，多于低保的钱。母亲平静地讲，我平静地听，我怕她看见我的泪光；出了小区，坐在车后座，借着黑暗，眼泪如珠子滚落。车外是霓虹的街市、风驰电掣的车队、溢彩流光的人群、喧嚣的大排档。这些都没有我的舅舅。我的舅舅在这个飞速发达的社会，吃不好，穿不好，喝不好，死冷寒天舍不得取暖。有病了，只能延挨着在家等死。

　　曾有四年时光，我在那片土地上度过，爷爷和姑姑们给予了我很多的爱，那是我对这个北方小城全部的记忆。两个双胞胎舅舅也没少来看我，每逢周末，不是这个，就是那个。他们长得一样，我分不清，经常混淆，总是叫错，甚至不敢叫。那是个腼腆的年龄，也是个不懂事的年龄，有时会稚气地直接问，你是杨振海还是杨振江，话出口时，又红起了脸。我的两个舅舅都是憨厚的人，只知道笑，姑妈们亲切地喊他们大红哥和小红哥。除大舅杨振山有过辉煌外，他们既没振海也没振江，一直囿于那个村庄，过着现在都市人向往的田园生活。很多年后，我知道所谓的田园，只是有钱人的后花园，一旦有艰辛的劳作和无奈的心酸掺杂里面，便有无数的苦楚滋生。

　　外婆家离城区八里地，属于街边子。清一色的柏油路，因交通便利，还算富裕。舅舅，其实是我的二舅，他和外公外婆生活在一起，老舅，也就是双胞胎里最小的舅舅，很早就分了出去，自立门户。大舅起先在北京铁路局，后调回长春铁路局工作，一直在外。见到最多的就是二舅，所以简称舅舅，是对所有舅舅爱的总和，也是对舅舅这个词汇深情的定义。

幼时的我，并不留恋母亲出生的那片土地。父母从远方回来，下了火车，先落脚城里爷爷家，是天经地义的事，第二天母亲才能急急地往娘家赶。在我的意念里，那里枯索，毫无意趣；冬天，大雪包围的村庄，像一座座矮蘑菇，远没有城里丰富多彩。舅舅每次来接我，大多空空而回。舅妈为人不错，是个可爱的人。干净、利索、手巧、嘴甜、烫着头发，成天美不滋，笑嘻嘻的。经常给我做衣服，和姑妈们的关系也好，帮她们做些针黹。每次见面，老远就咯咯地笑，见到我又搂又亲的。我从小拘谨，不喜欢过度的热情和亲密，况且那个年代闭塞，感情不知如何表达。所以常常把她关在门外，任她怎么敲都不开，隔着玻璃挥手让她离开。

很多年后，回忆起这个女性都是难忘的，无疑是我童年生活里一抹亮色。她对我好，是真的好，没有一点面子情，想千方，设百计地把我弄回去，做好吃的，和她一起睡。她结婚八九年一直没有孩子，不知道那时大人们的想法，或由此产生的种种不快，因她人好，似乎可以忽略不计。每次母亲从外地回去，她总是背着外公偷偷地往城里提油和煮好的鸡鸭鹅蛋，让母亲走时带着。有一次，她在前面走，外公在后面走，一人提一桶油，一前一后进了爷爷家的院门。她发现外公后，赶紧藏了起来。那时外公当家，外公会过，会算计，没他发话，家里的东西和钱谁也不准动。

我十一岁离开故乡，后来听说舅舅离婚了，所以这个女人不再是我的舅妈。那是个冬天，母亲坐很远的火车赶回去，和姑妈们冒着鹅毛大雪去她家说服她。她死活不肯，一定要离，起了诉。若干年后，我从母亲断断续续地叙述中，得知她爱说爱笑，爱唱爱跳，舅舅老实，不善风情，和她谈不到一起去，便有了私情。一次外公回家，被外公堵住，外公拿着棍子把那个男人打跑了，她的事也就曝光了。这之后，她觉得没脸再在村里待下去，加之自己无生育，吃了很多药，也不见效。在一个早晨，清理掉自己生活过的所有痕迹，收拾收拾回娘家了。舅舅这头曾做过多次努力，但她始终不肯回心转意；开庭时舅舅没去，婚自动离了。后来，她嫁给了城里一户有钱的人家，做了太太。姑妈们一直和她保持着往来。

离了婚的舅舅经人介绍，很快娶了亲，也就是现在的舅妈。舅妈原来的丈夫是病死的，带着一个两岁的儿子改嫁过来。孩子改姓杨，成为舅舅的儿子，后来，他们又生了一个儿子。也就在那几年，外公外婆相继去世，剩下他们一家四口平安度日，舅舅身上的负担也就相对重了些。舅舅的外号叫杨老狠，是说一身的力气，有干不完的活，讲赚钱谁也赚不赢他。

　　母亲说他太实诚，傻，像头牛，心里没自己。那时，舅舅不仅种田，还到街里拉脚，用马车在市内拉点零活。冬天，大雪封路，别人都在家猫冬，他揣着两个大饼子，抱着鞭子站在雪地里跺脚。每天起早摸黑，披星戴月，回家常常一身雪花，胡子眉毛挂着冰碴子。

　　母亲每次回去心疼他，又不好带出来，一个人跑到粮库，站在风地里等他。舅舅常在那儿揽活。母亲给他整整衣襟，拍拍帽子上的雪，往他荷包里塞两百元钱，嘱咐他吃点热乎的，别太苦了自己。饿了到馆子炒俩菜，身体要紧，衣服也要常洗常换，暖暖和和的才是。他就推搡道："你看这咋说的。老姐！我有钱，比你有钱，这活就这样。你大老远的回来，该花多少钱。"

　　那时舅舅真的有钱，比一般上班的工人有钱，他勤劳能干，一天收入不菲。拉粮拉煤拉菜拉瓷砖，拉一切可以拉的东西；活淡时，甚至拉过死人，给别人扛过煤气罐和水泥。有时，被我的姑妈们碰见，心疼他，会给他买只烧鸡什么的。马惊过，把舅舅从车上甩下来，拖着跑出去很远，肠子都扯了出来，成为街头惊险的一幕。幸亏被及时送到医院，捡了条命。这样的事故发生过两次，舅舅九死一生。后来年龄大了，马车也逐渐从城市淘汰，他也黄皮寡瘦，不似当年的人了。那些挣的钱，累计起来是笔不小的数目，一边挣，一边一万二万的被舅妈借给了娘家。那里更困难，更需要，也就音消了。死的死，亡的亡，没人再承认了。我听过很多版本，那样的数字，是很多城里富裕人家都不舍得拿出来的。

　　二十世纪九十年代初，城市拓展，舅舅的一二十亩田被征了去，余下四亩，总共合了大概一二十万，在那个年代是笔不小的数目。他用这笔钱，做了一栋非常高大的马赛克房子。现在从外观看，都是像样的，只是年久失修，室内灰暗，粉刷的墙壁开始脱落，泛着黄斑。屋顶也已开裂，依稀留着寒冷时贴的封口胶的印子。舅舅给儿子们娶了媳妇，一大家子在一起过，舅舅是主劳力，做不动了，就把家分了。一个儿子三间正屋，他自己没留一分财产，他的儿子媳妇们都说他好。这次回去，看见他的大儿媳站在门口偷偷抹眼泪。舅舅和舅妈单过，没任何收入，过去赚的钱用尽散尽，日子难免捉襟见肘。加之多病，风雨飘摇，也就在所难免，成为全村最困难的人家。

在长春，大舅的女儿为我们接风，我见到了二舅亲生的儿子和儿媳，他们在那打工。非常英俊的小伙子，比电影演员还帅，却起了一身的白癜风，脸和胳膊上都是。原来的工作干不成，别的单位又不要，自己在菜场摆个摊，卖水果。他和他妻子是最后一个来的，说要把水果卖完，天热，怕坏了，要不本都保不住。那几天高温，他的脖梗子晒得通红，起了一溜的水泡。他的媳妇，彦泊的妈妈，抬手时，胳膊上落有碗大块疤。我问咋弄的，她说是在餐馆打工时，烫伤的。她说家里总有事，有一点钱，就出点事，攒不下。上个月彦泊的爸爸，也就是舅舅的儿子才住了院，做了肺部手术，躺了一个多月，还有心脏病。有次舅舅急救，刚推进去，他就昏厥过去，马上也被推了进去。但小两口看起来还是恩爱甜蜜，有说有笑的。

舅舅的晚年就是这样的，自己丧失了劳动能力，儿子也指望不上，孙男娣女回来，也只能趴在他的床前哭一会，表示点心意。舅舅不再推辞，不再刚强，眼圈一红，默默低头接下，颤抖地拉开床边的柜子，塞在舅妈的包里。这个家里需要钱，比任何时都需要钱，听舅妈讲至今还有几万元的外债。舅妈是个快活人，凡事想得穿，无攀比之心，说话生动形象。让她的孙子彦泊把电视关了，不说关掉，说你把它给我掐死了，或灭了它。

我长春的三姨很多年没有回来过，主要嫌脏，这次舅舅病危，她回来看最后一眼。虽然外公外婆已经去世很多年，二舅家依旧被看作娘家。母亲是一个能吃能咽的女人，怎么样都可以，能将就，不会像三姨那样，内急都憋着。三姨走时，下着大雨，出了院门，实在憋不住，就蹲在她小儿子的车屁股后小解，我给她撑着伞。母亲，倒是个干净人，家里一根头发都难找到，到舅舅家并不作声，也不嫌弃。说你们待不了，就先回城里，我得在这多陪我弟几天。

走的时候，我向舅舅讨了样东西，说舅，把这个烟匣子给我吧！他点头，示意舅妈把他腿前的烟匣子腾出来。舅妈开朗，说，这啥破玩意，埋了咕汰的，净烟油子，该扔的东西了。还是当年某某给你舅做的，一起做了俩，还有一个在仓房里，把那个干净的找出来给你。我说不用了，舅妈！这个就好。那我把那上面的烟油子给你咔哧咔哧？她道。我说，别，别，就这样。依稀看得出一条条的刮痕，估计是舅舅用小刀刮的。

这是个长方形的烟匣子，原木，并没上色，现在里外都呈黑褐色。卯榫结构，上面的盖子是活动的，可以来回划动，很沧桑，显然跟了舅舅很多年。顺便带走的还有舅舅的两张照片，一张是小学戴红领巾和同学们的合影，他在正中，稚气漂亮；另一张是他在民兵连时，一人手里竖着一杆枪，齐刷刷地排着队。他在其中，年轻而英俊。

彦泊把他捡的一对描红的松木盒子也送给了我，那是大姨当年的陪嫁，她女儿装修时，当破烂清了出来。东北人善绘，箱柜、衣橱、妆奁上都是，融入诸多元素。颜色以大红为主，预示着日子红红火火，是我小时常见之物。以前，有些人家的炕柜极讲究，又描又烫，镶有瓷片，铜锁也亮。随着时代的进步，家具的变革，基本上都当柴火烧了，换成现在纸片样的组合。那些精美的纹饰，岁月的划痕，连着那片大地咚咚回响的脚步声，民俗风情等，也就慢慢消失殆尽了。姥姥家也是，炕柜箱柜，大红烫花的烛台，铜盆，玉嘴长烟杆，早就没了，只剩下一副一百多岁、摸得溜光的铜牌九和一本家谱尚在。

母亲悄悄地对我说："能不能把你的背包也留下，彦泊喜欢，你不在，他摩挲了好几次。"我说是吗？遂腾了出来。彦泊却一本正经地道："大姑，我不要。"我怕他嫌弃，忙说大姑也是头一次背，是新的。彦泊说他有，转身拿出自己的，说是他爸妈给他买的。很薄的书包，像伞布，我说用我的吧，结实，背着舒服。他还是推脱，一直不肯。他奶奶说，别听他的，他啥都要，净出去捡别人的东西，是不好意思。

我走时，他追了出来，说大姑，你的背包忘记了。我说可不是的，咋忘了呢，那你给大姑取来。他不动，只站在那瞅着我笑。然后说，大姑，你真的不要了。我说是的，大姑不需要了。走之前，在屋里，他就掏出我偷偷给他的一百元钱，说，大姑你看你给我买了那么多的东西，我咋还能再要你的钱，你还是带在路上花吧。听了很感动，没想到这孩子这么多天，一直没用，还攒起来。

双胞胎里的小红舅舅身体依旧很好，还能风驰电掣地骑电动车。他住在大红舅舅家的后面，过得不错，标准的小康家庭。儿子搞装修，有自己的团队，天天在外忙碌，听说我们来了，现买了菜赶回来。车库修得很大，电动门，卫生间的手纸是压花的。院子里堆碧叠翠，嘀啦嘟噜，结满了果蔬；草编的鸡窝，一个个母鸡趴在里面下蛋；不锈钢大门，泛着银光，像机关楼堂馆所的院门；两间很大的厨房，架子上摆着许多土鸡蛋。

霞，是我见到过的，中国最美的女性，小红舅舅的儿媳妇，一直和老人生活在一起，标准的中国传统婚姻模式。生有一儿一女，女儿已经出嫁，儿子在长春上大学。她在一家工厂给别人做饭，每天凌晨四点骑踏板车去。我们在她家住的那晚，她半夜两点起来，悄悄给我们做了早饭，然后去上的班。等我们起来，发现灶台上摆了七八个菜，煮了一大锅土鸡蛋、盐蛋，还有馒头。小红舅妈说她好，能干，贴心，没说的。即便到大红舅舅家，也是一进门拿起抹布就擦，帮着收碗扫地，一点也不嫌脏。

回到城里，我住在小姑妈家。我的爷爷和大姑妈已然离世。世界很大，没给我回头看一眼的机会，就蒸发了。这个小城因为曾经有过他们的呼吸，而变得格外亲切珍贵。很多年，我一直缝补着记忆里的碎片，那是另外的一个精神国度。那种亲切是与生俱来的，遥远神秘，又近在咫尺。爷爷家的胡同已然扒掉，立起新楼。匍匐在他们的碑前，我很失声，也很失态，那些遥远的爱，飘在风中，连报答的机会都不曾有。

闲暇时，我会和小姑妈一起逛逛这个小城，满街的蚕丝，一点不比南方晦暗。小姑妈家住在四楼，上楼时，我们一前一后，三楼和四楼的转弯处，有个废弃的柜子。柜子上有只竹筐，很好的手工，不大。我对竹子有天然的情怀，说，这筐真好！老姑说，是我的，装鸡蛋的，听说你们要来，嫌放在屋里碍事，搁这了。我说，给我吧！我喜欢。老姑说，要啥不好，要这破玩意，喜欢就拿去。接着道，是她婆婆在世时，去四川开会，带回来的，好几十年了。

筐，很漂亮，扎实密实。我如获至宝，抱着和我淘弄的东西，摆了一地。老姑说，净捡些破烂，看你咋往家带，带回去又摆在哪。我给你刷吧刷吧！我说别！回去自己弄。

她还送给我一个鞋拔子，她婆婆的陪嫁。老铜，磕得坑坑洼洼，像麻点，很亮。系的绳子很脏，有的位置快烂掉。她拿着一把剪子，一根新绳子，说，给你剪掉，你到农村找人按原样打个百花结，那里人兴许会。我抢了下来，说，就要脏的，剪不得。她不明白，我喜欢的是时间。

小的时候，大姑妈对我非常好，常给我洗头洗澡，买衣服皮鞋。前几年她走了，姑父现在有了新老伴，我去看他时，要下了他给我沏茶的小杯。一个七八岁戴红领巾的小女孩，坐在盆边，用搓板搓衣服。二十世纪七十年代的场景，我的少女时代。

回来的日子是平静的，水纹在每个清晨打开，我照旧码着我的字。日子热了，又凉了，听说舅舅好转了点，可以下地走路，慢慢挪到院子门口了。彦泊曾经建了个群，在群里喊我，大姑我想你了！我并不太看消息。发现时，他在说，大姑！你咋不理我呢？后来他在对话框里用语音给我留言，说，大姑开学了，要是你在……余下的话，很微弱，也很伤感，我把手机贴到耳边努力听，也听不清。声音再大时已恢复常态，说，大姑！不说了，我想你了，给你发个红包吧！拆开一看1.98元，高兴了半天。随后给他发了个大的，他没拆，第二天微信自动退了回来。中秋节我和父亲分别给他发了红包，还是没拆，告诉了他母亲，让他收下。

有一天，也是很平静的一天，街边的叶子开始下落，一片一片，在空中打着旋。长春的表妹发来一段视频，很高的牌坊，手绘的红漆棺木、哀乐、火盆、整捆的黄草纸、满地的金元宝、纸扎的马牛以及楼房。牌楼上，看到了舅舅的名字。我没动，坐在电脑桌前。天地很静，只有梧桐树宽大的叶子，在窗纱后划着优美的弧线。爱人喊吃饭，一遍，两遍……我没应。他走了过来，问，你咋的了。那一刻我竟用手捂着嘴，呜咽道，我的舅舅走了，一天好日子都没过到……

在接下来的视频里，看到了哭丧、爬跪、点灯诸多富有乡规礼俗的仪式；看到了从四面八方赶回去披麻戴孝，舅舅的孙男娣女们，白漫漫一片。那里温度低，夜里竟穿起了羽绒服。一个最小的孩子，一身重孝，坐在大人堆里，那是彦泊。那一刻，心很疼。我们家的人没回去，表妹代买了几个花圈。我的小姑妈代表她的嫂子——我们全家前去哀悼。

舅舅走了，体面而隆重。他的大儿子操办了一切，分家时说好的，大儿子管爹，小儿子管娘。我望着纱帘外，满大街人流，希望有一个是我的舅舅，但没有。山峦静止，他划出了苦难之海。

后来，小姑妈去巴马疗养，在那里突感不适，心率血压都不对，打道回府时，被我们接至这个古城。她给我买了大红的棉布长裙，牛仔绣花薄靴，都是我喜欢的。深夜，陪她住在三医的走廊里，背着她签了病重通知书。昏黄的灯光下给她讲，这个古城有多么的美，有多少水，是古云梦泽，有几千年的历史。那几天下雨，很大，气温骤降，阴冷。我炒了鳝鱼丝，蒸了虾，大包小包提去，在医院和她一起吃，像母女。

她稳定后，我带她去过博物馆、古城墙、玄妙观等景点。临走前，把她接至家中。先前，她一直住在母亲那，我也住那，和她一个床。她看到我家茶几上，她的那个竹筐，装了一篮子带绿叶的红橘，非常好看，说，在他们家从来没这么干净过，和我家真配。还说我若喜欢，以后到农村给我淘弄去，啥好东西，爱成这样。

走时，她要走了一个筲箕。拿在手里，翻来覆去看了好大一会，说头一次见，挺有意思的。

那天，天开始放晴，米色的纱帘被微风淡淡吹起，有光斑落了进来，空气里满是惆怅。时间和时间背后的光就停在那，我侧身里面，迷恋着它背后那些木质、竹质、土质的生命。人是活不过自然的。那个烟匣子也一直摆在茶几上，别了一朵殷红的干花。舅舅走了，那是他最后的财产，也是留给我的念想。

纸月亮

我生活在长江边，一座秀逸的小城，我们国家最早开放的四埠之一。洋风吹拂，各种文明杂糅，造就了她不同凡响的气质。锐意新格，自立径庭，早在明清，便比肩苏杭，颉颃京都，成为名闻遐迩的繁华之地。梵音袅袅的章华寺，坐落在我家附近，散步就可以去。两千多年前，曾是楚灵王的离宫，细腰宫的故事便发生在这里。

我是个痴迷时间的人，喜欢在细节的肠肺里寻寻觅觅。淡古的远影，缓存的记忆，智慧与美的较量，一代代绵延的血脉，均令我神往；那些窄街陋巷，摇着蒲扇，坐在竹椅上，生煤球炉子，头发花白的大妈们也让我羡慕。她们身上有着一个城市给予的完整性，油盐酱醋中无不浸泡着一方文化的滋养。我热爱这座古城，然而不会说本地话，三十多年来，依旧操着一口普通话。虽可以熟练地运用方言俚语，喜欢它的生动准确性，但发不好它的音。这种隔阂是天生的，来自血。我的儿子可以是，而我依旧是个外地人。

乡音是去伪存真，最有辨识度的工具。

父母在铁路工作，20来岁便背井离乡出来搞建设，我们姊妹均长大于外。故乡对我们来说是个遥不可及的、奢侈的名词。父母可以有故乡，一趟一趟回归，把路跑成槽，而我们只是蜻蜓点水，零星的几趟。长大后，更是忙于个人事务，故乡成了父母孤单的版图，全力以赴的地标。然而父母的桑梓，毕竟也是我们的故乡。我比弟弟们幸运，在那待过几年，小学二年级至四年级，滞留在爷爷家读书。人的记忆是有限的，一件事能被记住绝非偶然，靠的是一遍遍下意识不自觉地复习，就像功课。

那个小城特别特别的冷，冬季几乎看不到马路上的柏油，全是皑皑白雪压实的冰面。上学连滚带爬，不知摔多少个跟头才能到达学校。学校对面，小卖部门前的自行车龙头上凝了层薄薄的冰。姑妈进去买东西，我在外面等，舌头舔上去，粘掉一块皮，手掌也会被粘住。那是对冷最初也是最深的记忆，那种冷是坚硬的，毫不留情。直到屋檐的雪水融化，开始滴答，金色的暖阳千万道洒落，大地泛起腥潮的空气，才预示着春天的到来。

棉袍是舅妈缝制的，舅舅也常来接我；头发是姑妈梳的，衣服是姑妈洗的，饭也是姑妈做的，生活中一些细小琐碎之事都是姑妈完成的。那时我八九岁，她们待字闺中，皆是孩子，摩擦难免。爷爷偏心，溺爱我，只要知道，就会用皮带抽她们，所以我常瞒下。很多年后，自己当了母亲，才明白我是在和两个没妈的孩子争夺父爱。四年间，她们充当承担的是一个母亲的角色和职责。这句话，写在送给她们的我出版的第一本书里，她们拿到后喜极而泣，一遍又一遍反复摩挲，珍贵到藏了又藏。很多道理并非来自纸上，而是需要发酵，经过漫长严肃的时间烘焙，才能闻得到香气。人之生命皆独立，并不相干，任何细小的付出均超越生命本身，这是它昂贵的意义。

就像时间最后的含义是用来后悔，打字是为了思考一样。

有一年爷爷病重，医院下了病危通知单，父亲从千里之外赶回。冬夜，昏黄的路灯下只有我们两个人，走在通往二道街寓所清冷的路上。一切都是沉默的，身边的这个男人我已相当陌生，我像个野丫头，习惯了和爷爷姑姑的日子，他们带我听戏看电影洗澡访亲拜友，似一粒灰尘到处飘。沉默是父亲打破的，他问："他们对你好吗？"那一刻，我开始流泪，像风眯了眼，止不住地往下滚。不敢擦，怕他看到。我嘴里回答着好，然后把脸别开，藏在黑暗里。那个场景我至今记得，也想过当时为何如此，是委屈吗？不是！爷爷姑姑待我极好，用不着哭。但人是复杂的，童年的感情不能缺位，越丰满越好，以后的路方能御寒，这是我多年后的总结。

有人说"一个作家一直都在写童年"看到这句话时，愣了愣，他是如此通晓人性。童年是什么？是我们埋下的果子，等待漫长的日后长出新鲜的枝柯；也是最初审美和心性归属的位置，藏着你的性格和善良。能被我们轻而易举记住的往往是最善和最恶的东西，且成为一生的标尺。

所以故乡，对我来说是一卷经书，朝圣之地。

37年后，再一次回去时，我的大姑妈和爷爷已经去世，舅舅笔干墨枯，奄奄一息；年轻美丽，莺歌燕舞的小姑妈也变得老丑，时间吞噬了他们的健康和美丽。爷爷家的胡同早就被铲除立起新楼，红红的樱桃树和压弯枝条的海棠踪影全无，整个街道干巴巴的；母校迁移，被社区代替。整个城市易容，我猛然发现自己朝思暮想的圣地，如此稀松平常。烟火散尽，童年，只不过是自己设计的一场盛宴。

更可悲的是，没有人再承认我是这个小城的人，逛过的门面和商城里的服务员都会问我从哪里来，并随口报上几个地名。我说是本地的，她们只是摇头。我的故乡不再承认我，我依旧是个没有故乡的人。

《故园遗梦》是我回来后写的，分两部分。第二部分九千字，发在《北方文学》，主要叙述渐渐老去的亲人们的生存状态，以及天国里的经幡。生命是厚重的也是轻飘的，失去的瞬间地动山摇，也平静如水。人生是个悖论，很难参破。第一部分《故园，遗落的风》，来自外部概述和历史回身，以女性的角度，少时和成熟后的双重笔调进行叙述，把人物置身于大环境中，纳朴实于凝练，寓厚重于轻盈。

张奶奶是个真实影像，多年的邻居。她很美，像尊皎洁的明月，性格光亮，让人喜爱。也是一部活着的历史，属于真正的古董，身上存放着几代人的芯片。94岁，小脚，足够传奇。透过她柔弱的身体，平静的神态，能窥见昔日的刀光和铁蹄。东北的历史，总共才200多年，她却见证了94年。甲午风云后，就没消停过，日俄战争就打了五年，外加"九一八"，那些士兵要吃要喝还要祸害大姑娘，东北人失去的不仅是糊口的粮食，更是尊严。反抗是必须的，遂形成了东北人今天的性格，至今仍流行着"能动手就别商量"这句话。

很多年前到昆明旅游，那个春城的导游说起东北人多有不屑，当然，最反感的是上海人。思维的简单，素质的表面化，决定了她认识事物的局限。一个剽悍，一个精明，在经济上都很难讨到便宜。也暴露出部分东北人性格中，留下的战争烟气。

对张奶奶的叙述，是保留的，轻描淡写，并没做深入挖掘。她的丰富性远非如此。生命是个自然轻盈的过程，有些苦难应抽身离去，不能一层层穿在身上，她的存在本身就是一笔巨额财富。那个俄罗斯风格的小站，张奶奶无数次在那儿点名，我的爷爷也在那儿给日本人和俄国人做过事。漫长的铁轨迎来送往的不仅是宾客，更多的是先辈的耻辱。

《故园，遗落的风》写起后，我的姑妈告诉我，张奶奶和她的女儿好一顿哭。也许从没有人，把她们如此郑重地托于纸上，对她们朴素平凡富有人性的生活进行过真诚地剖白。文字的力量是神奇的，是我们穿越纷繁的物质生活，抽出的一道光。它通向清澈的泪腺，柔软的心底，超越对事物本身的理解，刮鳞去茧，露出真实的血肉和温度。

纸张是白皙的，它生养光亮，把我们心底的美和思想一次次放大。

感知一件事物，远，有时比近好。像"故乡"这个词，对没有离开家乡的人是失效的，也是幼稚的。近乡情怯，那种惆怅更无从体会。

回乡的前一年，曾有一位财政部的朋友来汉开会，顺至这个古城，我陪她去熊家冢。路上她和她的同行说起彼此管辖区域的财政，我听到了一些熟悉的地名，那些数字让我惊愕，远非大街上熙熙攘攘的人流、虚无的热闹。亏损、挪用、债券，那是我第一次知晓故乡的真实情况，那片重工业基地所面临的窘境。有钱的去了海南，有知识的毕业生并不回乡，只有中间地带的人在那苦苦坚守。望着窗外青绿朱粉的江南美景，我没有作声，一行洁白的大雁正从蓝天北归。

故乡，那卷经书，生命最初的摇窝，精神安全的寄存处，是不是很多人和我一样罔顾了。如今，只能呈放纸上，变成一枚心头的纸月亮呢？

丝线铺的好好姑娘

见好婆前，素素画了张线路图，我依图寻至梅台巷一座老旧宿舍的三楼。

此巷因康熙朝兵部侍郎张可前而得名。他酷爱梅，原是他的一座府邸——梅园。现今拥挤成一片杂乱的市井。

楼道逼仄简陋，站在老式红漆铁门外，敲了敲，无人应。试着喊了声好婆，声音刚落，隔壁也有人喊了声好婆。

"来了！"声音干净利落，底气十足。

我有点讶异。

开门的正是好婆，黑绒呢上衣缘着枣红边，满头银发，一簇簇打着卷。黑细边眼镜，长而略宽的脸，整个人清整肃穆。她笑着邀我进屋，眼神明亮，腰板直直的，不似位九旬老人。我握住她的手笑道，您怎么可以这样年轻，让我好生羡慕。

去冬，素素从外地回来，说父母都病了，需每天去给他们做饭。那几天冷，路上滑滑溜溜。我问伯母多大年纪，她说九十多了，继父也是。心里便想着一对鲐背老人的凄凉晚景。

居室简朴，乳黄色木门窗，厨房、卫生间铺着小块马赛克，墙壁贴着豆腐块白瓷砖，典型的二十世纪八十年代装修风格，但角角落落，纤尘不染。

好婆谈吐有致，思维敏捷，坐在客厅沙发上，面前淡绿保温杯干干净净。给我倒的一杯白水，也恍若水晶。我没喝，怕落下口红。

墙上挂着老式装裱的兰草四条屏，小竹椅靠在门边，包浆很好。房间朴素温暖，更有家的味道。

好婆喊我进卧房看她的影集，半新不旧的布纹床单，泛着绵软可亲的手洗感。床头摆着女儿素素及重孙女的小相框。

秋阳悠悠，洒落一屋，宁静的空气飘缠着万道金丝。旧，真是一条曲径通幽的路，暖暖一照，很多细节就复活了。

好婆出生在丝线街，沙市有名的一条古街，几乎全是商铺。光绪开埠后，日本的丝绸和英国的呢绒源源涌入，这里便成了丝棉麻生意集散地。两侧屋宇高耸，红灯点点，从早至晚，市声不绝。上下门板声，小心火烛，打梆子的橐、橐声，引车卖浆者苍老的吆喝，又为其平添了几分苍凉。

好婆家原籍咸宁，有几百亩田地，是那方有名的乡绅。沙市热闹后，带着一坛坛银圆，乘船沿水路迁来。在沙市置地建屋，盖起大片房舍。清一色砖木结构，徽式风格，券廊影壁，雕花门窗，应有尽有。1932年徐源泉带领十路军修中山路时，几乎全部割去，只剩下一条尾巴留给了他们。

那时拆迁不给钱，只拆不迁，徐源泉手里有枪。

余下的两座楼，典型的前店后坊。门脸是座两层建筑，一楼两边是门面，中间曹门。二楼，一半堆米，一半堆烟叶。后面的三层楼，住着一大家子人，外带四五个帮工，操作间也设在那儿。

好婆出生时，父亲已然去世，爷爷理事。她四岁发蒙，请了私塾先生，与此同时爷爷溘然长逝。叔叔爱赌，抽大烟，不务正业，被分了出去，改由小脚母亲支撑家业。他们家经营烟丝生意，店堂内横着长木柜台，经几代人磨损，已油光锃亮。柜上放着一座青白石头狮子，尺许高，十多斤重，一张张黄色包烟纸压在下面，是摆件也是镇纸。中堂一米长的门梁上雕着凤冠霞帔的红楼人物。柜台里除货架外，还有个老木头钱柜，一层放大洋，一层放铜钱，每日叮叮当当，不绝于耳。只要它响，就意味着日子可以不断美妙下去。

隔三岔五会有一车车烟叶回来，穿短打的伙计们一捆捆抱进来。晚饭后，一家人团坐在昏暗的油灯下，撕烟叶。梗做梗，叶做叶。门厅有盏包灯。包灯，包月的灯，一月一交钱，晚七点到九点供电。电来自江边打包厂的发电机，供给市政机关、路灯以及部分商家用。沙市是座浪漫之城，幸福指数高于其他黑黢黢的城市。至少对三年没见过电灯的日本兵是这样，仿佛进了天堂，有种大城市的梦幻感。

剥好的烟叶，放在烟坪上翻晒晾干。叶子焦酥后，用手抄松，喷上香油，拌上梗粉，让其回潮变软，再压成烟砖，送上烟榨。烟榨很大，高至房顶，圆木有一人粗，利用杠杆原理，转动绞轮，缓缓压下。一尺厚的烟叶可压至三寸，直至出油，变成烟板。在烟板的基础上，切成整齐的七八块，工人们用绳索勒紧，挤成龙骨。结实如木后，放在刨烟架上夹紧。大哥骑在上面，用烟刨子由上至下均匀刨削。刨刀很快，银锋闪闪。细如毛发，黄灿灿的烟丝便纷纷而落，细腻柔软润泽，满屋金荡荡的。香油成缸成缸靠在墙角，香腻腻。院内晒满烟叶，融融大院，一派灿然。

门庭肃然，递烟接钱悄无声息，伙计们处事泰然，笑容可掬，毕恭毕敬；买者彬彬有礼，偶有喧哗，瞬间便消失。而生意总是络绎不绝，井然有序。生意人也有生意人的端庄，和气里带着几分刚硬。

家里请了四个帮工，大哥带着他们做事。那些毛烟丝用包烟纸分半两、一两、二两、三两、四两包好。包烟颇讲究，两纸合叠，包成挺括的长方体，上面盖上周镒丰印章。镒，钱的意思，二十两为一镒。再用细绳拎着，至此方告一段落。那时沙市水运发达，外埠商客往来频繁，乡下小贩也纷至沓来。周家虽批零兼营，但以批为主。这条街几乎均如此，斜对面有卖洋胰子、洋灯、洋锅、纽扣、针头线脑的，旁边也有小酒馆和药铺。生意鼎盛时，每日流水颇丰。大家族人多手杂，柜上曾被盗，陆陆续续遗失的大洋，发现分缝在几床棉被里。屋里人做的手脚，也就不了了之。

烟生意利润高，加之原来家底殷实，周家在这条街上最富裕，也最低调。大小家人衣着朴素，出入谦恭。

好婆的娘，每日最早一个起床。天蒙蒙亮，边在腋下系扣子，边把小脚伸进尖尖窄窄的绣鞋里，一摇一摆往外走。终日一件蓝布袍衫，从后面看像鼓鼓的喇叭，每个星期浆洗一次，板板的。绾巴巴头，圆髻上插枚翠簪，算是鲜艳的地方。任街上旗袍长长短短，头发直直曲曲。

生火做饭，管理账目，照顾一大家子，大事小情均由她操持。分出去的三叔，本性难改，败光家业后，弄得没米下锅。天黑后，脸上长着星星点点雀斑，饥饿难耐的三婶，常牵着孩子们站在后门外轻叩门环。好婆的娘，背着婆婆，偷偷放他们进来，吃罢饭，再悄悄送她们离去。搁米也会多抓两把。

新修的中山路宽阔美丽，两旁尽是高端大派的中式牌坊和哥特式建筑。洋风吹拂，礼帽长衫或穿夏白布汗衫，脚蹬小圆口布鞋，摇折扇的，比比皆是。也有西装革履，戴金丝边眼镜，拄文明棍的绅士。他们大多端坐在人力车或马拉黄包车上，马蹄踏踏，悦耳的铃声从马路这头响到那头，恍若异国，故沙市有"小上海"的称谓。

挽着手袋，穿丝绒旗袍，外罩巴黎时尚毛呢大衣，扭着高跟鞋的时髦女郎也渐至涌现。除清政府在全国首批设立的邮局，还有老天宝银楼、同震银楼、聚兴城银行、教堂等，一大批风光门庭落户于此，也夹杂着百货店、饭庄、文具行等。林林总总的长方条幅，旗帜般竖挂在半空。

好婆那时五六岁，已入教会学校读书，需要纸笔便到中山路良记大盛纸号去买。老板清雅，一袭灰衫在铺子里踱来荡去。柜台一角摆放着黄铜喇叭留声机，每日咿咿呀呀。徒弟端坐凳上，配着京胡，老板于静日午后总要亮上一嗓。学的马派唱腔，人站在太阳的灰影里，嘴一张一合，配着手势动作，风韵气度也就出来了。

门厅幽暗，好婆飘进来，踮着脚，趴在柜台，举着两枚铜钱买上几本喜爱的竖条纹线装本，是件开心之事，家里写春联的纸也到这里买。老掌柜人和气，瘦骨嶙峋，头发花白，举手投足尽显仙气。每日在二楼染纸，偶尔下来，碰见好好，总是笑眯眯的。哑着嗓子问，好好姑娘来了！

那嗓音像烙了铜的黄昏，深远悠长，好好九十岁时，仍在耳边回响沧桑着。好好忽闪着大眼睛嗯嗯应着，老掌柜的眼睛愈发眯成一条缝，空气里满是欢喜慈爱。

老掌柜亲自给好好递纸拿砚，接钱找钱。好好两条辫子油光，额前打着整齐的刘海，素格夹袍，皮肤白皙，月光养大一般。

良记的门脸很大，两旁玻璃橱窗。柜外有两米空荡，柜内倒有四五十平方米的回旋余地。货柜靠墙，摆着各色纸张和文化用品。好好那时就知道一刀纸一百张，眼睛一眨不眨，瞅着伙计们一五一十地数，速度实在惊人。一米宽的过道通向后室，里面堆满了纸，山一样高，一摞摞码至棚顶。靠右的木质楼梯通向二楼，是刷红纸的作坊。

纸需先漂在胶水里，再挂在木杆上阴干，一排排可好看。刀具很大，比菜刀快十倍，老掌柜不让碰。纸被裁得整整齐齐，案板又大又宽，齐到好好的鼻子，木材厚而重。泡纸的水槽，胶水发黄，纸在槽里荡来荡去。红色粉末写着外文，是德国货。阳光很好，沉沉筛落，满室光影，好好在纸下穿行，与尘埃一起浮动。窗前有个凉台，可以望见繁华的街景。

少奶奶细致文静，不大来铺子。好好有次买完本子出来时，遇见她下黄包车，湖绸软蓝旗袍外，罩了件黑绒呢大衣，幽幽的领口衬出一截白腻腻的脖子。低头找钱时，真是日月无声。人都说她好看，说话轻，走路也轻，绿竹绣鞋睡着了一般。伙计们喜欢看少奶奶，眼睛直直的，又不敢抬头。

那种素，素得艳光四射。

少奶奶年轻时叫简姑娘，大户人家小姐，喜欢栀子，家里养了许多盆。曾把两枝带露水的白腻栀子，插在好好的头上。

好好常去中山公园玩，那时公园人少。夏季的早晨，阳光透过小叶女桢树叶，斑斑点点落在干净的路上。绿树成荫，要多清静就有多清静。公园的后半部尚荒凉，古刹里曾有棵桃，每至春天，香风淡淡，好好跑去采些桃胶回来粘东西。

武汉沦陷后，大批难民涌入，盘缠花光，便把随身携带的衣物，花花绿绿摊在中山大马路上卖。也有长衫礼帽者，夹几卷画轴折进烟铺，踟蹰再三，问道收不收。伙计们请出好好的娘，画在柜台上徐徐展开，黄沉沉，灰而旧的纸。稀疏的柳荫下，坐着一位仕女，笔法淡远达逸，绘得极有教养。铺里曾收下过几轴美人图。

这些外地人，为躲避战祸，滞留于此。拮据后，不得不把随身携带的珠宝字画卖掉，以充店资路费，再设法转道重庆。那时沙市只五万人，难民就成千上万。

日本兵侵占时是1940年，端午节前夕。好好已十一岁，空气日渐凝重，连日轰炸，整个城市已近瘫痪。漂亮的中山路坑坑洼洼，老城区鳞次栉比清秀的黑瓦房，也渐成废墟。好好娘崴着小脚，先是把棉被抱到八仙桌上摊开，敌机一来，便让他们躲到下面。又让大哥二哥连夜在院中挖个很大的防空洞，卸块厚实门板盖上，警报一响，便往里面钻。

日子不消停，每日轰隆隆，听说炸弹投在东区，好好随着大人们跑去看。是燃烧弹，人已烧成锅一样大，黑焦的一坨，还冒着烟。也有半边脑袋，淌着脑絮，或一截大腿挂在树枝上的。她哭喊着回来做噩梦。炸弹曾落在同街一户正在做满月的人家，五口人，连同怀中婴儿顷刻丧生。

荆州城里穿蓝衫黑裙和青年装的学生，开始涌上街头。开埠后，沙市崛起，富裕人家纷纷迁来，城里几乎是座空城，1934年时就只剩下几百户。学生们扛着座椅板凳徒步走到沙市，在晴川书院门前，两个课桌一拼，横块板，站上去演讲，或指挥着大唱《九一八》。

教会学校依旧授课，好好坚持念书。一日放学，大街上一片混乱，很多市民抱着被子纷纷涌向码头，吵嚷着日本兵要来了。

她回家对二哥说，我们也去打包厂吧！两个人挎着一篮子刚煮好的粽子、盐蛋，扛着两床棉被就往江边跑。篮子是篾编的，椭圆形，有盖。整个打包厂闹哄哄，住满了人。他们寻至四楼，才找到一块空地。敌机在头顶盘旋，轰隆隆飞过去，投掷的方向是好好熟悉的中山公园，庙一样的中山纪念堂在那次轰炸中毁灭。

江边林立着海关、仓库、领事馆。打包厂建于1927年，比好婆长两岁，是汉口一位商人与英国人合办的，属沙市最早的现代化工厂，也是转运站。每年吞吐八九十万担棉花，湘鄂北的棉花，在此打包后运至武汉上海。棉花泡，压实便于运输，故叫打包厂。四楼的楼顶平台上画着一面大大的英国国旗，日本敌机不敢轰炸，是这个城市最安全的地方。

母亲和大哥也来了，家里成了一座空宅。

日本人真正进城的前一夜，整个城市死掉一般，没路灯，没警察，家家关门闭户。黑黑的夜空，是睡去的，也是醒来的。后半夜，忽有胡琴响起，来自刘家场一带，先是穿云破月，清幽的曲调，继而悲凉，渐至呜咽。好好坐起身，仔细听着，断断续续，若有若无。母亲一把拉倒她，搂进怀里。

第二天，日本兵从荆州城那边过来，马蹄嘚嘚，悠悠地行进在空阔整洁的中山大马路上，打量着两边恢宏，颇带洋味的建筑。这条平日香风细细的街道静悄悄的，店铺全部歇业。不少人贴着门窗缝，窥视着这些骑着高头大马，拿着刺刀的士兵。

生活未卜，碎成镜片，看不到希望。

好好他们在打包厂住了几天，外面逐渐安静。胆大的跑出去回来说，看见了日本兵，好好和比她大两岁的二哥也偷跑出去。

一排日本骑兵正跷着腿，躺在堤坡草地上睡觉，皮靴锃亮，军服笔挺，面料像雨衣布料，光滑不进水。好婆说，质量比现在的军服还要好。不吓人，黄种人，和自己长得差不多。两个人往回走时，迎头碰到一个日本兵边喝酒边唱歌，把喝空的瓶子送给了他们。是清酒瓶，细细长长，他们抱着回去。

二哥又跑回家去看，家里的门已被砸开，住满了日本兵。二哥胆大，走了进去。家里镶骨头、雕门楼子的红木衣柜，已劈成柴扔进火苗乱窜的炉膛，好端端的柴堆放在墙角，并没动。一大缸香油封的腊肉见了底；坛里的皮蛋，掏出来，摆了一地，灶上还黑黑煮了一锅。不知怎么吃，以为是土炸弹，见到二哥比比画画，让二哥吃给他们看。

整个中山路全部清空，成为"日管区"。上段是军事区，中国人进入格杀勿论。好好娘常告诫她和哥哥姐姐们，不要去中山路，老天宝门前的电杆经常挂着血淋淋的人头。下段为"日化区"，即日本兵的生活区。宪兵队、警备队、汉奸稽查队、日本军商会馆全设在那儿。附带咖啡馆、小酒馆、慰安所一系列配套设施，是日本人寻欢作乐、歌舞升平的地方。

有户商贾，携带细软想连夜逃走，被抓回来全家杀掉。一颗颗人头挑在老天宝前的电杆上示众，后叫"刺柱"，日本人行刑的地方。

稍微完好的建筑都被占了去，好好已不能再去读书。毗邻中山公园，她就读的英国教会学校，几栋红色屋顶的小楼，住满了日本兵。学校停课，昔日环境优美的校园，成了他们的操场。

沙市沦陷后，黑云压境，整个城市日渐苍凉。烟铺维持不下去，伙计们四散回家。日本人设了关卡，加之土匪出没，乡里与外埠的路基本阻断，进货出货的路径也就死了。青壮年不敢出门，怕被抓去当劳工，修碉堡炮楼，两个哥哥只能待在店里做事。

家里已被日本人洗劫一空，一大家子人等着饭吃。乡里人不能进城打货，只有把烟丝送下去。梅雨季节，雨，下得心事重重。好好娘站在檐下，望着潮湿阴暗的天井一筹莫展。

这条街已有不少老人孩子结伴挑货下乡。漆黑的夜晚，好好娘注视着灯下温课的好好，狠下心将她的辫子剪掉，变成男孩模样。再穿上二哥的对襟褂，脸抹黑，挑上两担烟丝随开杂货店的项伯他们一起去岑河。每日天不亮出发，这个时辰盘查松，只一两个哨兵端着枪晃荡。每次过岗亭，好好紧贴着项伯，低着头，不作声。

在岑河姑妈家住一夜，第二日赶早摸黑挑两筐鱼往回返，母亲拿到早市上去卖。姑妈心疼好好，搂着她，摸着她的光头，眼泪扑簌簌掉。说，我的乖乖，挑不挑得起，造孽呀！苦了这小的人。一担鱼25斤，好好咬紧牙，一路趔趔歪歪，六七十岁的项伯得等她。肩膀磨出血，脚也磨出泡，疼得直掉泪，又不能耽误大家。

一到下雨天，好好就坐在门口哭。娘疼在心里，细脚伶仃不停地在屋里打转，哥哥也抱着头。

岑河离沙市十多里地，大多土路，要走过大片荒地、坟茔、竹桥。道路泥泞，雨丝弥漫，好好深一脚浅一脚，走不动，拉着项伯担子的绳子，项伯自己担两筐货，还要回手牵着她，浑身上下水淋淋的。过了岗亭，过了桥才是姑妈家。

一天挑烟，看见几个中国人往芦苇荡方向跑。有小孩也有妇人，有的顶着棉被，后面日本兵边追边射击。子弹打在被子上，黑洞里冒出青烟，两个人倒了下去。

有次天没亮就到了岑河，岗亭上杀气腾腾，满是日本兵。退不得，进不得，保长站那里训话，说赶马台炮楼有个日本兵被杀了，知不知道谁干的。老老小小排着队战战兢兢，坡底下满是高高矮矮经年的坟冢。五六只皮色光亮，卷着猩红舌头，健硕的狼狗嚯嚯狂吠。

日本兵气急败坏，挨个搜身，搜到咬脐，发现他腰间捆了截半新不旧的日本军用皮带，问哪里来的。大眼睛咬脐是药铺老板的独子，生的时候，脐带绕颈七扣，小脸憋得黢紫。他娘来不及拿剪刀，一口咬断了脐带，所以叫咬脐。咬脐哆哆嗦嗦说是捡的。在哪里捡的？日本兵啪地掴了他一耳光。咬脐捂着脸，支支吾吾，话还没说完，就被一脚踹飞，又提溜起来，扔到坡下拴狼狗的位置。

好好低着头，不敢啜泣。一声声惨叫，嗷嗷传来，声音直直的。是九岁的咬脐，她的同伴，药店老板的宝贝儿子。

日本人仍对着队伍里的老老少少喊叫，看到了吗！说不说，谁干的，知不知道？好婆不记得怎样回的家，过没过关卡，只记得项伯后来在坟堆里爬，撕心裂肺哭喊着咬脐，头磕在石碑上，满脸都是血。

咬脐被狼狗吃了，项伯也死了。

好好每次挑鱼回来，晚上还要到邓述清办的学习班补习功课。小学五年级就是这样读完的。悠长的黑夜，好好写作业，娘在一旁陪着，或做针线，或识字，慢慢也能看些书。

好好考取了沙市中学。路边紫云般的泡桐花，开了又落，落了又开。好好又考取了荆州中学，成了大姑娘。日本人仍旧盘踞在此，不少同学奔赴重庆。地下工作者把在荆州拍的照片传到前方，印成画报，再带回来，同学们藏在课桌底下传看。日本兵比赛摔孩子，三四岁的孩子从九米高的城墙往下摔，每摔一个，旁边的士兵就举枪欢呼。

战争疯狂，并不曾疲倦，不单是掠夺，更是变态。

好好的学费成了大问题，没饭吃，经常饿肚子。家里由娘和大哥维持，二哥也在这所学校读书。她想去重庆，二哥死命拦着。冬天来了，瑟瑟的北风肆虐着这座百年校园。天开始降雪，阴沉沉看不见一丝光亮。好好已两天没吃东西，肚子里咕咕地叫。为节约体能，只能披床被坐在宿舍里温书。

周好好! 有人找。她听见一阵上楼声。修长的身影挡在门口，瘦削的鹅蛋脸毫无血色，清水摇曳的眼底却漾满笑意。是二姐! 嫁到武汉的二姐! 她迟疑了下，扑过去，有点昏厥。孔雀蓝布包里，有他们需要的吃食。二哥狼吞虎咽的吃相，让她有点不适应，母亲每每教导他们吃饭不出声。二姐当即把身上的皮袍子脱下来，当了几块大洋，自己做件棉袄穿上，余下的银圆留给他们做生活费。二姐走时，泪眼婆娑，抱着好好说不出话来。俏丽笔挺的希腊鼻，像美术室里的石膏像。

好好回沙市度寒假，简单收拾了几本书和衣物。含水的空气，灰而沉重，好好裹紧围巾，低下头，寂寞的长巷似乎只有她一个人。雪花黏在睫毛上，湿乎乎，分不清是什么东西，心里的潮湿似乎比这个霜冻的小城还绵长。生意萧条，偶尔掀起的门帘，传出里面播放的流行小调。

窗前的小白杨异常落寞，一片片掉着枯叶，光秃秃的枝干像无数饥饿的手臂伸向风中。吃饭时，母亲告诉她，良记纸铺的老掌柜走了。她没抬头。直挺挺，一双白苍苍的脚，没穿袜子，母亲继续说道。她不语。死在亲戚家，脸上挂着泪，不肯闭眼。他儿子跪在身边，安抚他，让他安心去。好好仰起脸，怕一低头，两行泪也会挂下来。母亲又叹道，吃不进东西，说不出话，是颜料害的，房子又被日本人占了去。很多年后好好揣测着是喉癌。母亲又道，良记风光时，老掌柜做六十寿辰，一副对联就有席，乞丐都坐了五六桌。末了叹了口气，善人啊!

好好依旧不语。好多善人都死了，项伯、春节戴着毛茸茸瓜皮小帽耍着长枪大刀玩具的咬脐，还有四五岁的孩子。

这之后，好好没再去读书，到教会学校找了份差事，没工资，教会学校那时都没工资。我问管饭不？好婆摇摇头，好像不管饭，走着回家吃。她语气不确定地说，也许时间久了，记不得。

自此以后她教了一辈子的书。

抗日战争结束后，日本人撤离，沙市成为最早一个被接管的城市。街头依旧游荡着一些日本兵，颓废的样子，似一具具活着的尸体。日本眼药、仁丹的广告依旧铺天盖地。

这座昔日贵气的城市被他们祸害得破烂不堪。战争不仅关乎真相，还关乎道德信仰，人性的分裂和腐烂。

好好家后面的三层小楼，一直被日本兵和汉奸占着。汉奸欺负他们孤儿寡母，始终不交出来。好好娘请了律师，官司打得异常艰难，无法取证，地契被公公娶的妾带走了。好好娘颠着小脚多次上门讨要，最后在黑褐色墙板壁夹缝里找到。

官司打赢后，除了支付巨额律师费，剩下的钱，只够给孩子们一人做身新衣服。房子依旧是别人的，二楼与三楼的过道，挂着把大锁，几十年没打开过，素素成年后尚如此。

打官司时，法院的一位书记员对她家多有帮助。河北人，原是士兵，南京大屠杀时，侥幸突围出来，和部队失散后，流落至荆州。因会识文断字，在法院当了名文书。

初春的水面，异常孤寂，有只小鸭独自滑行，身后留下一道寂寞的水痕。虽小，却成了画面的主角。好好结婚了，和那个可靠踏实的法院文书，高高的影子遮过来，像温煦的春风。

大自然还没有吐绿，黢黑的巷口，好好的双眼盛满月光，内心烛光摇曳。所谓春天，只不过是路上一盏盏提灯的人。

中华人民共和国成立后，好好参加了文宣队。烟铺一直经营，一大家子人挤在一起。分出去的三叔家蚀掉了房子，又搬了回来。店子里的老木头钱柜仍在，只是换成纸票，不再叮叮当当。公私合营后，烟铺交了出去。二十世纪六十年代中叶，随着纸烟普及，彻底消失。

两层楼的黑木头房子依旧热闹，素素几姊妹渐渐长大。1968年时，素素的哥哥十八岁，把家里红木太师椅的贝壳，全部挖了出来，美人轴也被扔进炭火里，一寸寸烧掉。

七十年代末，吉他热。素素的哥哥和一群哥们，又把红木柜子上的板子撬下来，一人做了一把吉他，充当文艺青年，弹着忧伤的歌曲。

素素从小和外婆颠倒睡，总摸外婆的小脚。外婆逝于八十年代，活到九十四岁。骨头跌断，医生说岁数太大，不能手术。在家躺了四年，生褥疮，屁股、大腿、后背都烂了，一声不吭。

外婆死后，老宅被处理掉。清理时，里面依旧留有做工精良的日本武士刀和战靴。好婆抱走一坛用了四十多年的泡菜水，是唯一能留下的财产，承载过一个家族曾经的岁月，酸酸甜甜苦苦辣辣。

九十年代时，好婆在九十埠一家烟铺门前，看见了当年良记大盛纸号的少奶奶。她已是位八旬老人，清瘦，白净的脸上闪着薄光。寻常装束，短发，慈爱地偎在一把小竹椅上晒太阳。脚边的绿铁皮蜂窝煤炉子煨着汤，黄荡荡的光罩下来，极不真实。好婆打招呼，她已记不得，提起往事，有点茫然。眼底闪过一丝亮光，随即黯淡下去。

冬日很静，马路上的青石板光秃秃摇晃起来，她让好婆坐，自己进去拧毛巾擦脸。毛巾依旧雪白，这是她唯一贵族的标志。十五平方米的门面，别人横个柜台卖烟，她在里面存宿，一月一百元钱。独居，不愿意麻烦儿女们。当年那个睫毛垂下，似钩浅月的简姑娘不复存在，没退休金，靠孩子们供养的一点零用度日。

影集一页页翻过，好婆结婚生子后，教会学校七改八改，她成了一所中学的语文教师。丧夫，独自抚养孩子。成分不好，孩子们只能做搬运，在码头拉砖。晚上回来，依旧在15瓦的灯下学习至深夜。后来素素和她两个哥哥都考取了大学。

七十岁时，好婆找了个老伴，是她的中学同学。八十岁，学生们回来簇拥着给她过生日；九十岁她去看画展，在展厅门口为自己留了影，洗出来，摆在床头。

秋日芬芳，金色的暖阳镀在她的银发上，分外雍容。好婆很漂亮，端正清朗。我走时，掏出笔，撕下一页纸，写下手机号码。说："您有事，无论什么事，哪怕寂寞了，随时都可以找我。"

素素给我留言，说她母亲今天特别开心，说了那么多的话，问我什么时候再去。

秋其

不知道秋其是如何抵达的。于落日的黄昏，漆黑的深夜至我的案头与掌心，带着她轻质的文字，思想抖落的碎片，可以一遍遍读或期待。

也曾幻想着文字以外的她，以何种样貌存活于世。透过太阳金色的晶体，端坐在老别墅的廊檐下摘菜，用绿皮笔记本零碎记地写着《黑》，再顺手揣进荷包，探出头，看天上滑翔的云朵，抑或候鸟落下的羽毛，这样的镜头在我的脑海里一次次聚焦。

匡庐，对我不再是一个简单的名词或风景区，而是一种遥寄，甚至回避。不是不好，而是太好，因为那里住着一位手捧鲜花，头戴花冠，庄严的女神。山顶上有"弦乐的銮驾"和清流飘下，故在敲门之前，须得小心翼翼，怕惊扰了她，也撞碎了自己的梦。于文字外，这样的认领很艰难，两年多的交流，让我设计的太久。

很羡慕叮当，有这样一位母亲一直引领着朝大山的最深处走去。她牵着她的小手，走过枯枝、腐泥、不动的山石、散落的小屋，直抵人心的开阔之地。这样的回流不是人人都能懂的。极幼时，叮当就可以指着秃杆的结痂说：瞧！大树的眼睛！骑在母亲的肩头，比别人早一刻望见远处的湖泊，因激动，把热乎乎的尿撒入妈妈的后颈。稍大，懂得募集零钱为后山的小动物送去水和饼干，而生命美学和生态环保这两门课，是秋其提前身授的。

她随母亲提着汤汤水水，一起去宿舍探望妈妈的学生，一个生了病的大哥哥，把自己柔软的小手递过去。她看着鼠标在屏幕上移动，说妈妈的文章会走。岂不知在遥远的一端，早已有人下载打印，装订成册。他叫汐子，我们共同的朋友。秋其背着叮当在星光里安眠，走在小镇的石板路上。平安夜在人们争论着要不要过时，叮当和教会长老，一老一小的天籁，在钢琴伴奏下已划破夜空，回荡在古老的教堂。她的母亲更知道包容、跨越，所以她的文字可以照耀小偷、流浪汉，内心失明者，就像神眷顾黑暗样，更偏爱那些缺水的生命。

曾在秋其的文下留评，很多很多。她朴素柔和充满恩泽的文字可以激发我的灵感、表述，以及对生命的另一重体验。北老师说很珍贵，我亦知道拿线轻轻一穿，便是一篇不错的小文。但略去，那些吉光片羽不足解读秋其青草般独特的语言，旁若无人梦呓般的叙述，以及探寻她的精神腹地及成长之痛。她是个奇异的女子，于爱，蛛网般漫下，收拢珍藏；于文字，缓慢成一幅质感的油画——她婆婆摆弄的瓶瓶罐罐；闯进空宅的熊，顶破陶罐，流出的蜜，都是她构建的意象。

她的文字，是游走的童话，又如山风绵长富有韧性。得静心去看，非快餐，可以在精神领域反复使用。那些轻灵如水珠的意境布局，不落俗套的干净表述，奇特的艺术神经，颠覆你对文字所有的想象，像陷阱，沉迷上瘾。所以当安迪斯排箫《At Night IThink Of You》空灵响起的一瞬，一下子便想到了秋其。漫天飞舞的羽毛，那个头戴蛇羽神的少女，她们对自然对苍穹有着同样原始的感知和依恋。

那是一个寂静的论坛，无水贴，没虚情，靠自身扎实吸附写作者。秋其比我早到两年。在结束若干年文明探轶，深刻写作后，跳了出来，开始关注人类背后的轻微之光，并与一座大山展开了漫长细致的对话。她把自己还给了自己，把文字交给了文字。那座大山把她医得很好，让她脱胎换骨，从泥土中醒来。那也是我第一个注册的论坛，踯躅月余，发下第一贴，同时也收到了秋其的友谊。至今认为她都是羞怯的，门的把手扭了又扭。如果我因事出门，很久未去，她会想念我。回来，亦有小姑娘一样的惊喜。当昔日炉火边给予我们温暖的老主人犹豫是否关闭时，我们不舍的不是码过来的文字，而是存放于此的交谈。我们怕被关在门外，失去一条精神上的通道。它叫《岁月》，很惭愧，在大家晒着这刊、那刊时，我至今无法将它归类。

旧岁划过，新历翻起，雪落在雪上。秋其说：想看看相伴数年的朋友，传个邮箱与你吗？就这样，在一个深夜，十二点半之后，我开始整理相册，想一张张解读，但太晚了，只能只言片语地说着。第二天收到了她的小信和照片，依顺序，从年轻至中年，慢慢拉过。不记得看到第几张，有泪滑过。我知道，那个躲在猪圈里看书的小女孩；在严厉妈妈笼罩下，从小就在本子上涂涂抹抹的"失语者"；那个带着梦想到南昌读书的少女；拖着一箱子书和母亲送的一双棉被蛰居庐山的女子，破蛹化蝶，蜕变得如此干净美丽。

三十五岁，她跳了人生最后一支舞——《蓝影》，优美谢幕，不再练功。长长的指甲，幽蓝的蔻丹，高光的眼影，肩头上描落的暗花，衣裙，不同层次的蓝在过度。静止、侧立、躬身、跳足，光打过来。她复活，一点一点，关节在动，在输送。有鸟叫，大海的波涛涌过，春暖花开，万物苏醒。能听到花朵开放，节节拔高的声音，扭动的腰肢，高举的手臂。她是巫女，眼睛那么亮，可以照耀远古的宇宙。直至四肢收拢叠起，回归宁静，都是那么的美！她是精灵，来自大地，再一次印证了我对她文字的理解和想象。

秋其，一个双重影像之人。文字于她是信任、和解，把舞蹈给予了文字，也把文字融入了舞蹈。轻盈，脱离了沉重的桎梏，嫁接出无以复制的艺术特质。再高大的东西，流转于其笔下都成为另一个城堡里的小矮人。故乡于她不是贫瘠疼痛的瞭望，而是爱的门窗，把魔瓶蓄满春天，打开便覆盖山峦。

初到庐山，她没家，一根晾衣绳都不是她的，一个大男孩娶了她，她成了一座红色木屋的女主人。春天来时，有了叮当，整个木屋笼罩着母性的光芒。她温和地看着那些手拿相机的背包客。他们把她门前的植物摄进镜头，她也把他们请进文字中。生命在她的房前也在笔尖，就像她写的《二十八度》，很舒服的温度，对肌肤对人际都恰恰好。一瓶低度酒，足以诠释出生命的清透及距离，隐秘的热情还有冷冻的溶解。

她从敬畏一座山，走近一座山，融入一座山，完成了自己的心路历程，也构建了自己的纸上行走。虽也曾躲在自己的空房子夜莺般歌唱，但并不妨碍手捧清泉送给路过她狭小空间的友人。而我们只是她伸向世俗的一只手臂。

秋其在小信里说，我完成了她生活中无法实现的美丽形象，穿着她永远没有机会穿的旗袍，大衣，戴着她向往的金边眼镜——她的眼睛很好。看到这儿就笑了，上天赐给她一双明亮的眼睛，永远不坏的眼睛，照得见黑暗的眼睛，何用这般做作，这种负累。她有神性，无需一片羽毛。就像她不练书法样，清秀的小字，一样蝌蚪般，游向深海，游向人们的内心。

有花

母亲节那天，一大早，小区门口的快递三轮车上，便有一捧捧的鲜花，似一个个需要认领的孩子。丝带上有卡片，卡片上有地址和姓名。

快递小哥躬着身子——对照，挨个打着电话。我说花啊！他说母亲节呀！空气里满是喜悦。好像这些鲜花是我的，也是他的，实际都不是，不相干的幸福却幸福着。

这个节日太盛大了，全天下的节日。每个人都有母亲，那是人生中的第一道彩虹，童年就挂在我们的天空。

一个朋友说，他已记不得母亲了，那时家穷，照不起相。现在怎么回忆，都想不起母亲的容貌。所以把全天下白发苍苍的母亲，都想象成自己的母亲。刚上学时，曾为没新书包大哭大闹，母亲只是坐在一旁默默地看着。闹累了，也就睡了。第二天醒来，一个崭新的书包，放在床头，是母亲连夜用尿素袋子拆洗、烘干，缝制的，还用碎布拼了一朵小花和一丛绿草，那是他人生的太阳，对母亲全部的记忆。没多久，母亲就病逝了。

一个朋友曾在微信里说，他母亲没组织，晚年一个人过。不能自理时，他们给她请了保姆。二十世纪八十年代还很穷，他在不远的省城做编辑，每次回来，先落脚母亲那儿，在枕下放上十元钱。有一次走了又折回来，发现保姆在枕下取钱，方知是母亲额外给的小费。以往的钱都做了此用。母亲临死一直保持着大户人家小姐的风范和晚年做人的小意。

另一位友人说，母亲的晚年异常孤独，租住在一条老街上，十五平米的小屋，却很知足。每天下班，他都去坐会儿，也会带上几本书给母亲看。每到此时，母亲便站在巷口两边望，看见他便异常高兴。友人讲时，手中的烟弯成了一条白线，外面阴沉沉的，雨珠挂在宽大的玻璃上，一层层往下流。

这些美丽的母亲早就不在了，只是时不时会被想起。

能送出去的鲜花，无疑是幸福的，因为还有一个号码可以拨通。

我的母亲依旧健康，常给我们弄些吃的，这是我们的福分。我选了件蚕丝上衣送她，绿地白花，极像了这个细瓷般的五月。儿子也在电话里，嘱咐我多出去走走，花他的钱，他才开心，打拼才有意义。于此我却是吝啬的，因为他的不易。儿子在城里读书时，每至过生，再忙我也会买束鲜花送去；在西安念大学时，也会托人带去一盒德芙巧克力，他从小的最爱。再后来，就不大管了，他大了，完全属于了自己。

有花的日子是好的，生活不是枯井，有时候需要芳香的声音，在不经意处冒出。

微信里有人晒母亲的照片，从稚嫩孩童到青枝碧叶，又至摇椅上的垂垂暮年，母亲都是那么美。绸质立领旗袍，二十世纪三四十年代月份牌上的发型，古意的时光，曾经的岁月，唯深深怀念。

母爱，心里的烛光，擦一下，就亮了起来。

六一

今天一早，有人在找《白帆船》，一本俄国典籍，一个七岁小男孩的故事。白帆船，是他的海市蜃楼，梦中的爸爸。童年里有关美好的想象、迷人的色彩、遥不可及的温暖与幸福都装载在里面。

当神灵中的鹿消失时，男孩开始绝望。头一天还分明看见它带着自己的孩子，优雅地在湖边踱着步，转眼血肉模糊，成为盘中之物。小小的世界坍塌后，男孩病了，发着高烧，走向了大海，化作一尾鱼，游向了那艘梦中的白帆船。这是此书全部的情节，善与恶，自然与人类，大人和孩子，洁白与黑暗，清醒与糊涂，全部囊括其中。

生命是一首忧伤的歌谣，每个人梦里都有一只这样的白帆船，那是我们的童年。

我们都是溪水边的孩子，我常如是说。因为不管多老，都要照见自己。照见什么呢？纯真！这才是不老的神话。

纯洁、真诚、干净，对于孩子来说何其自然，而对于一个往纵深走的大人，并非容易。走的路上，蒙尘蒙灰甚至蒙羞是常事，更会自以为是，即便所谓的老成持重，有时也只不过是浅薄的代名词。而天真，往往是心底的钻石，黑夜里闪耀的翅膀。

史铁生的《记忆与印象》，能被记住的不是《我与地坛》，而是《小恒》。至少于我是这样，窃以为是里面最精彩的章节。小恒是个白净秀气，像女孩的男孩，和母亲单过。那个女人并不见得是他的母亲，糙而黑，也不识字，或许仅仅只是个关联人物或过去的帮佣，但待小恒特好。

有一天，家里抄出几十匹绸缎和若干银元，华丽丽铺满一院。白亮亮的日头下，一把把银元抛上去，再落在绸缎上，沉甸甸毫无声息。小恒妈木桩一样跪在老海棠树下，啪啪啪的皮带声，震得枝颤叶落。小恒是自己走出来的，接过皮带继续抽的，声音更刺耳。这时小恒妈倒安心了。

小恒为何满面泪痕抽打自己的母亲？因为他要自保，要表明态度，要留在北京。这个胡同发生过太多类似的事情，他知道该怎样做。然而因年龄太小，未能留下，还是和母亲一起走了。寒风里，母亲依旧搂着他。

这篇文字写得四野无声。

偶读一贴，一个上海教授讲自己女儿如何进行牛蛙教育，导致三岁外孙挤眉弄眼，浑身抽搐，患上了青蛙病的故事。一样无语。高档幼儿园，学区房，没那么重要，皆人为焦虑。我所见到的成才例子，大多只是一片安宁的水域，一间敞开的书房，一个潜移默化的习惯。这些均来自孩子的第一环境。一个习惯，便是一生，外部的捆绑，生硬冰冷，令人窒息。

想说的很多，关于孩子，关于那些松软洁白的云朵，一叶叶小小眼睛所看到的世界，是不是一片洁净的蓝天，就可以承载的了呢？

昨晚在公园散步，刚下过雨的天空，雾气很重。人是轻的，四周一片模糊，水面饱满，涨高许多。荷还没开，依旧是新荷，翠得如绿苹果新打的浆液，漆黑的夜里，听得见婆娑长大的声音。

给熊熊寄了两套裙子，最简单的款式，没任何负累。放弃一切花边蕾丝，只是全棉的围裹。舒服便好，这是它全部的意义。不觉间，她已三岁了，已足够漂亮，像个小小的湖泊，不需要任何装饰。

生日

五十年，只是一个短章。即便放在显微镜下，也不过是历史长河中的一瞬或可忽略不计。而于人，却是一幅长卷，人生不会再有第二个五十岁，何况对一个疏于锻炼之人。

并不留恋过去，这是真心话。那些吹散的日子，都是风的孩子，早晚要交还给自然，这是它的属性。

需要认领的只是现在，每一个即将发生的现在。就像喜欢现在的自己，似一个空瓶，好容易腾空了一切，可以重新采纳一些影像。它们是透明的，折射出一些喜欢的样子。

一个人属于自己毕竟是美好的，从这边看得到那边，如阳光覆盖的那片叶子，清凉自己，便还世界以安宁。一些人和事早已不在关心之列，他们也只是自己的一株，长在自己的瓶中。很多记忆无须冰冻，早已化作清水，交还给了春天。

"自私"有时是一个很好的词汇，在不影响别人的前提下，可以作为一个褒义词，等同于自由，自己的自由，别人的自由，和对别人自私的尊重。摩擦，皆因离得太近。你得保持自己的独立，和别人的独立之美，所以玉是有壳的，再透明都要裹上一层。

一个人必须得长大，这种长大多半来自内心。它坚韧，没有止境，是真正的长大；不像肉体的弧线，已呈下垂。先是腰身，后是发肤、骨骼和心脏，该上门的都会上门。你无法阻止身材的背叛，许多做工精良，自己喜欢的衣衫被打入冷宫。那些带着体温上好的丝绸，只在开柜的一瞬，与冰凉的手指亲密碰触。颈椎腰椎也开始僵硬疼痛，甚至罢工；白发雨后春笋般冒出来，无休无止，这些都很正常，唯安静接受。你的机体不再是父母当初给予的鲜嫩，发育时的饱满，初婚时的健康，都不是。每一天都在变，变得自己不再认识，又不得不重新熟悉。

岁月是每个人必经的小路，有时会被轻轻抹去，丢失的只是形式，深存下来的，都将成为一圈圈思想的涟漪。所以皮囊终是轻的，并不值钱，这是五十岁要说的话。即便过去说过，也非思想的真诚。

指甲和头发曾是一个女人美丽的外延，每一天从体内偷长出来的花朵，日子被它拉长并辉煌。现在却成了无尽的烦恼，无法叫停。这种机体语言的变异终让人无奈，若可以不出门，倒希望刮光一头浓密发丝，秃着头游荡在房间的每一个角落，吃饭睡觉打字。封存在自己的容器里，未尝不是种幸福。一个埋在寂寞里的人，是不会寂寞的。孤独是一件奢侈之事，然而你得出门，在冬日压上一顶帽子，并非为了风情，而是有保暖之功，更为遮住白发。这样的虚荣，尚维持。

很遗憾，继承了父母的遗传。儿子高中时，曾随亲戚到很远的地方旅游，深夜突然打来电话，让把他弄回来。究其原因，是别人说他母亲踏代，有了白发。他管那叫坏话。我说，是这样的，你外公外婆白得早，我也就白得早。他有点讶异，半天道，那也不准说，他们没这权利。那一刻，很感动，他还不知道，他的母亲已经开始衰老，这样的衰老将会一天天延续下去，这是我自己的事，和他的成长无关。那时他正处在叛逆期，并不乖，浑身都是刺，尚不理解，语言是每个人的专利，和真实没多大关系，只与瞳孔的焦距有关。

喜欢一句话，"人需要衣食住行或作息，与禽兽差不多，那是自然生活；但人类从自然生活发展出一个文化大生命，便与自然生活不同了。"所以上帝终是眷爱我们的，除了自然生命，又多了另一重生命，一个生命衰老时，另一生命却在成长。

享受自己毕竟是幸福的。

过生那天，穿了件白色布衣，朋友在上面画了一只鹤，她说第一次在衣服上作画，也是最后一次。盖了章，题了款，一切都是简约的。这样的情义很特别，像湖面的风，淡淡的。鹤，洁鹤，白缎一般，到死方轰然倒下。不只延年，生死本在从容间，做喜欢的事便是延年。

对过生并不在意，活到现在，已过了需要被重视的年纪。平静的日子反自在，躲在暗处极舒服。小时候，每至生日，母亲会在书包里放上两个煮好的鸡蛋，放学后也会有一碗长寿面。长大后，不大过，收到过一些礼物和问候，都是别人杯盏里倒过来的光阴。

年轮是优美的，那些花纹一圈一圈的，由自己亲手刻下。就像默默打完这些文字时，已过了芒种，进入仲夏。光阴的小虫又往深处滑了滑，植物在窗外炸裂。绿，愈发宁静，这个世界怎样看都是好的。

第三辑／竹外闻

那庐山

于庐山，我并不陌生，早在秋其的《轻呢》里，便知道这座神秘大山所散发出的柔和气质与诗性光芒。甚至知道它每一枚落叶，每一根细草，每一条溪水在母体裙裾上的优美睡姿，以及风裹挟着地表温度，从狭长飘摇的山道，再途经书页间吹来的气息。

匡庐，一个深情到可以落泪的地名。那个绿色山谷里，锁着大门几近废墟，李德利的三面透明的玻璃房，这座大山最初的造访者，曾以水晶般的姿态迎接着光与影的覆盖。秋其带着她的学生坐在生满绿苔的台阶上，讲述这座大山的人文故事，一个英国传教士的传奇人生。他规划了它，有了最初扶摇而上的天梯，继而各色皮肤，人流的涌入。

那些迷失在山坳里，被艺术家遗弃的孤零零的小屋，曾是这座静默大山怀抱里的婴儿，得以原始呵护。

牯岭小镇，街心公园，水波宁静的如琴湖畔，红皮尖顶教堂，花径，冬季挂着门帘的店铺，生意清淡时织毛衣的守店人，随风飘进来的清香雪粒；修鞋的杨师傅，卖服装的小红，古衫掩映下的木质老别墅，生薛绿木在壁炉里的噼啪声，潮湿的炊烟，以及一些狭窄混居的院落，普通平凡的人们都是我熟悉的。我熟悉着秋其熟悉的一切，她用轻柔的视角，为我们打开了一扇渺小与伟大之门，又于我的脑海加工组合，予以无边想象。庐山已不再是座山，而是一种私人轻质的表达，呼吸上的碎片和指南。

上山，是临时决定的，暗夜里，我站在宾馆洁白的床单旁，翻遍行李，想找寻一件礼物。

　　明早我将还原一座大山的庄严，要不要见下秋其，这是我反复问道的。外面是瑞昌小城宁静的夜色，尚未褪去的暑气。

　　辗转榻上，十一时，发出去一条短信。

　　我告诉秋其我的行程，并讨要两本她签名的书。

　　曾经把她的《元人山水》发给朋友看，朋友说喜欢。又把秋其送我的《轻呢，山中日子》转给朋友阅读，朋友说秋其像他，唯净方静，他喜欢的山水，在秋其的书里。

　　我和秋其是很淡的朋友，并没微信相通，只有一个简单的号码，谁也不曾拨响。我们有过很平静的友谊，均建立在彼此的阅读和书信往来上，她的文字比我成熟老练，且意象丰富。至今认为是目前国内我最喜欢，有着自身独特风格，人品文品都令我敬佩的散文女作家，尽管她拒绝这样的称谓。她的履历很简单，没有任何装饰性的职务和曾发表文字的罗列。她每一天都路过那些名人别墅，知道与一座大山相比，人毕竟是渺小的。她只是一枚山风养大的落叶，活着，便与山中草木相依，并轻呢。

　　五年前我不用手机，她也曾把手机顺进纸篓，我们有很多相似之处，并对对方怀揣梦想。真实的并不见得美好，但经过精神的加工和打扮，足以慰藉这个虚化的世界，以及对美的简单追求。

　　初秋的八月底，阳光依旧烤人，车子摇晃盘旋在300多道弯路中，胃都要冲出来。也许是没休息好，也许是不再年轻，前所未有的晕车非常难受。直到车子落于山顶，在清凉的山风吹拂下，才归于舒缓和平静。

　　湛蓝的天空起伏着朵朵白云，那流淌无法触摸的意象，让人觉得活着真好，于大自然的恩赐，你无法不爱这个世界。脚下的坡道和远处隐隐的山峦，告诉我，真的已经来到了庐山。和我见到过的所有山脉一样，新鲜的空气里，各色植物彼此相安，并对人类的脚步，表现出极大的包容和友善。

不知道秋其离我有多远，若太远，不希望打扰她。导游告诉我从河南路开车过来就几分钟，步行却艰难，匡庐的路高低不平。

庐山的景点分东西两线，西线是观景线，东线为人文线，这是粗略地划分。一座大山，一旦住进人类，注定是沸腾的，人们也会以主人自居，行使着大山的权利，180元的进山费，把每一粒空气负离子都打上了稀薄的标签，成为部分人视野里的归属，而把另一部分人耽搁在山脚之下。

秋其最初曾迷恋过这座大山的人文情怀，用长长的篇幅解说它的厚重性，时间的隔断，人与亭，还有碑。后来她戛然而止，从历史的古董中跳出，看到了更广阔、为之喜悦、接近神灵的东西。雾霭与山岚，碎叶和土层。

这座大山屹立了多久，谁也不知道！成千上亿年的自身繁荣，那时山花明净，空气清透，山中植被生或死都是甜蜜的，就像女人的子宫总是能孕育出新鲜的生命。偶有人涉足，也是如李白那样，钟情于大自然山水的坚毅散淡之士，拄着盲杖的壮举。捧一溪山泉，听一簇鸟音，皆近神恩。是一百年前的打破，继而今天汽车尾尘的进入，人们得以扎根在她的皮毛之上，并时不时划上几刀。

一座大山是神秘的，看到的只是它庄严袍袖的一角，沿着曲折陡峭湿漉漉的石阶上行，护栏下面是万丈深渊。白云飘荡的山谷，对面崖壁上建的红瓦绿瓦小屋，松枝悬出的美丽图案，镜子般的天体，都会令人发出感叹，能生活在庐山真好！

也许来得太晚，并没看到传说中的雾。秋其曾说："雾是大山情感的延伸。"在她的眼里山是有思维的，同样需要洁白柔软的表达，它所缠绕过的位置，都会留下泪滴。

很多岩石伸出崖岸，成为绝佳拍照点，胆大的可以跳过去。我恐高，只能在边上观望。

所谓的旅行，只是顺着人流推移，并不能独立分支。若可以，极愿意行走在那些被遗弃，披满苔绒的无人小路，幽静到可以听见水滴隔空破碎的声音。朋友曾说，小路是人用孤独的脚步走出来的，而不是建设，是生活也是希望，伸向更远处。路边的花墙内积满厚厚的陈年旧叶，秋其说："深秋入冬，落叶很多，扫扫堆在老梧桐下，像盆安详的炭火。"

中午我们一行人在鑫辉酒店吃饭，和秋其约好十二点半在那儿见面。

我的行程很紧，只一天的逗留，若能在山中过夜，不会短信于她。趁着夜色，与山中的星子一起去河南路拜访她，去看一看那座传教士留下的百年木屋和她的日常，以及屋后的六棵古杉和院内的四棵法桐，是不错的选择。它们伴着她的孩子成长，她在廊下摘菜，扫落叶，收拾玩具，记日记。再与她沿着湖畔，吹着夜风，走一走，那才是真正的庐山。

下车前，我为自己打了层唇彩。

于包房刚刚落座，便听到外面吧台，有人问菡萏女士。我迎了出去，第一次见秋其，很瘦，一头溪水样的长发摇至腰际，像风的组合。她大包小包提了很多东西，一提庐山云雾茶，一盒手帕，两本我讨要的书。这是我担心的，喜欢她的文友很多，上山的也很多，若都这样，不仅是宝贵时间的占去，更是一笔不小的开销。

她的样貌和声音，与我的想象并不一样，穿衣风格也不同。我是城市豢养的腐朽，她是山野林泉的自由，手腕上戴着银圈，指甲上打着淡粉色美丽蔻丹，依旧是那个直觉中，安第斯排箫《At Night I Think Of You》里的蛇羽女神，充满着灵验之光。我忽然觉得我的礼物她不见得喜欢，那是翻遍整个旅行包，唯一能送她的，尚未开封的一条湖蓝色双层加厚蚕丝披肩。

尽管初见，我们并不陌生。就像两片叶子，所有的遥想只为汇聚在同片溪水旁。我们谈起很多相熟的文友，感恩曾经的情义和那些平淡时光。我们相识于岁月论坛，那是面安静的湖泊，我们在那里找寻着自己的影子。秋其安静地记着自己的读书笔记，关于梦想，远方和内心的不安。那些碎片异常珍贵，是平凡日子里的金粒。她每天除了教学带娃外，尚要深夜阅读。我在那里发发小文，彼此间偶尔交流几句都是满足的事情。

我们也曾为彼此的精神给予过援助。

秋其说愧对一些师长的期待，实自谦，是不想在一条道上拥挤。她放下，折回山谷。说："很多年，喜爱听白发老马克的民谣《我挖到一颗钻石》，遗憾的是她不是，永远都不是。钻石纯金可以在幽暗深处自己发光，人的命运却穿行在人为的光线中。她的寂静连同梦境也只是外衣口袋里的一层布料。"

席间我们谈到牧童，落下泪来。一个朴素帅气的男孩，文学路上的跋涉者，获奖都没钱去领。秋其说，那是我们的前生。是呀！我们的兄弟姐妹，可以拥抱的灵魂。文学没有改变他，只会更穷，只能拖着疲惫的身体，默默地看着他的老母带着他的两个孩子往返于站台，再挥泪而去。他的父母和孩子，依旧叫空巢老人和留守儿童。

秋其异常谦卑，像个学生，管在座的朋友叫老师，那一刻我很难过。她来自厚实的泥土，芬芳且轻盈。甩掉过那个城市作协给予的职务，也曾为这座大山的过度开发呼吁过，但声音太弱，没人听得到。也曾作为地方文化名人，为上山的台湾学者、中外作家，包括瑞典汉学家林西莉、严歌苓等讲解过这座大山更深的渊源；曾站在学校的台阶上，一个个呼唤着她学生的名字，希望他们能留下来。庐山不仅只是一个风景区，还应该有文化的根，这座山体所萌发的金色小芽，以及日后孕育出的醇香果实。

有时候我不知道这座山脉是母亲，还是她。

我们分别在山道上，透过大巴的玻璃窗，路那边一身黑衣的她，双手交叉在头顶挥舞着。湛蓝的苍穹之下，风鼓荡着她美丽的秀发，像一幅宽大的画布投下的剪影。一个电视台的编辑说，她像三毛，实际她谁都不像，比三毛更纯净细致，甚至深邃。很少有她没读过的书，但喜欢以最轻松单纯的方式进行表达。在读书笔记里写道："《伊西斯的面纱》中，曾引用尼采的话。'哦，那些希腊人！他们懂得如何生活：为了生活，他们必须在表面、布料和皮肤上勇敢地停下来，热爱表象，相信形态、声音、词语和整座表象的奥林匹斯山！他们因深刻而肤浅！'希腊人知道真相，他们的根基是悲观的，可是为了更好地生活下去，他们懂得去热爱肤浅的表象。"

有朋友捉弄她，从网上找了份《死活读不下去的十部书》给她看，她一看全读过。翻书是她生活中的享受，即便不写，也有极大的快乐。

傍晚时分我们下山，依旧宿于瑞昌小城。深夜洗漱毕，我给秋其发去短信。秋其回说："谢谢你菡苔！我亲爱的朋友，你送我的丝巾柔滑美丽，花朵饱满安详。我常常把花期错过，这下好了，你把花种在了丝巾上。"

回至荆州，我接到秋其的一封长信，她说："现在每晚回宿舍楼住。那里并不曾拥有久远的历史，但一样拥有无比巨大的生活耐心。白天处处是生活的声音和味道，也有一些固定租客每年初夏来，初秋去。他们是从武汉、南昌、九江上来避暑的退休老人。居民区房屋的规格和大小也都差不多，绿皮瓦红皮瓦，三两间房，两三层楼。"

有时会爬到屋顶铁皮瓦上坐坐，"山上雨雾天多，晴好的日子大家赶紧晒被子，晾衣绳不够，便转至屋顶晒，那里的房屋顺着山势而建，上几个台阶便是。她也常和女儿一起在夜里爬上屋脊，看山月，看树影，也在看头顶上通往四面八方日渐松垂的电缆线，以及更多的无以数计的屋顶和窗，以及斜对过山坳处正在拆或建的未完成的建筑群。"她说相信，那轮山月也能打动我，因为月的视野，以及惠临万物柔和的清光。

说："那些有光或灯熄了的废屋，也一定会令我动容。清辉之下的微尘草芥众生，是我们都无法割舍的，每一家都可能会遇到突如其来的秘密或悲伤。属人的空间常常是破碎和双重的。"

她的语言还是那么慈悲，闪着佛性之光。

说原谅她那天太仓促，未能为我精心准备一份礼物。时间太紧了，只好离校后在牯岭街的"庐山故事"带了盒茶。后来都笑话自己，实在太笨重了！

说于文字，目前眼睛里还有烟雾杂质，无法获得更清明的视线。

我早起五点读到她的淡蓝色小信，像宽大的湖水落于长窗前。听她讲日常，想象着她女儿静怡说她像江洋大盗在屋顶走动的样子和那些被褥散发出的暖香。那一刻竟笑了。

看过她的《月亮的味道》，知道对访客的态度，也知道于文学的情义和选择，更知道对生命的钟情以及家居琐碎的热爱。一直把她当作一面镜子，照下自己，免得迷失的太远。在她的面前，觉得惭愧。

见她，也曾忐忑，犹豫再三。怕错过，一错就是一生，永不能再见。所以决定打扰她！

我告诉她，她的云雾山茶，恰恰好。一罐给了父亲，一罐给了老师，一罐留在了家中。送给父亲的，当晚父亲就打开，用蓝花小壶泡了一壶，说好喝。茶汤很淡，像薄薄的雪，是缠绕我们、吞没我们的云雾，散去时会留下甘露。她的礼物是重的，我无法把一座大山提回，只能把它安放在碗里，似透明的玉，泛着浅浅的绿，再流经心里。

说那披肩，是为自己变天准备的，若能披到她的肩头，将是我俩的暖。也曾觉得唐突，她短信里的回复，像山泉，让我释怀。

天暗下时，我坐在初秋的窗前给她写完回信。

我和秋其曾有个共同好友，也是师长，他重秋其胜于我，曾把秋其的文字下载打印装订成册。在秋其来信的第二天，我的邮箱里，静静躺着这位素未谋面的朋友为我两本集子写的评。除了珍藏和深谢，不知该做点什么。关于小书，那已经是很久以前的事了，风吹着纸页，早就散了。

于这样的情意，不知如何回复，便把秋其写给我的长信，及给秋其的复信转至朋友的邮箱。第二天是个雨天，清早在细细的雨声中醒来，便读到回信。他说："菡萏，读了两页书信，仿如两片叶子悄然落在我午夜的案头。嘴角会心一笑，绿了山野里这寂静的夜色。"

"看到秋其这两个字，既熟悉、亲切，又陌生。因为秋其不是网络信息化时代的一朵浪花，《轻呢》不只是她成长悲与喜的脚印，也有时间喘息的笑容和生活毛孔里的泪光，或一位女子穿过时间与岁月的划痕。"

"这些年，我在文字中贪玩，关注的目光里，也只是信息，关于人的，社会的，时代的纷繁、杂沓的脚步声。以及人与时代的精神颜色。秋其与任何人都不同，她有自己的精神特质。"

是呀！秋其和任何人都不同，在我心里，是庐山的代名词，亦像窗外的细雨，那么惆怅，孤单天空中的若许泪滴。若走在这样的细雨里，那样千百条细如银线的包裹，该是除了伞下更深的平静。

梦花街

　　去外滩那天很热，满眼白闪闪的，繁华的南京路热闹到不堪，让人有欲落泪之感。那一刻，很想家，想念自己幽静的小屋，于这样的人海沼泽，指数爆棚的店铺多少有些不适。这不是我心中的南京路，我心中的南京路是旧时光长镜头下，走过的灰衫男子，以及黄包车上，挽着手袋，风姿绰约的旗袍女郎。即便乱云飞渡，行色匆匆，也难掩其儒雅平静的风度和倾城之恋。

　　隔着一条马路，举着手机，对着一座巴洛克风格建筑顶楼的罗马柱拍照。没人知道我在记录什么，发黄的被单、化纤的内衣、老旧的棉袄，还有杆子上垂下的一条大短裤，一个平凡人家阳光下晾晒的全部细节。

　　我喜欢故事，于这样坚固浪漫，富有异国情调的艺术城堡多有疑问。里面住着何许人？退了休的老人，抑或其他？工资若何，孩子咋样？是不是二十世纪五十年代分的房子？中间发生过什么样戏剧性的变化？都是感兴趣的。但没人回答，于这样的都市我只是个过客，生命与生命只是大海中独自游走的陌生水滴。

　　这里是旧上海的十里洋场，过去的租界，华人与狗不得擅入的地方。旁边是和平饭店，走几步便是黄浦江，能听到哗哗的水声及钟楼飘来的悠长回音。现今它标志着中国房价的极最，早已纳入文物保护之列。

　　第二次去看白渡桥是黄昏，又路过这里。举头望见木质窗棂背后，老式长杆日光灯泛出的隐隐白光，简陋的墙壁，以及光晕里弥漫着的朴素气息。一切尽在不言中，聚宝盆里的人，同样过着节约的人生。不管哪座城市，何种地段，窝，总归只是一个窝，背后的标签多惊人，也改变不了生存的质量和状态，这就是中国。不是每个人都能端着高脚杯，游走在金色的大厅，老百姓的日子如同海报简历，经不得轻翻。

　　离这两公里有条街，叫梦花街，同样处于黄金腹地，亦属黄浦区，上海的老城厢。"老城厢"是上海的专用名词，是相对原租界而言。上海人浪漫，骨子里轻巧，有种说不出的婀娜，街道的名字，亦细烟袅袅。梦花街，梦笔生花之意，古人深谙好文字乃梦中所出，一个人不痴不狂，不陷入深度睡眠，内心无打扰，文字便很难好看。何况人生本一梦，梦里梦外，出出进进，来来去去而已。与之毗邻，还有一条街叫宫学街，文庙所在。700年的老街，皆因文化提着，染了些许雅意。过去的梦花街，是不是很美，楼头雨，枕边书，洁白清香得如同这个六月清晨新开的栀子，就不知道了。

　　现今的梦花街并不诗意，很旧很破也很脏，像二十世纪八九十年代温暖杂居的小镇。剧照般老旧的水泥电杆，横七竖八，密如蛛网的电线，杂乱简陋的店铺，东晾西晒万国旗样的衣裤，以及随意停放的自行车、摩托车、三轮车。还有门口堆放的拖布、水桶、煤球炉子。生活很温暖，触手可及，似时间废墟里的轻灰，虚无而又厚重。有一天是不是会被这个世界轻轻抹去，很难说。

　　走在里面，很破败，也很踏实，几乎忘却是在上海。她不同于我的家乡，我的家乡很干净，清水漫过的小城，水洗一般。尽管曾无数次抱怨过她的卫生，那一刻，还是窥见了自己的狭隘，即便沙市的老街旧巷，与之相比，都是清幽雅致的。也不同于前两天去过的静安里、常德路、康定路，张爱玲的两所故居。典雅静谧的马路，法桐低徊，飞絮如雪，富有情调的咖啡屋书吧，更像老上海的光影博客。而这里，是摩天时代遗忘的老人，屡弱地守着旧日门框，瞇着眼，打着盹，浑浊的瞳孔像一卷灰色胶卷。行来之人，一不小心，便拐进时间断崖。

　　这里复印着太多人儿时的记忆，任何人于此，均会找到自己最初的版本。杂居的快乐，毫无遮掩的门牖，无不昭示人间烟火的平凡动人。

老百姓的日子散乱着，随意一抬眼，便能望见逼仄小巷两旁窗户伸出的竹竿，穿过两只衣袖或一只裤管悬于头顶，檐下的铁丝钩挂着新洗的文胸和三角裤。居住的局促，让这个世界不再有秘密。这样的房子，是没有卫生间和厨房的。洗衣机、痰盂、冰箱皆可摆在路边，成为一道随意安详，开放的风景。这条老街，同样逃不掉旧上海经典的马桶文化。现今多元，新旧元素杂染，老式两层木楼、石库门房子、后建的偏厦子、换上去的不锈钢门窗，还有防盗网，拥挤在一处，偶有阳台上盛开的花朵，是最美最抢眼的点缀。

若时间允许，希望能多待会儿，往更深处走一走，望一望每个门洞。这里曾经是老城厢有名的文化一条街，无数文化名流曾幻灯片般云集于此。说不定，哪个里弄的门牌号就走出个饱学之士。于那样的时光，倒流再倒流，像电影的回放，而猫，就蹲在某个屋台对面，无声地打量着我和这个夏日午后来来去去的行人。

去梦花街很偶然，是我在上海的最后一天，第二天要去苏州。朋友说，想带我去一个地方，或许会喜欢。讲此话时已近中午，我们便乘了地铁，又走了一会，下午两点多赶到文庙。四点关门，时间略显仓促。而梦花街就对着文庙后门，很幸运，那个午后我穿过了那条街，就像穿过了一部古书，与里面的故事，街头那些静止旧物，一起倒叙，并融入金色颗粒里。

文庙是祭孔之地，建于元朝，去的书市隐于此。朋友调侃，说门票很贵，不能和他抢。我心实，问多少钱一张？朋友噗嗤笑了，说一元。就这样一元钱我们获得了通往旧书王国的通行证。始终认为那是隐藏在自己身内的神秘地带，尽管是外在万千世界，曾经不动声色的演绎，但这样的缩影会在某个点等着你，并心意契合。故于旧书，人们猎取的不再是单纯的知识，而是气味、真相或秘密。所以旧书是生命峡谷里，便于遗忘，也便于找寻的纸上坐标。更像历史的历史，承载着诸多看不见的影像与温度，谜一样的蛛丝马迹，随时会引发更真实的人、事、物的存在。

迷恋旧物，无洁癖，也无关升值。喜欢生命与生命的打破，时间于时间、空间于空间的错位。人之孤岛，绝不在于简单的热情。能飞跃时间，拷贝另一种版块的漂移，以及生命的经验之痛，是种生命价值的升值和内心馆藏的丰富。生命这只宽大之手，匍匐于上帝袍下，绝不仅仅为了那点暖意，而是自身的安详富足以及双手擎满的温度。

进门处的摊位，摆有各色古籍，插图版居多。于旧书并不懂，难断真伪，行情也无法知晓。看到一套十八册的《石头记》便问了问。摊主说1800，民国的。很整齐的一摞，外部套着透明胶纸，封皮落有红色印章。是不是抽出打开过，已然忘记。好像就着摊主手里望了望，线装、竖版、破旧，有残页，插图较精美，有欲碎感。繁体，字小而密，看是不能看，对下版本尚可以。自己平日并不收藏，于价格也嫌贵了些，心里小气，不真心想买，也就没啰唆，亦怕弄坏他人之物。

回来后，曾在读书会提及，有朋友说，若是民国真本，借钱都应拿下。不禁后悔自己凝涩，衣服可以一掷，于此却叶公好龙。

书市并不大，想一本本过细看，并不可能。看到一本《钢铁是怎样炼成的》，线装、竖版、黄旧，烟熏一般，品相并不好。破损处黏有胶布，缺后皮，故看不到当日定价。1949年七月第一版，1950年九月再版，梅益译的，是最早把此书带进中国的人。由生活读书新知三联书店出版发行，非常不错的版本。主人用牛皮纸粘了书皮，重写了书名，外面又包了层连环画。记得里面还有只精美的书签，系主人亲写的自勉语，就买了下来。不记得付了多少钱，好像是三十，总之杀了一半的价。现在想想还有落价空间，只是自己随口一问，随口一还，也就成交。想着来趟文庙总得留点纪念，原主人不错，是个读书惜书之人，字也不赖。他看此书时，我并没出生，现今恐已作古，但遇见，就不失为一段书缘。能把它带回自己干净的小屋，安顿下来，免于流浪之苦，还时间以清水，也是一种不错的选择。

《随园诗话》在另一摊位购得。油印，纸微透，轻薄，脆，一触即破。有残页，打了补丁。里面有诸多笔记，非一人所为，红、蓝深浅不一。有水印模糊处，所用之笔，毛笔、钢笔、铅笔皆有。或圈或点或波浪线，扉页和书眉处密密麻麻。字迹秀逸，圆熟流畅。主人很细，是个读家。摊主说是民国的，已无法考证，赝品的概率很低。线新，好像重新装订过，上下两册，书里夹有几张粉色长方纸笺，颜色已萎，均为毛笔抄录的小诗，有的被订到线里。写有"羡他村落无盐女，不宠无惊过一生。""事管失路功成拙，言到乖时是亦非。""世乱奴欺主，年衰鬼弄人。""天孙莫尚嫌欢短，侬自离家已五年"。皆是书中引诗，从这些诗透露的调子看，应是书主当时心境所照，大有悲苍之意。

当然还有一些零碎批语。在下卷一页尾部，有"花因招展遭损折，鸟为舌巧被笼罗"的字样。后注"下放锻炼已如此，亦可知。"落款为"1958年12月29日。"也就是岁末在即，马上1959，主人辞旧迎新，深处异地，不免思绪万千。想想那年我尚没出生，"大跃进"才开始，至于因何下放，不得而知，十年后方有我。

在上卷一书眉处，有这样一句："看此记起，我在梁苏记遮店写过两句广告：知否闺中人盼望，莫因春雨阻归期。作此句年十八，看此书年四十。"即22年滑过。如果书主真是1958看此书，那往前推22年，即1936年，那时他十八岁，曾为别人写过广告词。梁苏记为香港一家老字号，1886年梁智华创建于广州，系一家伞厂。粤语管"伞"叫"遮"，故句中言遮店，即伞店。可知他十八岁时，为梁苏记做过广告，广告词便是"知否闺中人盼望，莫因春雨阻归期。"非常诗意浪漫的荐语。"莫因春雨阻归期"，意在有雨不怕，买我的伞好了，表达却含蓄艺术。梁苏记名声很大，产品曾被武术界当作兵器，被称作洪佛追魂伞、洪家飞鸿伞，或南伞。电影《黄飞鸿》中李连杰用的道具，皆出自梁苏记。1986年伞厂关门，整整为香港市民遮风挡雨一百年。

无形中给我们透露一个信息：此书主人少年得志，颇有才名。1936年，18岁时，为梁苏记写过广告。1958年，40岁失意落寞，不知被何种运动所累，蹲过牛棚。有可能是广东人，要不不会熟练地运用"遮"字，当然这只是猜测。若他还活着，应97岁。另此书飘零，暗换人手，到我这亦算有了归期。

买这本书是因为第一眼拿起时，于书皮处，有"梦荆州"三字。看到"烛影摇红郎半醉，合欢床上梦荆州。"便先入为主，以为是书主所题。

实孤陋，因繁体字，并不曾细看。自己是荆州人，异乡故知，难免亲切，随即决定买下。记得主人开价240元，我让少点，他说收摊的生意，最低120元，我只出60元，他犹豫再三，还是卖了。回来后，有朋友笑我，竟不知是袁子才，袁枚的诗。细瞧，果真书上云：袁子才写一诗咏刘备娶孙尚香。"刀光如雪洞房秋，信有人间作婿愁；烛影摇红郎半醉，合欢床上梦荆州。"即嘲刘备娶孙权之妹，刀光剑影里的一段政治姻缘。

关于红学涉及的随园即大观园，曹雪芹为曹寅儿子那段，此书原文为：康熙间，曹练亭为江宁织造，每出拥八驺，必携书一本，观玩不辍。人问"公何好学？"曰："非也。我非地方官，而百姓见我必起立，我心不安，故藉此遮目耳。"素与江宁太守陈鹏年不相中，及陈获罪，乃密疏荐陈，人以此重之。其子雪芹撰《红楼梦》一部，备记风月繁华之盛。中有所谓大观园者，即余之随园也。当时红楼中有女校书某尤艳，雪芹赠云："病容憔悴胜桃花，午汗潮回热转加。犹恐意中人看出，强言今日较差些。""威仪棣棣若山河，应把风流夺绮罗。不似小家拘束态，笑时偏少默时多。"

可见此本和胡适最早校对的版本一样，没有"明我斋读而羡之""我斋题云"等字样。"校书"，歌女的雅称，指通晓文墨的高等妓女。"万里桥边女校书，琵琶花里闭门居。"说的就是薛涛。巴金的祖父，也写了不少给校书的诗，并且不止一人，可见那时颇时髦。"明我斋"，富察明义，他字我斋。那两首诗便是他在《绿烟琐窗集》里，咏红楼二十首中的两首，非曹雪芹所作。所以此版本的"雪芹赠云"是不对的，有误。版本诸多，具体如何，不做细查。至于随园是否为大观园，这些红楼疑案，学术争论，不在本文讨论范围之内。

于旧书也只是看下热闹，留心的多是书外枝节。岁月之温润，常在于生命的接力和某年某月真实停留处的永恒。人之寿命有限，故于某些时光，常怀遗憾。所以一些人的离开，不只是单纯的个人事情，而是社会损失。在文庙还顺便买了两个小挂件，很便宜，也是因其旧，取其幽，放于几上做个摆件罢了。

出游，是一个人的日静山长，更深层的内心回归，广袤山水往自身毛细血管地倒流。怎样的行走都走不出自己的内心世界，无非是一次次长足确认，也是内在山水，于外界的具体呈现。去宝峰湖、喀纳斯、莫愁湖均如此，常有时光错乱，记忆混淆之感。望着那一方方水域，一遍遍问自己，可曾来过，何至眼熟至如此？故人生，无非是千年一梦，一梦千年而已。

认领自己

2019年11月7日傍晚，我独自躺在蜈支洲岛，一把棕红色木椅上。空落落的海滩一个人都没有，只有清凉的夜风和一波波涌来的涛声。我掏出手机，拨响了朋友的号码，说你听！海！

朋友没有听到。

这种哗哗有节奏的弹奏，只属于我一个人。

我的头顶是一柄棕麻蘑菇大伞，黑暗里依稀辨得出它优美的轮廓，弧度上方是更黑的夜空。没有万千星河，那只是我的想象。梵高笔下宝石蓝旋转的苍穹和金色繁星不属于今夜，除了远处海面浮动的细微渔火，余者漆黑一片。

只有海浪，从地心涌来，哗哗！哗哗！不绝于耳。它悠长均匀的呼吸，像极了人类呓语，是哭诉，绵绵的喜乐，抑或平静与肃穆。连同那些玉色粉尘摔碎的往事，淹没于海，并长在一起。

也许它只是海，一个单纯的定义。

这是一座孤岛，白天的溽热，连同密密麻麻的人流，青烟般散尽后，便是这般安宁。

5点30分最后一班客船离港。

没了挥舞的丝巾，浓艳的妇人，裸露的长腿，戏浪的人群；没了五彩缤纷上天入水惊险刺激的诸般游戏，来来回回穿梭的电瓶游览观光车，没了林林总总，拉风的一切，彻底安宁。

海归还于海，岛交给了岛。

一排排空荡荡的横条躺椅，一条条干净望得到头的马路，只有银白沙滩上重叠交错的脚印，于暮色温柔里，陈述着白日的喧嚣、惆怅抑或落寞。

蜈支洲岛，一篇奇峻散文。

而你只是一只被别人覆盖或被海水轻轻抹去的脚印。

没看到落日。

那些金红的光斑一点点转走，它落下的方向，不是我停留的海岸。

火凤凰燃烧于别人眸底，而非我的瞳孔。

我选择黑暗袭来时，躺在孤独的海岸听海，岛是静的，我也是静的。听海，须在暗夜，身心关闭，被夜风涤平荡净之后。你的安闲，和夜风吐出的发丝飘缠在一起，随浪起伏。画面里的你，不再是你，也不在于你听不听得懂海，而是听不听得懂自己。

你是空的，留下耳朵，就像所有的倾听，是为了避免眼睛失真。

岛也是空的，这是一件奢侈之事。不用催促，一个50岁的女人，无钱无色，只有握在掌心里的一部手机。

怕只怕浪费这生命里为时不多的夜晚。

所有海风、礁石，悄然盛开或死去的热带植被都是我的；银质沙滩，芳香泥土，高大听风的椰林，龙血树，恐龙时代流传下来的桫椤，都是我的。像一幕终场音乐，我的富足建立在别人散去之后的寂静里。

朋友说，你对生命的热爱，真像你。

有的时候，我是不像我的，那个我，让我极为厌烦，只是心魔还不够贪婪。

我的大脑看着这个躺在沙滩椅上，近乎安眠的女人，风撩拨着她的长发；看着她默默起身，拾级而上，凭着记忆拐了几个弯。像个女鬼，一袭白裙，拖着柔软轻纱，飘摇在海道上，脚上绘着淡蓝山水和仙鹤的轻便布鞋也悄无声息。涛声愈来愈强，冲击摔打，于岩石迸落，发出轰鸣。黑黢黢的四周，被浪涛围裹，海的摇窝在震荡，盖过黑暗，甚至掀翻整个岛屿，连同那个小小的白色身影一起沉入海底。

而自己站得很远，静静的。

这个岛没土著，蝴蝶状野生岛，供开发娱乐用。只有游人、工作人员，原来的妈祖庙已成为茶室。它密，满山绿意盎然拥挤的植物，繁茂勾连的藤蔓。海岸线也崎岖不平，不同于西岛的舒朗开阔，然而游人鼎盛。

走至码头，望见遥遥灯火，顿觉心安。顺着路，拐上坡，不远处便是酒店璀璨的大厅，我回至人群。

珊瑚酒店，岛上唯一一家酒店，连同林中散落的木屋均是它的附属。开放式大厅，通向外界万千奇花异木、海风海浪。品位的背后，价格不菲。我定了最便宜的包房，不包早餐，一千三。同样品质的海景房，三千多。

平时过日子，不大理会钱，一粥一饭，温饱即可。这时，开始算计卡里的数字，竟萌生有钱真好的念头。

三亚长夏，白日的天空，永远滚烫黄金。所以我得留下，在清晨与夜晚，触摸它近乎完美的意象。

贝壳做的床头橱，闪着牙白之光；鲜花四溢的落地长窗，看得见悠闲雪白的羊驼。乔木高大，三角梅无声萎地，鱼尾葵垂下发辫，热带水果免费供应，一切浪漫到不真实。

三亚，裸体美人，不掩风情，却近乎圣女。

一夜安眠。

翌日五点半，简单梳洗后，决定一个人去看日出。

在服务台询了路，外面漆黑一团。

踩着绵绵涛声，出酒店向左拐，浪声渐行渐熄。开始进山，路灯微弱的光亮打在轻巧如猫的脚步上。万物酣眠，鸟在打盹，纯洁的林木尚未醒来。

白日绿影婆娑的丛林黑咕隆咚。停下，不能再走，若迷失路径，不仅看不到日出，返回去的可能性都不大。拿出手机看了看，整六点。与此同时，路灯全部熄灭，整座岛屿陷入一片混沌。惊恐，慌乱间无法辨识脚下之路。

好容易弄开手机电筒，决定返回酒店。

那一刻，遗憾袭上心头，错过日落，也许又将错过日出。

在酒店入口处，迎头碰见一位少年。棒球帽，运动鞋，身姿矫健，边低头看手机边前行。我问了路。

往左走，观日岩，小伙子抬头笑着说。他也正要去！

能一起吗？

当然，也有个伴儿。他盯了下手机，1.4千米，我们加油。

寂静的山路，只有我们两个人大踏步往前走，拐了许多弯。小伙子边看导航边指挥，一刻都不曾停歇。我尽力倒腾双腿，晨风切切，天越走越亮。这样的速度对是个挑战，加之上坡，开始大口大口喘气。若自己独行或许早已放弃，但不能牵累同伴。交谈中，得知他几千里从黑龙江飞过来。

我让他先走。

坚持下，你看，他指了指路牌。观日岩，前方400米。果真，我听到了隐隐的涛声。

上坡再上坡，终于登上观日岩。早有两个年轻人迎风而立，牛仔衣，清爽的马尾辫。女孩笑着说，你们来得正是时候！

静伫山巅，俯瞰辽阔深邃的海域，天地之大也小。海鸥金属般凄美的叫声回荡崖岸。一个黑点在蠕动，鱼，抑或海怪？拉近镜头，竟是一艘两头尖尖摇晃的木船。天气并不好，昨夜涨了潮，镜头摇向右边，还有五六只。渔民在出海，于这个清晨。

拜天祭海，均属无奈。

天空是被一曲悠扬的洞箫吹开的。玫瑰刺破的一瞬，一条紫带横亘，海面也披了层柔黄金毯。太阳一点点露出来，那么小，那么小，晶莹的胴体像个水晶球，染满胭脂，晕在清白的天幕上。薄云遮过，空灵羞怯，又是另番景象。有人说，像鸭蛋黄，它的奇妙伟岸，更像远古神话，抑或人间庄重。

多少年，以为是场窑变，一场酒事，一场盛大的重逢或别离，后来方明白，不过是去时的清洁，归时的宁静。也曾把它想象成修女、童年的糖纸、清凉的花针。其实只是一个简单的日出，于暗处，苦难人的裂缝照进去。

暗透了，自然会亮。

划破黑暗的一瞬，是隆重的，一颗心的捧出，柔软金红。而人类有时更愿意沉睡在黑暗里。

日月星河不老，虔诚地游走在时间之外，每一天都新鲜打开。海上看日出，最大的好，便是水面漾开的金波。附加的虚幻，假，也美。所以很多美好是不真实的，并非自身光芒，而是外界垂爱。

日出完毕，很多人尚留恋于此。我怕姑妈弟媳等急，于岗亭问了路，一个人往山下赶。

下山很快，遇到岔路也会犹豫。幸好后面传来踢踏踢踏的脚步声，一个戴太阳帽的女士，追赶上来。她去情人桥，我回酒店。

女士提着妃色坤包，脚踏时尚凉鞋，细眉细眼，颇风情。我们边说边往海滨大道走。在路口，巧遇出来散步的姑妈夫妇和弟媳。

玲珑的海岸线异常丰富，枝型优美的草海桐，布满海域；相思豆，累垂可爱，红如珊瑚，却是人间至爱情物。合果芋长在山坡，通体芳艳，泛着幽蓝。

仙人掌孤于银滩，浑身是刺。一腔冰液化作热血，喷洒出海石花样厚重的花朵。

热带看着干，却眼泪四溢。

绞杀植物，颇为浩荡，隐匿在碧沉沉的古丛林，亦是人类翻版。大自然并不平静，它们攀附缠绕扼杀，把种子播撒在它者怀中，赖以吸食存活，生长壮大，再把根牢牢针扎进泥土，直至耗干对方。像场甜蜜的游戏，在慢条斯理、日复一日的麻醉中推进。

那个宿主，也许缘于最初的孤独、友爱，抑或不在意。它接纳了它，但后者并非寄生，而是占领。当捆绑愈来愈紧，临近窒息时，为时已晚。也许前者早已适应这种温柔勒索，成为风景，也成为死亡；也许无奈，也许心甘情愿，像诸多没有尊严，贪婪的情爱，而土地给予了无限宽容。

我们边走边拍边识别，惊叹于自然界的惊心动魄。

更能理解，做一棵笔直树的优美心境。

猩猩草最有意思，红色羽状花瓣星星点点开在绿丛，俯近看，才发现是叶的根部。花即叶，一种视觉欺骗，也是植物游戏。有种树，苍劲饱满，坠落的叶片，淡黄透明，不似湖北的落叶呈焦枯状。一位女清洁工把它们扫拢一起，像堆玉片。我问了下，她说银毛树。

　　第一班客轮还没来，岛是寂静的，可以慢慢闲逛。越往里走越原始。

　　见到露兜树树根的一瞬，简直惊呆了，像化石，风干于沙滩。五六米高，庞然若屋。试着走进去，扶着白色粗粝的根，仰望它在头顶虬曲盘旋，纵横交错。是海水的冲刷，让其裸露出来，呈出这般形式美。

　　露兜树也叫野菠萝，果实能吃，成熟后如佛焰。

　　根，一棵树的骨头，思想部分，也是古典部分，沧桑、坚硬、孤独。地表的葱茏，已微不足道。很幸运，借了泥土的眼睛，窥见它整个语言体系和结构形态。它的根大于优于它的干它的冠，也验证了盘根错节这个词。任何事物表面的繁荣光鲜，非平白无故，而是来自自身顽强，或他人输送。不能凭外表判断，那样的眼光很贫穷。

　　也似一些势力帮派勾结，但植物的争夺是纯洁的，至少没有妨碍人类。

　　正如西马德教授研究的那样，地下世界堪比地上世界。树木彼此相连，不仅营养交流，尚沟通交流。母树更爱自己的子孙，同样可能有脑。

　　孤独的海岸线分外寂寞，除我和弟媳，再就一个穿制服的工作人员，沿途捡拾垃圾。

　　碎碎的珊瑚躺了一海床，多呈牙白，也有淡青色或染了些许红铜色泽的。形态各异，均是艺术品，捡拾几块，小心翼翼包在丝巾里。

　　我们返回时，那位上海女士一个人坐在白色秋千架上。银毛树的叶片在其头顶悠然而落，树影重重，碎了一身。

　　柔韧的海水，通体湛蓝，美得不可方物。

　　看见我们，她招了招手，帮它录了一段视频。"录侬的背影就好，正面要不得，侬发朋友圈，证明阿拉来过。"她操吴侬软语，像外频道。

　　每个人的出游目的不同，有的来寻山水，有的来找自己。姑妈见花就钻，每张照片的背景都春意盎然，她住北国，鲜有鲜花。弟媳见水就脱鞋，对水有天然情结。或自拍，长得极美，尚要美颜，于稀奇古怪的植物也饶有兴趣。

我则更喜欢苍凉、衰败、死亡、孤寂、自然或者暗生长的力量。太美会腻，人工花朵避之不及，不自觉排斥一些景点，对情人桥、观海长廊毫无兴致。也极爱海水，看它冲上来，翻起泡沫；再隐隐退下，抹掉沙滩上的痕迹，像首干净的哲理小诗。但无法更亲近，这是我的隔膜，怯步很多事，太美或太丑。只能远观或平静对待。五官对我也没任何意义，人间的一张皮。

　　我在浪费弟媳的时间，她也在浪费我的时间。大自然给予我们不同的东西，哪怕站在同片海域。

　　这次旅行，也注定在不断商讨妥协包容中进行。我们在匆忙的山水中认领自己，陶醉在自我皮毛的浅快乐。更重要的是，都需要一个伴。

　　那些白日匆匆，顶着烈日而来的客人，多半拥挤在海岸。戏水冲浪、抢占沙滩椅；海上蹦极，释放自己。或在标志性建筑、题名刻字处拍照留念，镜头里无法剔除摩肩接踵的人流。

　　深部几乎无人至，导游也不会带你去。而植物的光合，往往在暗处拉动夜曲。那些不知名花朵的舞衣，也于无声处片片碎落。

　　曾拐进一条长满苍苔的废弃小路，齿贝一样的阳光洒于阴湿木香。植藤烂漫，林木安静，白腾腾的光蒸发在丛林中，像非洲，或更远的地方。椰子掉落在地，抽出鲜嫩幼苗，死生如此之近，一棵大树的胚胎，土地给予了它，最原始的诚意。

　　一所简陋小屋前，晾晒着衣服。篾编的提篮、水桶、盆子，随意扔放，估计有清洁工或拓荒者在此隐居。弟媳帮我拍了照，我问她照不照，她摇了摇头，说太破烂了。

　　人生有时只是个苍凉的手势，我行走在一片叶子的背面。

　　西岛，东山魁夷的色调。

　　像封落雪的情书，海岸线非常漫长。

　　高纯度天体，无所凭寄的白云，椰林稀疏，孔雀蓝绽放海面。我曾把它想成夜行人怀揣的璧玉，白色百叶窗通向的天堂。

它是个形容词。

去西岛很偶然，从新红村坐上25路公交，我们的目的地是南海观音和天涯海角。事先没做功课，就着弟媳的手机瞟了眼，一尊一百多米的观音屹立海中，与荆州十几亿修的关公像异曲同工。这个景点对我毫无意义，与佛尚远，何况一个赝品。若是古刹，倒怕惊破山门的清宁和诸佛眉尖的雪气。商业围圈，也只是商业围圈。

前座四人，一路谈论三亚风光，听口气来自东北某办事处，在此已游玩数月。一位高瘦男子说，最无价值的景点便是南山寺，这倒和我的审美契合，遂改为西岛。

上岛的一刻，还是倒抽了口气，液体水晶，实验室里的液态氧。

清波细浪的海水，窥得见一群群游鱼。摇曳的水草，水底礁石以及石上茵茵的绿苔也一清二楚。流动的波，冰的解体。

细瘦的海岸，犹如天鹅的颈项，洁白地弯在那。脱了鞋，在海滩走了走，细沙如棉。丝丝缕缕的阳光垂于海面，五彩斑斓，铜绿、淡绿、宝蓝、像柔质宝石，亦如少女或古镜。

美丽的新娘，提着洁白婚纱在椰林拍照。摄影师的姿态很文艺，新郎红色的领结在一片银白湛蓝里格外抢眼。新娘的脸开成芙蓉红，衬着热带高大乔木，掩不住的春光春色。

一条贞静的小路通往古渔村，漂亮的小楼和湖北别无二致。有太婆在自家门前摆摊，小鱼干、珊瑚、珍珠，挤得满满当当。问了价，小鱼并不贵，带头的十元一包，不带头的十五，也有二十五的，看分量。家家门口铺晒着这种摆放整齐的小鱼，也有更高档透明的小鱿鱼，一百多元钱一斤。

渔村自在安闲，坐在一个简易棚下，面前方桌陈放着菜单。菜品并不贵，几十块钱就可以吃饱，菜是山里的菜，鱼是西岛的鱼。

要了两个椰子，阿公帮我们削去头部，插上吸管。清凉的汁液注入肺腑，天然不腻无糖味，是我喜欢的状态。阿公健谈，62岁，看起来比实际年龄略老。海岛居民多如此，皮肤黝黑，闪着白牙，一脸灿烂。阿公是这家馆子的主人，曾邀他的朋友上岛小住，夜晚两人驾船出海，在退潮后裸出的礁石上喝酒聊天。明河在天，一船清辉，借着晶莹月色，窥得见水底一群群五彩游鱼。撒网打回，再煮给朋友吃。朋友惊呼，太美！要留于此，后来每冬都过来休闲一段时间。

椰汁喝完，阿公又帮我们从中劈开，变成两个半圆小碗。木香很好闻，椰肉如雪，有半厘米厚。椰水，天然饮品，木头积下的浆液，热带恩赐。大自然造物神奇，美好的不是人类，而是各种植物，只不过人们享用了它们。

阿公教我们吃椰肉，用专用刨子，一片片刮下。脆生生，清淡无味，细嚼却很香，耐吃。我说若生活在海南，便切丝，稍微晾晒，晨起拌香油食用，倒是一道雪白清爽的小菜。

渔村里面，越走愈静，悄无人烟。遇见珊瑚老屋是个惊喜。时光是黑的，沉于海底。黑色桶子瓦，烟熏火燎的墙体，剥落的位置，露出一块块整齐码放的珊瑚石。美、沉静、原始，天然的砖。那纹理，年代感，如尘封的一道暗门，推开便华彩万千。

像恍惚的时间，沉睡在时间上，古老到肃穆。

一丛丛鲜雅的凤凰花探出老墙，菠萝、香蕉唾手可得，杂草缠于栏杆。发白的木门，铁环上的锈末，均令人神往。

时间温习着时间。

有的建筑颇文气，也大派，拱形窗户，尽显欧风。阁楼门洞隐约着梅兰竹菊的暗影和最初字幕雏形。老屋多半两层，也有一层矮屋。窗户不大，外墙清简素穆，沧桑成百岁老人的脸。

裸露出的珊瑚异常美丽，弯曲成虫样或针眼蜂巢状，通体皆是花。它们曾是活的，灌满海水，柔软起舞在海底。离水后，死去，成为标本，也成了砌墙的砖，但依旧陈列着优美的纹理。

不少山墙，留有蜗牛样圈纹，据说是抹墙沙贝里，没死沙虫游走的痕迹。

书吧藏匿于此，茶色小格木门有点旧时光的味道，颇像三四十年代上海老城厢的文人寓所。门前植藤丰美，美人蕉高过屋顶，低垂宽额；

太阳的胸波起伏在这个静静的午后。拍了两张图，我们离开，再回来时，门已打开，一位儒雅的黑衣男士坐在里边。

低回，暗的美，像心的脚步，适合深邃倾听。饰品多是老旧木船卸下来的锚、板或桨，朴拙灰暗，带有风啄雨蚀，历久弥新的旧日美。幽的灯，似珠子，巷子里裁缝的双眼，低头缝制着长衫或旗袍。但分明在南国，热带丛林的海岛，与外面的碧海蓝天形成鲜明对比。

架子上稀稀朗朗放着几本书，非做学问，低语的咖啡时代，适合托着下巴，谈些无关紧要，远离柴米之事。静的奢侈，语言漂在人外。

内壁全是老珊瑚。一扇长方木窗，透着绿影，光柱沉沉筛入。

外面阳光四射，绿色颗粒碾过，清新而衰败。吧里清凉如水，主人说，珊瑚多孔，天然的空调。

书吧尚没起名，悠闲筹建中。老屋建于1895年，原是岛上唯一一家诊所，大户人家的祖宅。吧主姓王，江西人，从事室内设计，毕业于江西师范大学，作为人才引进海南。他喜欢西岛，做些西岛文化方面的研究。年租两万，赁下这座124年的珊瑚老屋，打通装修，保留老调子。说，珊瑚房会逐渐消失在历史的长河里。书吧，通向历史的另条路，是回身，也是茧慢慢抽丝。落日怀故土，归鸟恋旧林吧！

驻足一家客栈，大丛茶梅垂于木门。矮屋矮墙，油黄木牌上写着"远方"二字，一天458元至558元。没带换洗衣服，当时也嫌贵，便一晃而过。在以后很久很久的日子，都惦心着"远方"，后悔没能留下来。

它的矮，像大地的抚摸，深眠的旧时春天。非电梯酒店可比，情调里的一部分。

坐在小叶桉清凉的树荫下。

阿婆今年78岁，脸和手臂的皮肤都是硬的，老铜色，摸起来疙疙瘩瘩。角质层太厚，像烤焦的树皮。我用手细细抚过，似她的一生。她说只在家带孩子、织渔网、晒鱼。先生出海，月余才回，她也每每海边眺望。后来一次永远未归，和惆怅的大海待在了一起。

岛上土著，几乎都戴斗笠，草编的，十五元一个。倒是外来游人，不少袒胸露背，光着头。这里日头毒，阿婆的皮肤便是见证。

四百多年前，他们的祖先遇台风避难于此，便留此打鱼为生。原来的建筑多木质，后改用珊瑚，阿婆就出生在黑旧的珊瑚屋里。

先辈们从崖城买回清秀小瓦，于沙滩刨挖或捡拾被海水冲上来的大块珊瑚作砖，再用红土贝壳烧灰，掺稻草黏合，一座冬暖夏凉，透气吸潮的珊瑚屋就建成了。院墙、井台、篱笆均用此材，遂形成珊瑚群落。

西岛也是珊瑚堆积起来的。原是片孤海，水位下降，美丽的珊瑚露出来，死去，堆积，粘在一起。水位再升高，再死去堆积凝结，慢慢形成一座岛屿。周围依旧遍布数不清、五光十色摇曳的活珊瑚。这个水族部落，用自身躯体给了人类一个家，是人与生物亲密和谐的写实。

听起来多么美妙！

阿婆说珊瑚石牢而轻，是海石，不怕海风侵蚀，有石灰性，风吹雨淋自然板结。压力小，易削切，垒的房屋坚固，年头愈多外墙愈黑。大多二层，一楼是活动场所，兼住大人；二楼放置杂物和住孩子。

阿婆的儿孙们已盖起现代化小楼，只有她依旧守在老屋。村里的珊瑚屋越来越少。

渔民是苦的，耕海危险，海风吹人老。但阿婆慈爱，一说一笑，心底的纯洁随着话语尽情流露。

两个小朋友经过这里，驻足花台，穿着同样校服。我笑着说上学去？她们笑着点点头，指了指三亚西岛小学的校门。然后席地而坐和我说话，动作自然而然，看得出是多年的习惯。她们亲近人，不陌生，眼神明净，白亮亮的牙。我起身拍照，镜头在哪，她们就转向哪，笑得淳朴。说初中就出岛读书，每个星期六坐渡船回来。

我就想象着她们搭渡船的样子，也是她们憧憬的未来。

问你们知道这像天堂吗？她们点头，说喜欢的。

望了望，每一条小巷都通向蔚蓝大海，整个村落被软玉围裹着。与渔民聊天是快乐的，他们同样是上天的星辰，洒落在人间的慈爱。交谈的话语也像星辰，散落于微风里。

很多我想知道的并没开启，比如饮食风俗，阿婆有没有退休金，子女出不出去打工等。还想去看阿婆的老宅，怎奈弟媳急欲奔赴下一个景点。

注意点不同，关怀度不同。

三亚很美，一路行来，始终处于水晶状态，也会有垃圾袋、方便面盒、纸巾类，但不多。文明在靠近，人们的意识在提高，丢弃是罪恶的。

很多年，我在思考人与旅游的关系，读万卷书、行千里路的不同之处，结论只有一个，那便是"认领"。人是活的，太过幽暗坚持自己；能长久依附，不被辜负的唯有自然、书籍和艺术。

艺术无罪，只是沦落在一些伪艺术人的口舌里。精神上的一点光，亦如希施金背着画夹，走向荒野，立于高大林木间。

人类需要不相干的事物打发漫漫长夜，多情的山水印证内心风景。每一次出门，都是为了更好地回归。

人在寻找同类温暖时，多半贪婪。把爱好寄托于人，必然纠葛，可怕也可怜。人的精神也得是棵笔直的树，站直于夜风，哪怕更深的孤独。

人是被用来尊重的，而自然是用来爱的。

生命的波长

在上海时，朋友带我和芳去一家地质馆。馆长吕先生浓眉大眼，六十多岁，非常朴素。他把我们领到二楼展厅的一方石头墙前，用荧光灯照了照，那些灰暗的石头就变得绚丽无比、五彩缤纷起来。这是一个奇妙现象，这些石头原本普通，和路基石毫无二致，平日里也不会多看一眼。但今天，却刷新了我们的认知。

吕先生说每个石头的分子结构都不尽相同，肉眼有限，导致看不到它的美丽，只要增强波长，便会呈出黄、绿、蓝、紫不同的色泽。如果用这种灯照人，人也会变形，非常恐怖。他初时并不知晓，在地下矿洞无意中实验过，为此吓死了两名工人，坐了一年半的牢。

这些都是事实，不是传奇，这种奇妙的现象，也足以颠覆我们固有的思维。平日里看到的天空、云朵以及鲜花、山川、河流，也许原本并不是这个样子，只是人眼的局限，定位于此。在一些动植物眼里，可能是另重景象。我们视觉里的美，也许在它们眼里是丑，而我们无视的美，在它们眼里，或许极富魅力。它们的眼波也许比我们长，也许比我们短，但呈现出的样貌绝不相同。不难想象，如果外星人真的存在，他们眼里的外星人——我们，不知该长何样？也许这些石头是活的，有生命特质，会蠕动，只是人类无法感知，这些都是有可能的。所以人是极其渺小的，生存在自己的维度里，无法超越自身局限，于大自然，亦属井底之蛙。

记得一个外国科学家，曾做实验验证植物思维，当你要灼伤它们，或产生这种意识时，它们就开始紧张，曲线波动，甚至尖叫，只是人类听不到罢了。也就是说，思维绝非人类专利，植物也会思考，甚至比我们更敏感。它们生活在人类无法感知的独立空间里，无法迈进。所以每当看到一些小朋友在看动画片小马王国魔法世界时，便觉得设计者的思维和想象力，更近上帝。

由此类推，同样是人，每个人的思维波长亦不相同。人往往潜藏在自己的真空里，价值观限制了审美，所固守的正确也许并非是真正的正确，只是自己的界定，一厢情愿而已，有很大的主观色彩。眼界见识，自身经验同样左右着波段，而美和丑往往是隐形的，并不能贴上明确的标签。在不同年龄段，不同人的意识形态里展现的侧影绝不相同，经常混淆，或来回转化，这并不稀奇，也不矛盾。

吕先生是学地质的，一辈子摆弄石头。他馆藏宏富，所呈出的绮丽梦幻，打破我们对石头所有的想象，非固有概念。那些柔软如细绒，摇曳似枝条，镂空像鸟巢，蝉羽般轻薄，一层层叠加盛开成花朵的，都是坚硬无比的石头，肉眼往往错位。当然也有大到几吨重的水晶，或几节拖车都拖不下的木化石，这些石头的生命古老到不能再古老，几乎都有亿年春秋。它们穿过时间的手臂，停留于此，华美得如同星辰飘落。于人之肉眼，是寂静无声，静止不动的，然而所发生经历的故事却是惊心动魄，恢宏浩大，人类思维无法抵达的。

呈现的美也是天然的，由大自然各种因素锻造而成，任何艺术家与之相比，都非常矮小。那些刚出壳的恐龙，固化了的芭蕉，沉睡的莲蓬，均是极古之物。它们用另外一种形式表达生命的存在之美。而人类是无法超越这种魅力和穿越其行走路线，以及触摸它们最初形态的。由此不得不联想感喟，曹的高明和对人间万物的清醒认知，《石头记》缘何为石头记，以及它作为软体结晶的超时性、不朽性。

站在这些石头面前，人类真的很羸弱。尽管自己是活的，有着血液的流动，肢体的舒展，以及风一样匀称的呼吸，但都是短暂的生命影像，耐不住时光的冲洗。构建的只是自己细微的元素，于大自然的神奇伟岸、永恒博大、静美安详相比，太渺小，太微不足道了。

我们生活在自己的蛋壳里，耳朵的分贝、眼睛的度数，体表的温度，限制了感知，也左右了思想。无法看到更遥远神秘的风景，对近在咫尺的动植物，也无法感知它们独特的语言体系和心灵空间。因而古人说的，"鸟有鸟语，人有人言。""落红不是无情物"等，绝非主观臆想，凭空杜撰，或简单的修辞。文学往往更接近神灵和真相，古人的冥想是有一定道理的，也许比我们今天更客观，现今有些所谓的唯物，才是真正的唯心。像地震，鸡、狗往往比我们先知先觉，那些来自地下的声波更青睐它们。它们比天文台更准，听力比我们灵，分贝更宏大，与人类不在同一音频世界里。

　　人类所谓的道德善良也是很狭隘的，实自私，只适合参照人类。在自然生态里，我们往往是邪恶、凶残、极具破坏力的。善恶只是习惯衍生的一个理念，从小习惯了吃鸡啃鹅，自然认同了对弱小动物杀戮的天经地义，并无罪恶感，于它们的眼神，亦可不计；我们自古喜欢砍伐樵木，消受大自然馈赠的库存，以及清凉庇护，近而忽略它们因疼痛流出的汁液，这本也是常态。大爱本奢侈，人类并不能成熟觉醒，柔和起来，降低一点成本。很多东西的存在本是悖论，善恶仅仅只是人类框定的范畴。所以不难理解，当某个民族认定另一个种族不能与之匹配时，便动了杀戮之念，且以此为荣。所以很多时，善与恶，对与错，只通行在自己狭小的红利范畴内。

　　往小了看，我们日常的争夺、计较、攀比、嫉妒、甚至道理，法则；以及一些微不足道的小摩擦、小情绪、小名小利，男女之间的小占有、小索取、小纠缠；一句话半句话引起的不快，在这样上亿年汩汩流淌的时间河流里，都不值得一提。你会发现生命太短太短，很多事物并无价值，属白白浪费时间。而很多意趣之事还没来得及做，就倥偬而过，能永恒、追逐、仰望的东西太少太少了。除非人之思想，能穿越时间的杂音，世世代代流延下去。

　　这些石头来自世界各地，吕先生的登机牌就有76斤，哪里有奇珍异宝，哪里便有他的足迹。这样的馆他有几十家，上海的只是其一，台湾那家是无偿的，都是他的私人藏馆。他非常富有，这种富有是双重的，既是精神上的也是物质上的，随便抠下一块宝石，都够他活一辈子，但他选择用朴素的方式表达生命，所有的心思就是把地下的宝藏和历史进程中正在遗失的碎片保护呈现出来，让更多的人看到自然界以及生命的另一端。许多精美奇特的石头，都是他人大面积开采其他矿石时，准备炸掉的。他先行出资包下，取出所要，化险一段毁灭性的危机，否则我们无缘得见。

人的生命也就几十年，高不过百岁，吕先生说他已经活了两三百岁了，很值！所做之事，早已超越实际年龄。为了这些石头，在最艰苦的位置，曾用洗脸水、洗脚水焖过饭，一天不吃饭不喝水的时候也有。这个馆是赔钱的，电费都赚不回来。那天，游客就我们仨，从早九点到晚五点，转悠了整整一天，也没碰见其他人。馆太大，亦没看完。这里很安静，依旧保持着古老的气息，宁静的状态，并没有导游打着小旗，呼啦啦一片，一些椅子也是为孩子们进行科普教育准备的。一个人想架得住诱惑不是件易事，不入商业模式，不以营利为目的，已难能可贵，足见其胸襟。这个馆每日大门洞开，平静于此，也许一天寂寥，无一上门者，但得遇有缘人，博爱时光，本就令人敬爱。

朋友，是少年旧友，我们已有20多年未见。他非常喜欢这，经常领南来北往的亲朋到此一游，和吕馆长很熟。所以那天吕馆长亲自给我们做了讲解，从石头的起源、形成、断代、结构、用途，一直到开采陈列，以及自己对宇宙和人类的理解感悟，都进行了阐述。并亲自放映了自己在600米深洞下，背着氧气，挥汗取石的景象。从录像上看吕先生当年相当英俊，人也年轻健康。很遗憾，几年前，患过脑梗，中风，昏死七天醒来后，留下后遗症。至今一侧手臂和大腿均有障碍，走起路来一瘸一拐。就那样，还带着我们楼下楼上地转，并说已买好去新西兰的机票，明日动身。

除了石头主馆外，他还有七八个分馆，分别为古代铜镜馆、两性文化馆、民俗百业馆、抗美援朝馆及知青馆等。藏品浩繁，只要这个世界上存在过的东西，这里就不难找到。老户口本、老当票、老营业执照、老结婚证、老地图、老字画、老照片，以及整套挂在墙上的春宫漆画，还有妻、妾、夫共睡一床的小隔断屏风。土改时，"文革"时，各个时期的私人日志、杂志、漫画、文件，太多太多，看都看不完，简直是百科全书。徜徉于此，时光静谧，有一眼千年，与古人擦肩之感。望着那些温良旧物，及其身后的叠叠影像，难免生出生命轻薄稍纵即逝的感叹，也不时萌发到此做义工的念头。

抗美援朝馆里的大炮、坦克均是吕先生从朝鲜弄回来的。还有电台、勋章、衣物、战火里的日记、会议记录、报刊、宣传画、有关解决战俘问题的条例手册等，或淘或捐或有关部门单位资助以丰富馆藏，来源不一。抗美援朝馆一楼四壁及楼梯处均设有照片墙，有如今尚在或作古了的，牺牲了的，当了战俘的战士。他让每个生命皆上墙，有自己应有的位置、独立的尊严，所体现的人性关怀和对生命至善至美的尊重，让人为之动容。

回去的时候，我说这个人真富有，把无形的财富，变成有形的，而不是银行里简单的数字。朋友却说，是让有形的财富变得无形。实际都对，这个世界本就这么辩证，充满矛盾，但总有一些东西会触动我们。能守望心灵的宝藏，把自己活成一枚活化石的，并不多见。与其说，是对事业的执着，还不如说是对自然的膜拜和对人类生命的探索与敬畏，让我们知道超越时间和生命的魅力，这也正是人类追求的最高境界。

那天有风

那天有风，大朵大朵的云在头顶上飘着。空气幽如菖蒲百合，却流泻着琥珀的清透。坐了地铁，戴了墨镜，着了件白色轻质长披，穿过一条条马路，去拜谒张爱玲——一个炙手可热，被很多人嚼烂，同样自恋的女性。这是我的第一站，来上海的第二天。

我不是张迷，谁的迷都不是，在别人很文艺的时候，不文艺；在别人很深刻的时候，也不深刻。迷恋的仅仅只是光阴废墟上那些轻叹的生命，不死的魂魄，以及作为单体细胞真实的存在和对一些枯枝败叶的敬意。与她隔着一条马路，中间是镀了光的时间，时间的暗河下满是急速流变的影像。她在那边垂着米金色的蛾翅写《金锁记》《十八春》，我于这边昏黄的灯下，惊诧世界原本如此，只不过隔了一只空杯的距离。

风很美，扬起长摆，茉莉花一直开在清凉的肌肤里。问了许多路，没人再记得她。这个世界是流动的，解构了又解构，所谓的静安寺赫德路口一九二号公寓六楼六五室，已淹没于匆忙而立的摩天楼群里。就像张爱玲离了书本，便消失在现实的图谱中一样。

折入一条僻静小街，站在一座七层小楼的下面，我知道到了。淡米墙体，深咖纹路，同色系门窗，无疑它是雅致的，呈出低调的尊贵。就像楼下咖啡厅书吧里，若有若无的音乐，三三两两的阅者，一切都是静谧的。时光窅窅，当初的设计者已然不在，他是一名律师，也是一位建筑开发商，内心的简洁练达，于颜色的挑剔，成就了这座建筑。大门依在，只不过改为常德公寓，而非爱丁顿。路也不再叫赫德路，无人驻足，舟移车行，一派忙碌。只有我这个异乡人，隔着山，隔着水，来看她，举着相机，上上下下打量着。

这是一座普通民宅，并不对外开放。阳台上摆着花盆，有人在此平静生活。他们对张并不陌生，也不稀奇。不会像我这样想着她蛰居51室、65室，坐着黄包车出入的情景，那一屋子的风声雨味毕竟太远了。即便当初昏暗门厅里，坐着的开欧斯丁电梯的管理员，天台上咕滋咕滋滑冰的小孩，以及那些穿着旗袍、戴着礼帽上上下下的红男绿女们，也不诧异她。"英雄见惯也平常"，这是真理。在他们眼里，不过是位面白瘦长、身轻若云、穿绣花鞋的女子，走起路来也许像猫。她的绣鞋是在静安寺庙会上买的，偶尔也会穿点奇装异服或桃红能闻得见香气的衣服，只有胡兰成会觉得任何身份、任何衣料都配不上她。

她的好是那种惊天动地，却又无声无息，说不出的好！如胡兰成说："和她相处，总觉得是贵族。其实她是清苦到自己上街买小菜。然而站在她跟前，就是豪华的人也会感受威胁，看出自己的寒伧，不过是暴发户。"

她曾经是他的，一朵花开在寂寞的鱼缸里，四周都是汪洋。不能否认他们的爱情，绝世之花，一旦脱离了现实语境，很难存活。这是常情，也是人性之诡谲。爱得死去活来，多半是少年之事，也是可怕之事。人，大抵是喜欢平静的，但凡过来人，都晓得爱是怎么回事。名义上付出，实是更深回取，人是悦己的，最爱的还是自己。初时，急着往自己的箱柜里装东西，用自己的模式去套人，天地皆是自己的。嘴里所谓的喜欢，只是花开时的声音。后来方知，他是他，你是你，天是天，地是地，并不搭界。

人是于理性、分寸，自律中度日的。时间粘合了日月云朵，为其打上封条，削足适履，未必不可。总不能由着性子来，品质方是最后一张底牌。那些唧唧哝哝，天天问着爱不爱的，皆小女子腔调，并不知自恋自私于爱情都是毒药。手心的风，温柔吹拂的是别人，而非自己。感情只是日月渐深后，井水的溢满，而非自己百无聊赖时的汲取挥霍。胡，并不是不谙此道，只是滥，耐不住寂寞，急着另辟情缘，故张只是胡一生中的一个章节——民国女子，而非全部。胡也只是张早期的一株罂粟，在以后孤芳的岁月里，看都懒得看上一眼。

胡初见她时，满目震动，花也不是花，云也不是云，全是张的模样。张的脸长风浩荡，足以将他淹没，他不敢叫她的名字，生怕一叫，就碎了。他轻笑，像个傻子，魂都不在，满世界香风四起。张却是不出门的，躲在家里写字，她的很多作品在这里横空出世。稿酬很高，可以养活自己，也会拿胡的小钱给自己做件皮袄什么的。她是他的女人，这无疑是幸福的。他们有了婚约，她并不去美丽园，只住过一夜。她幽独、清洁如红尘，并不想蹚那趟浑水。过自己的日月，和许多人都不相干，这是她的性格。她隔着一大段晨雾抚摸着他的脸，内心满是清凉的欢喜。她才是埋在金沙银沙里的那个人，寂静的很，外面银铠的风雨一点都不愿知。

文字同样是寂静之水，豢养的一株花朵，不会开给所有的人看。抛开政治，你不得不承认，胡文字的简洁便当，出人意想。张亦妙语连珠，让胡讶异，觉得自己语笨。在文学史上，她是一名真正的低语者，却高调地让人性复活。那些觉其轻飘小资，无重量的一定得好好想想，你所谓的深刻只是自我标识，甚至是人性的倒退生硬，语句的悬疑曲折；所谓的苦难，也只不过是晦涩的嫁接，并非大地开裂时真正的震痛。那些貌似的真实，却难掩性格的缺欠做作，囿于自身得失，才是不可救药的自恋。不难想象，遇到点小名小利也就破了相，汲汲起来，嘴里说着短褐箪瓢，到金蟒加身时，并不手软，又是一副德行。一个有心机的人，文字是走不远的，即便现在有人吹着捧着，时间也会自由落体。

对于胡兰成并不想多说，除了文字好看，实在不够干净，政治和感情都不清白。张爱玲和鲁迅貌似天涯，骨意倒是相通。鲁迅评红楼说："赫克尔说过，人和人之差，有时比类人猿和原人之差还远。我们将《红楼梦》的续作者和原作者一比较，就会承认这话大概是确实。"张爱玲也说狗尾续貂，跗骨之疽。话虽尖刻，但总比一些当代学者连最起码的文风、语感、节奏都看不出来，偏要语惊四座，说成一人，牵强附会出一大堆逻辑好。

张是不见人的。I am not a sing song girl 是她的标语，她是个很自洁的人。即便晚年台湾把她捧红，颁奖给她，也是躲着，只寄去一张满脸皱巴巴的照片，算是礼貌。她是一个看惯繁华也看惯寂寞的人，早年的隆重已荡然无存，更不会按你的思维出牌。你关心的，她未必关心。你于她也不值钱，她十年做的事，你做不来。她写的《红楼梦魇》，你也不见得读得懂。

从常德公寓到张家老宅需走半个小时，并不远。那段路颇幽静，典雅得很像上海的上海。没有失望，也没有惊奇，偶有几座民国建筑，都是让人喜欢的。桐絮漂浮，路边积下薄薄一层碎黄颗粒。有长腿老外，推着婴儿车，也有过敏者不停地咳嗽。温度确实适宜，穿多穿少无所谓。法桐低徊，还是旧日时光。

路左手边，一家挨一家，很长一截两层楼房。非常旧，木制窗棂，底层是门面，不知当初做什么生意。但不管做什么都是好的，张爱玲曾一家家走过，他的弟弟子静也抱着用报纸包的篮球鞋，经此跑去找母亲和她。现今人去楼空，门窗腐败，赫然写着一个个大大的"拆"字。想一想反而庆幸起来，若十年后再来，上海更不是上海了。

康定路78号，是张家老宅，张爱玲出生于此。红砖结构，西式风格，李鸿章送给女儿即张爱玲的奶奶的陪嫁。够几代人吃喝的，比想象中的大，那么高的台阶，作为私宅，足够宏伟，当得起豪华二字。那时她家也就四个人，她、子静、继母和父亲，外加几个佣人，够奢侈的了。且佣人住在于此相连的后楼，并不打扰。

如今的房当头空地上搭了偏厦子，有人居住，中间留有过道。别墅墙上横着竹竿，拧着铁丝，一些短裤T恤迎风招展，球鞋袜子也晾晒于此，人们并不爱惜。楼梯处拍了照，张和她姑姑站的位置也拍了照，有工作人员热情相邀让我们进去参观。

原来这里是所中专，现为社区。内部完全变样，不再是太阳处打瞌睡，阴凉地清凉如古墓的感觉。张两岁前在此生活，再搬回时，已有了后母。她敷衍过。她的父亲不大做事，吃老本、抽鸦片，继母也抽，钱大多花于此。日子并不好过，非我们想象。她和弟弟都很省俭，楼上楼下上演过人性撕裂、血缘背叛的大戏。她和父亲有过安详的时光，雾一样的阳光，屋里摊着小报，可以沉下去，这是她说的。至今看见大叠的小报，都有回家的感觉，这也是她说的，可见回家一直是伤心梦。她没家，即便和姑姑合租的房子，也叫姑姑的家。

她与后母不和，和她相比，父亲更需要后母，遂狠下心来。人之刺心处，多半来自亲人，古董家尤甚。张17岁于此逃离，一逃就是一生，无论是感情之路还是现实之路径均被其堵死。这点，她不委屈自己。她的弟弟回忆说，曾回来要过学费，父亲态度温和，给了一笔钱，救了她的急。应属实。这也是她离开后，唯一一次回家，以后和父亲再也不曾见面。

旅居美国后，回忆父亲带她去买点心，她要小蛋糕，父亲总是给她买香肠卷。那年在多伦多，看见类似的香肠卷，一时怀旧起来，买了四只，却不是那个味了。岁月迢迢，很多事都不是那个味了。眼泪，肯定流过，深夜的扎心刺痛，是不会给人看的。人如薄棉，裹在黑暗里，涌动的却是颗倔强之心。与父母的情感是微妙复杂的，像软糯的米饭里搁了沙子，从未清正雅和过，总有些不得已，这样的不得已，让她脚步迟疑，最终未归。

落叶终是要飘零的，在异乡，那是她的选择，也是权利。而上海，她曾经的精神地标，是否想过，这座老宅冬日里青白的月光。但她说过，我是不出国的，没等离开，就开始想念了。

温良的苏州

沈复十三岁见陈芸："但见满室鲜衣，芸独通体素淡，仅新其鞋而已。见其绣制精巧，询为己作，始知其慧心不仅在笔墨也。"这里写的不仅是陈芸，也是苏州。苏州便如此，不事张扬，却于细微处显露自己的水色素养。

"瘦不露骨，细眉弯月。"也是沈复对陈芸的描写，亦属苏州写实，放在今天也恰恰好。美于含蓄，由骨缝慢慢溢出，这是苏州给自己完整的定位和诠释，以及由内向外生发的精神表现形式，而非气势。哪怕夜幕中走过的一家家华绸丽缎的店铺，在昏黄的灯光下，亦如古烟一般。

这就是苏州，美得不可方物而又宁静美好。

城市是由人定义的，每天都萌发枝叶。一个城市的文化，即人之文化总和，世世代代的修为和教养。时间会给予她过滤、沉淀、纠偏的过程。陈芸是地地道道的苏州人，沈复亦是，《浮生六记》是本自传体散文，因此书的流传，人们得以窥见古苏州的繁茂以及苏州女子的诸般美好。景物自不必说，净轩临流，绿屝垂蔓，是常态。叠石为山，曲折映带，是苏州人内心的审美。但作为女人，陈芸无疑是其代表作。有人说陈芸是史上最可爱的女人，其实苏州也是最可爱的城市。

陈芸出身寒素，父亲早亡，自小靠刺绣为生，养活母亲、弟弟和自己，这也是沈复娶她的原因。沈复，衣冠人家，生性倜傥不羁，于陈芸稠爱，较别个自是不同。陈芸轻柔，娇媚可人，言语身姿若云朵。平素待沈复客气，沈复为其挽袖，常说"得罪""岂敢"；递巾授扇，也必起身来接。弄得沈复很不自在，嗔其多礼，说要以礼束其等语。芸曰："世间反目多由戏起。"言下之意是说世人相处不能太随便，一旦打破界限，没了分寸，便会伤及对方，进而反目成仇。说的是恭敬之态，实是距离之妙。距离不仅是狭义的远近和数字上的意义，也是美和情感的保护，更是教养，以及人与人之间的尊重，个体生命对个体生命的敬畏。

人性大体一样，若放在火上烤一烤，均会焦糊，不在哪个区域。美与和谐来自节制，非情感的放任挥霍和理所当然，这也是陈芸和沈复一直恩爱的原因。即便中途发生诸多变故，失和姑翁，沈复没把父母对她的成见转嫁于她，陈芸也没因公婆对己冤屈，而迁怒沈复。最窘迫时，陈芸卖绣度日，挣扎着绣完人生中最后一幅作品《心经》；沈复揣着一块干粮上路，谎称雇了骡车，用的全是体贴功夫。

沈复放达，住宾香楼时，喜邀朋聚友，于同好谈诗品画，陈芸拔钗沽酒，不动声色。把自己的珍珠豁然送人，成人之美，而喜捡一些破字烂画，据为珍宝。平日亦简素纯淡，什么东西一经她手均能再生。无论小菜温粥，旧服敝履，还是竹帘纸窗，梅篱藤墙，皆干净素雅，意趣动人。所以我们今天看到的苏州非珠光宝气，也非简陋粗鄙，灵秀处，自有其温良宁静的气息和岁月淘洗后的洁净。

黛玉也是苏州人，不同的是，是小说里的人物。同样知性守理，所以万万不可被世人所予的小性拘定，一叶障目。她五岁丧母，小小年纪伺汤奉药，守丧尽哀。写字遇到"敏"字，不是绕过，便是少一笔，或多一划，以示对其母的尊重。至父亲林如海身染重疴，同样从贾府赶回，调食弄羹，榻前承奉，直到驾鹤西去。刚进荣府，亦处处留心，入乡随俗，生怕被人耻笑。长至15岁，嗽疾渐成，春秋犯时，在自己屋里引炊烹粥，煎汤熬药，免得连累他人。

葬花，是她的千古一景，落花流水，本是自然之态，她是怕花污，找个洁净之所，进行安葬。非软埋，而是用绣囊装起，即套了层棺椁，是另种对生命的珍爱敬畏。试想世上何人待花如此隆重，也就是颦儿，由人及物，用尽心力。若连人命尚不能眷顾，何谈天地万物，其他生灵。此乃曹侯对黛玉心灵艺术的拔高，绝非闲笔，是宝钗扑蝶，无法对看的。现今之人，亦要三思。另通部红楼读完，可见她身上有何种佩饰？原本于此疏淡，也就不难理解为何怠慢鹡鸰香念珠了。黛玉，一个生命意义上真正的关怀者。

邢岫烟同是苏州人，曾在蟠香寺住过十年。那里梅花盛开，故其香雪满身。每月二两分例，一两被邢夫人要去给了她父母，另外一两，除了自用，尚要打点那些尖牙利齿的丫头们。不够时，常常偷偷典质衣物。棉衣没了，挨冻，穿夹的。这点颇像沈复和芸的女儿青君。不张扬，不去向这个诉苦，那个求借，也不去找她的姑妈或父母理论。平日亦不多话，是个省事之人。虽穷，但有闲云野鹤之姿，亦映出其隐忍的品质。

妙玉也是苏州人，同样冷翠。官宦人家之女，从小患病不得不入了空门。进京，是避难，因不合时宜，权势不容。至于何种权势，作者没明说，不便猜度。"不合时宜"四字，和苏轼有关。他每日抚肚，问周遭人，谁知道他肚皮底下装有什么？众人极尽阿谀，有说满腹经纶的，有说锦绣文章的，唯朝云说是一肚子的不合时宜，即为权贵不容。妙玉也是这样的人，生性狷介。

妙玉极讲究，她的茶具，那已被许多人嚼烂。只说她沏茶的水，是五年前收的蟠香寺梅花上的雪，用坛子装好埋于地下，又千里迢迢带至京城。如此过细，可有二人！初读此节，你会孤陋，以为苏州是南方，极少下雪，故存之。实不然，是要滤去土腥气，放置愈久愈好。现今喝茶之人，大多讲究环境情调，服饰仪表，茶叶的品质以及冲泡的水温等，却很少考虑水材。这就是苏州，不流于形式上的浮华，而于源头品鉴生活。

香菱也是苏州人，住在阊门，红尘一流之地，现今依在。同样是个知礼懂分寸，心地纯良之人。曹侯写红楼是一丝不乱的。探春就不一样，真正的北人，阔朗大气，有自己的精神高度和非凡见解。连她的三间屋子都不曾隔断，书房、客厅、卧室通为一体。真正发起怒来，也是指点江山，嘴巴子"啪"地就能甩过去。

湘云亦是北人，豪爽大气英俊，有侠名，性格无设防。红楼第二十一回，湘云到黛玉房里过夜，两人同榻。湘云被只齐胸，一弯雪白臂膊撂于被外，黛玉却严严实实裹着一幅杏子红绫被，这便是对比。但非绝对，比如黛玉的银屏形象是由辽宁姑娘陈晓旭定格的，且无人超越，这里还有个心性概率问题。

惜春也非南人，她的出家和妙玉完全不同。是真冷，决绝，毫不含糊，嘴茬子也不让人，这点尤氏领教过。而妙玉不管李纨之类的如何不喜欢她，没见她唇舌上伤过谁，只是和你保持距离，除不得已的应酬，如栊翠庵品茶，更多时生活在自己的维度空间里。苏州人就是这样不咸不淡的，非王熙凤那样十里八里的热络，或居高临下睥睨你。

去平江路那天是夜里，晚风和美，清凉怡人。在一家店铺里，疏疏朗朗地挂着几件旗袍，摆了几把丝伞。店子里很安静，燃了香，一位年轻女子伏案绣着扇面。随便询了价，她报八百，因喜欢便往下压了压。她只是稍作让步，举止言谈皆清淡，并不急于求成，也绝不会姐呀、妹呀地乱叫；更不会恶语伤人，流露出不耐烦。恭而有礼，不卑不亢是苏州人的特色。

于这个城市，我们只是走马观花的一个过客，不会触及她的内核。苏州的美，不用往天上看的，向脚下瞧便是了。地面的精致，非同一般，不止一处，狮子园，寒山寺皆是。如登云石、用彩色石头拼起的寓意吉祥的图案等，是别的城市无法比拟的。可见当日苏州之富足和对建筑所花的心思，审美的细致，不是一朝一夕的事。

也许有人会说自己很有钱，有很多很多的钱，也克隆个狮子园、拙政园什么的，但你坐在簇簇新的庭院里，是无法裁剪时间的。时间是个很奇妙的东西，永恒孤独的瞬间，也是遥遥无期的叹息和茫茫流逝，能承载涵养的东西很多。即便头顶上依旧是白云千顷流过，也不会挂着同一枚月亮，那是一种忧愁、苦难、磨砺和内心良好放逐以至于完整救赎后的平静。是像芸那样的女子，无论富日子还是苦日子都能过得干净温润，成为案头艺术的供奉。

或者说你也打把伞，去那个雨巷走一走，最好下点雨，萌发一点诗意。但这也只是P进时光暗格里的一个剪影或手段，和这个城市没多大关系。雨巷也只是苏州无数侧影里的一个，而非全部，更不是她的内质。要知道再好的风景都是人遗下的，就像评弹、昆曲，糯得流汁的吴侬软语，平江路、山塘街、寒山寺等，都只是她万千事物中的一个分子。可以着迷、沉沦、淹没，于那样的时光回廊里，梦幻般走过，但也只是她的表象。

她的美不是戴望舒的诗留下的，也不是外在旅人那匆匆的一瞥。而是像芸那样的女子传承的，没有精神疾病，不会夸大自身苦乐，不是思想家哲学大师，只是自然者、艺术者、劳动者。是曾经枯井里的一滴水，用芬芳的双手融入时间的河流里。当然也有人说芸做作、助夫风月等等，但那是个充满陋疾的时代，晴风雨露自是不同。我们不能囿于今人目光，也不足以抹杀她更重要的美好。

住的哪家旅店已然忘记，街道也已记不得，跟团不用操心，但有被放牧的感觉。那个早晨，天边刚刚堆红，旅馆外的街上，就支了个早点摊。摊旁停放着一辆破旧的三轮车，三轮车上有个老式煤气罐，一对夫妇在那卖早点。女老板先摊了一个饼，又煎了一个鸡蛋，然后连同生菜叶子佐料一起包在饼里，递给了我。有点焦脆，也有点软糯，不是特别的好吃，也不难吃，总之还不错。然后我们站在清凉的气流里闲谈。

她是一名退休教师，爱人也是，是苏州百家文明流动摊位。她白皙干净，卷发，穿着清爽的裤褂，浑身散发着一个女人应有的美好。和我谈旗袍，谈丝绸，谈街上的人流；也谈工资，谈教育，谈自己优秀的儿女……谈可以谈的一切，而晨风于这样的话语里缓缓流过，如溪水，这就是苏州了。

且就洞庭赊月色

上次去松滋，是去年六月份，那时公公还活着，我们在洮水的溶洞坐了船。桨声，淙淙流水声，不绝于耳。可谓星河灿烂，宛若水晶宫殿。湿漉漉的台阶，有公公的背影，那是他人生中最后一次出行。

最早，二十岁时去过松滋，也是个冬日。寒冷的夜晚，路边的馆子已打烊。店家现捅开火，烧了杜婆鸡。热油滚锅，鸡子倒进去，滋啦啦作响。爆炒，葱姜蒜、啤酒、八角茴香、豆瓣酱、辣椒、精盐一股脑放入。添上少许水，再移入土钵，点上红红的炭火，冬日的夜晚便擦了粉，鲜亮起来。热气腾腾的香味顺着白雾弥漫开来，那么香，那么暖。那样的饭菜，一辈子不曾忘记。

这次去，有很多人，大多不认识。我靠窗，旁边坐着新华网的一名年轻女记者。天气阴冷，大家穿得胖墩墩的。雾气遮住玻璃，擦了又擦。喜欢这样漫无目的的出行，尤其到不知名的山里。汽车流浪在大地的腹纹，如母亲的摇窝，安全、静谧，没迷失感。

窗外的风景，像翻动的书籍，一页页闪过。大地无声，母体正在安眠。荷已干透，呈出静止风貌。风抚摸着水面，鹭鸶的身影剪辑在天空中。视野苍茫，水面漫了层油绿的藻类，如公园草坪洒落的地米花。桐船上有人划桨，背影萧萧，水纹荡开处，天地清美。

还有那些衰草、芦花、黄绿的树木，灰色的水域，野鸭子嘎嘎的叫声，都充满乡村自然的喜悦。在大地佛性胎音里，人是可以坐下的，生命的意态如此神奇，你路过它们，它们也路过了你。

我们的第一站是南海镇牛食坡村，很有画面感的名字。顾名思义，原来只是一处绿茵茵牛吃草的山坡。现已立起一幢幢小楼，农民的日子真的已经很好。画家献了画，书法家写了春联、福字、寿字，村民们排着队等着要。直到一摞摞的红纸写完，再找不到纸张。车子开出去很远，尚能看见稀稀拉拉夹着红纸走的人。有人蹲身开门，是自己的家，漂亮的小三层，气派明亮，银光闪闪。

松滋多体貌，山、水、溶洞、林、泉应有尽有，峰峦起伏、沟壑纵横，似一个紧致的美人；又如一块温玉，人可以沉进去，在它的毛孔心肺里自由呼吸。

白云边公司美得像团雾，纯徽式建筑掩映在灰蒙蒙的天空中，有种不实之感；远远望去，如画上去，海市蜃楼般层层叠叠。这样的意境很适合这个季节，有种朦胧的忧伤美。同行的人说，若晴天就好了，其实不然，这样阴郁的天气，更能匹配它淡远的气质和轮廓。

喜欢这样的调调，一眼的素，打破之前所有的想象，可用惊喜二字来形容。人是轻的，雾是轻的，白墙黑瓦都是轻的，生命倦怠，云朵寄居在云朵上。

你无法知道一千多亩是什么概念，镜头不断打开，山还是山，水还是水，树还是树，车子走也走不完。山林主体，一切都没被破坏，只在无植被的地方，建起了一座座重檐飞角的厂房。故叫白云边生态园，依旧鸟鸣泉响松落花香，充满大自然的情趣和勃勃生机。整个厂区静无一人，零星散落的车辆，是工人泊在那儿的坐骑。他们是富庶的，也是文化的。

不知一千多年前，李白来时是何样貌。那一年，他秋游洞庭，乘流北上，夜泊于此。一袭白衣，举杯邀月，望着湖光山色，水夜无烟的江面，吟下了"且就洞庭赊月色，将船买酒白云边。"的千古佳句。手里的酒，即现在白云边的前身，白云边因此而得名。月色入酒，赊了又赊。

白云边位于松滋城区北端，临江汉，倚巫山，接武陵，滨长江。可谓好水、好风、好土、好粮、好气温。泉风甘洌，醇香绵厚，古时便是酿酒佳地。到销售区走了走，也是墨卷云涛，笔缩古意，好意境、好底蕴、好气质，处处透着清雅怡人的气息。酒库掩映在竹林深处，清香扑鼻，一缸缸女儿红，硕大无比，蔚为壮观，乃平生头次所见。

红绸托盘里，水晶高脚杯晃动着一杯杯清透的琼浆。23年佳酿，我最后一个端起酒杯，看了看，又放下。工作人员笑着催我，我说不会饮酒，只能一小口，怕浪费了。她说没事的。那一刻，能听见水滴隔空而落的声音，优美极了，世界溢彩流光，顾盼神飞，生命的体液如此甘醇。

最初识得酒，是因为林冲，爱他的忧郁。风紧雪大，他枪挑酒葫芦，一袭凛冽的背影。人生之寒，莫过于此，唯余酒，草场熊熊的大火与心中的烈焰一起燃烧。

喜欢一切孤单落寞的东西，流走的意象、飞逝的时间、冰冻的情绪、发黄的条幅。人生中精彩刻骨的部分，在里面淹没，再淹没。酒，还原记忆的良方，水样形态，火样性格，像风一样绵长柔韧。酿酒之人是艺术的，也是平静安详魔术的，给予了水更深刻的内容。

天慢慢暗了下来，有人挥毫，有人泼墨，写了一天，写不完地写。站在二楼，可以看见错落的飞檐和绿竹掩映的白墙，以及竹叶里透出的一豆灯火。在这个冬日昏黄的傍晚，隐约着无限情调。黄叶铺成的小路很长，很厚，无须打理。斑驳的墙体，暗生的苔藓，皆化在酒香里，有了窅窅古意。

酒的泉水流到了今天，那么美！北纬30度，上天赐予的故园，予以了酒最好的体温。

回城时，已华灯初上，拿着手机对着窗外拍照。灯火琉璃处，是安静的街道。夜很静，淡淡的月亮像贴上去样，能听见星子落下的声音。

我与岑河

变了天，下楼又折回去加了衣服。

这是我第四次去岑河，于定湘禅寺、华严寺、秋收农庄里的岑参书院，甚至那些刚收割完，闪烁着新鲜断芒的稻田，并不陌生。不同时节，领略过它们不同的美。大自然的光与温度，予以事物不同的侧影，那些时间留下的痕迹和被时间河流带走的痕迹，也会影响一个人精神史的构建。感恩这些遇见，丰厚的不仅是时间，还有单薄的个体生命。

车子行驶在去岑河的公路上，是个极快的过程。

暮春极清，当绿开始紧致后，一切复又宁静。没了早春的动荡，自是细森森的，无形中添了几分忧郁，和日益增长的温度成反比。乡村的道路两旁，一大朵一大朵的山茶花应声而落，美艳的躯体躺在粗糙的马路、泥土、碎石甚至零星的垃圾旁。那一刻有点触目惊心，甚至哀伤。这个世界是宏大的，它的美，美在生与死。当你对它完整爱过之后，所有的归隐都是令人动容，轰轰烈烈的。

这是一个普通的镇，我希望它永远普通下去，有着内在的平静温暖。和所有版图上的小镇一样，生活在自己的日色暮光里，有着自己特立独行的属性，以及匀称的节奏和这个节奏下所延伸出的快乐。在经过诸多努力付出后，富足的不仅是物质还有精神层面的建设。

一个朋友曾说，儿时所在的岑河比现在美，微水荡漾，小桥林立，清一色吊脚楼。与那样的水质泽国我没遇见，很遗憾，也很向往。她最美的时光，断裂给了时间，就像一场生命的道场，最后还原定义它的还是时间。历史不断地舔舐着自己的伤口，直至纠偏。很多破坏掉的东西，若干年后，才识得其珍贵。主观往往是盲目的，于生态，我们得躬下身去。

　　土垚是我认识的第一个岑河人，确切点说是陈龙村人，即我们这次所到的目的地。不知道他是怎样进入我空间的，并加了友。第一句话便是要买书，我说，没出书，也没准备出书；若以后有，会送他。一年之后，他再次相询，依旧要买书，并把我的文字推荐给他父亲，他父亲也极喜爱。很遗憾，我仍然无书可送。

　　那时刚上网码字，把一些思想碎片储存在QQ空间里，这是它唯一的功能。我是一个好奇心极为有限的人，封闭且自由。出于对文字的那点依恋，在解决完自身温饱和孩子成长的问题后，重拾笔端。空间是开放的，是我为自己办下的第一份内刊，出出进进的都是些素不相识喜爱文字的朋友，也是我对这个世界平静的话语权。喜欢走在自己动态里，因无它好，方沉湎于此，这也是一种悲哀。文字装潢不了什么，这个世界能够让我看重的只有情义和品质，别的只是天空的云絮。我是个很私化的人，外延并不广，文字也只是暗夜输送的粉尘，只负责擦亮自己的精神之夜。所等待的盛开，也是自己往精神孤旅的再一次旅行，如果奢谈文学的话，是一种精神不死的方式和疗伤工具。

　　真正出书后，上网下单送过一些朋友，包括土垚和他的父亲。土垚来取的，他很黑，不像文化人的后裔，也糙，但诚恳。他详细说起了他的父亲，之前我一直孤陋寡闻。他的父亲对诗词、书法、剪纸、楹联、曲艺、篆刻、佛学均有研究。老爷子住在竹林深处，又通篾匠，装裱、瓦工、小厨之技，是个极为安静的人。

　　这之后，他的父亲，黄祥鑫老先生为了答谢我的赠书之谊，写了一首《临江仙，读菡萏女士说红楼感怀》，并书到一张粉红洒金的宣纸上。落款：菡萏女史雅正，丁丑荷月。很大的开幅，我做成卷轴，挂在了书房。词中多溢美之词，这里略去。

　　字是土垚带来的，装在一个牛皮纸的档案袋里，上附老先生端整的字迹：崔迎春女史收。非常漂亮，也算一件书法作品。如此的郑重，让我感动之余，多了几分不安。除此之外，老先生还送了本早年出的书和两枚印章于我，一枚刻着我的原名，一枚刻着笔名，用绸盒和一张习字的宣纸包裹着。我带去的两枚石头，原物返回，底部有磨过的痕迹。那是20多年前，我年轻时在《清明上河园》的一个书屋里偶然购得的。老先生说硬，刻不动。一位做玉石雕刻的朋友说，一枚是西安绿，一枚是冻石，市面已很少见。我遂转送给一位我敬重且待我极好的友人。

于老先生，亦有茶礼回谢。后来老先生出了新书，在沙市老屋饭香开了一个简单的发布会。一桌客，我应邀在列。那段时间老人家病重，住在医院里，输完液，由几个人搀扶着走进包房。席间吃力地在书上签着名，握笔的手一直在抖，并用微弱的语调背了那首给我写的《临江仙》，长长的一篇，一个字不落，真是好记性。

此后，一个极热的天，我搭公交遇到过老先生。一起下的车，站台在我家楼下。我说上楼喝杯茶吧，老先生说要赶着去对面的银行办事，并婉谢相送。目送老人家清瘦的背影缓慢移动在热浪滚滚的马路，想着他的儿子漂泊在外，无法赡顾于他，一个年迈的老者，只能自己无助地行走在这个孤单的闹市，便心中一片凄然。

土垚是名海上漂浮者，虽撰文写词，身上并没继承他父亲太多的文化因素和思想秉性。老爷子是个极淡之人，谦和甚至保持着对这个世界的谦恭，见人，常双手合十或叠在一起，轻轻作着揖。言语并不多，那种笑是谦卑真诚的，你会感觉到一个老者的佛心和于生命的不争，甚至是恭敬。不清高，不瘦骨嶙峋，也不趋炎或过度热情，满眼仁爱。

曾在微信圈，一些朋友发的图片中，看见过老先生的身影，独自坐在会议室的后排或某个角落；书协的活动合影也是提个黑包，顶着一头白发站在边上。里面属其年龄最尊，那一刻，有种痛感。也了解人性的幽微，那点蓬勃简单的私心，和名利场中不断适应的势利和视力。那样的浅薄只是稻草，不断地遮蔽着人们的双眼。

这几个月，每个星期六我都有绘画课，也有一些杂事相缠。去过岑河，也写过小文，于此次出行便十分犹豫。在武汉开会时，联系此次活动的朋友无意中说起名单里的我，是黄老爷子亲邀的，那一刻遂决定去。

并在去的前一天，清早起来坐在画案前画画，至晚方收。整整一天，好歹是我的一点心意，谢谢一位老者一直的厚爱。

岑河是竹乡，也是工匠之乡，过去很穷，现今号称荆楚工匠第一村，处在不断变革中，也是文明和文化之乡。去后，我坐在老先生身旁，老先生催我到圆桌旁坐，我邀老人家上去同坐。他和蔼地说，你们是客，你们是客。挂完牌，参观完木器馆和篾器馆，一拖人马便直奔老先生的家，这是定好的行程。白瓷挂面的小舍极为干净，后院隐约着大片竹林。

这是我第一次走进老先生的书斋，门梁上方悬挂着湖北省宣传部颁发的《书香门第》的匾额。书架上码放着一些发黄的典籍和佛学著作，空气中弥漫着低缓的佛乐。老先生年轻时便是名居士，荆州很多寺庙的碑刻均出自老人家之手，由其撰文并书写。土尧的奶奶也是名居士，圆寂在铁女寺。

书案上设有笔墨纸砚，一张没写完的小楷铺在上面，一笔一划极工整，像极了老先生的为人，清寂，一丝不苟。他没有借助自己的声望，向镇政府提出过任何要求，或为土尧这个下岗的乡村教师，谋份固定职业。

一把朴拙的老式圈椅，铺了件旧袄当坐垫，我坐在上面拍了照。在这张案上，八十岁高龄的老先生曾给我写过字，为那两枚刻不动的印章努力过。这样的情义，让我满怀敬意。

堂屋的几上摆了些水果，是为我们这些喧哗的客人准备的。后院的竹林碧沉沉，竹细而静，也清与幽，挺和秀。明末清流胡正言，曾把小筑命名为《十竹斋》，我也曾东施效颦把微台定名成《绿云居》，皆爱竹所致。夫家也曾有竹园，只是窝竹居多，比这粗，便没这般清仪。竹林里爱藏鸟，当它们流水般的歌喉或翅膀扇动出美丽声音时，愈静。细细碎碎的落叶铺了一层又一层，让我想起朋友说的"枯叶香"，那种香是露水之香，不是人为或花朵之香。那些阴在牖前的竹影，颇恍惚，像无数人间低语。

老先生穿了一件黑色老式宽肩呢子大衣，一直陪着我们。一些红男绿女在竹林里照了相，也和老先生合了影，然后散去。

回程时，绕道去看了出土的神木，一根长16米，直径近两米的巨型金丝楠木，以及李白下榻过的定湘禅寺。陪我们去的萧开春老师说编过我的文字，问有没有《岑参与岑河》这本书。我确实不知道此书的存在，萧老师便让车子停在路边，下车去取，他的家掩映在一片绿油油的田畦之间。

很考究的一本书，是岑河文化站和岑河书画院出的，萧老师是主编。翻了翻，很多熟悉的名字，我的《光阴覆盖的小镇》也在里面。那些小字读起来已然陌生，并不好，但一个地方我来过，并留下了真诚的文字足迹，这便是好的。

去洪湖

　　去洪湖是二十多年前，自己还年轻，没结婚，生活如水面的花朵，尚没打开。水气袅袅的小城一直下着雨，道路泥泞，和爱人盘桓在一所湿漉漉的乡村小学。绵绵的细雨敲打在黑色瓦楞上，再顺着房檐流下，于耳畔滴答了一夜，空气里满是木头腐败的气息和泥土的腥潮。吃饭时，席间有道菜，碧青碧青的，像活的，叫蒌蒿。第一次吃，味道有些怪，以后不管在哪个馆子，只要有蒌蒿的季节，都会点。水里的菜，带着通体清香，与莲子、菱角、茭白一样，均令人喜爱。

　　那时记忆缥缈，没有现在这般立体真切，建筑也是，带着远古灰暗的色调，能记住的并不多，那个水乡和水乡里的人，大多漫漶了。时间又是那么不禁过，呼啦啦就没了，仿佛中间没有停顿过。期间，我们有了孩子，有了自己的日子，经历了最忙碌、疲惫、热闹、喧嚣的人生阶段。寂静的纸张，于深夜一页页翻过，复又归于宁静。依旧是两个人的世界，而一生好像就这么走完了。

　　早起，他接了个电话，放下时对我说，某某的母亲走了，去不去洪湖吊唁。我说好的，这两天手头正没事。

　　于此人的离开并不惊讶，早有思想准备，只是时间的问题。可还是很失落，反复嘀咕着，这么快，说没就没了！春节时还在一起吃过饭，她依旧干净漂亮，化了精致的妆容，洋气的荷叶短发，向内弯着。比我们年长，爱人姐姐的亲家，几年前患的癌。

认识她在十几年前，她女儿嫁到夫家，她从日本回来参加婚礼，很厚的粉。但不艳，只是白，白得耀眼，像假人。和她并不熟，说过的话不超过十句。每次见面，点头致意打下招呼。因是亲戚，一年总会碰到一处吃个饭。她女儿和爱人的外甥结缡后，双双去了日本，留在那工作。小两口有了孩子，她与丈夫回国，在洪湖帮他们带。据说性格慢，做事细，一餐饭弄一上午；在日本上班时，早起化妆也需一个多小时。孙女被她带得很好，聪明活泼，舞跳得不错，还拿了奖。

老百姓的日子本可以这样过，平静美好地一直过下去，人世间的事却难以预料。发现癌时，她肚子已硬，像块石头，挖出五六斤瘤，是子宫癌。后来断断续续听说在吃进口药，化疗费很贵，几天就两万多。但每次见她都像好人似的，有红似白，安静地坐那，便以为好了。

这年头癌多，身边不时冒出消息，不是这个，就是那个，好好的人，说倒就倒了。大家聚在一起难免唏嘘一番，说话也就没了忌讳。有人说，造孽！拖不了好久，治也白治，早晚得死，还不如出去走走，免得人财两空；有的说，这病拖人，自己疼，照顾的人也苦，硬是把人耗干，那口气才得咽。不知她当时听着作何感想。知道内情的悄拉道，别说了，她也是晚期，就这一两年，扩散了，说能治好是哄她的。

后来她的女儿从日本回来，陪她在洪湖武汉两地往返治疗。稍稳定，女儿找了份工作，边打工边照顾她。她的兄弟姐妹也会来帮忙。医药费是笔不小的开销，先用她的，告罄后，女婿在日本打两份工，源源不断地往卡里打钱。据说人很疲惫，又要支付东京的房贷，又要供一双儿女读书。用的最好的治疗，但女婿说她好，在他们小家刚起步时，只要她有，就会拿出来支援他们，孩子带得也过细。现在只希望她能多活几天，可人还是没留住，说走就走了。

很久没去洪湖了，道路自然陌生，走时查了下，高速200多千米，省道183千米，犹豫了下，还是选择了后者。觉得沿途看看，可以缓解下寂寞。湖北，千湖之省，水多，碧玉似的湖泊随处可见。这点，在荆州不大明显，一往洪湖方向开，视野马上清凉起来。到处翠生生的，车子行于绿云之上，两边的池塘尽是荷。虽是一叶飘零碧空洗的季节，但荷并未完全凋敝，有全开的，有袅娜的，仍是沃野烟水里清正的一朵。

自己极爱此花！非附庸风雅，与笔名也没多大关系，是种对美好事物的向往。这种植物浑身都是宝。荷叶碾碎可以制茶；藕、藕簪更是清香鲜脆的美味；新鲜的莲子，宛若珍珠，适合清炒；莲蓬晒干可插瓶清供，从头至脚，无一废笔。

莲"大义"，这是最主要一点。"世间花叶不相伦，花入金盆叶作尘。惟有绿荷红菡萏，卷舒开合任天真……"此诗已被很多人嚼烂，真正能体味的并不多。意思是说，世间植物的花与叶是不能相提并论的，花很金贵，叶却贱如尘土。但唯有绿色的荷叶和红色的菡萏不是这样，她们相得益彰，美丽和谐，没有孰低孰高，孰贵孰贱，叶往往比花更美

荷花，荷在前，花在后。花因荷而来。即叶在先，花居后。她的叶在世间花卉里最美最壮观，花叶共生共荣共衰共死，颇令人敬爱。碧叶铺展，一望千里。而洪湖是荷花之乡，天下荷花最多的地方，居于水，擎于天，瑜伽一样打开，那份轻盈，可以爱了又爱。像朋友说的，爱我们家背景墙大朵的荷，像莫奈的画。

在监利吃了中饭，离洪湖也就不远了。想偷懒，抄了一条近路，结果误入荷花深处。一条两车距宽的水泥路，刚够错车，还很新，看得出没修几年，但路中间已弯曲开裂，从细缝中冒出一丛丛绿油油的细草，像条缎带延向远方。明显的豆腐渣工程，亦昭示平日的冷清。那天空荡，前后无一辆车。两旁是一望无际的水泽荷塘，墨绿色渔网晒于岸边，孤零零的桐油小船湾在水草中间，白鹭于淡青湖面随风起舞，或在船舷单腿静立，偶有零星渔舍苍茫点缀。

路越走越差，有些地方竟出现了轻微凹裂。一堆剥完莲子的莲蓬堆在路边，已晒成黑褐色。喜欢此物，曾在花卉市场买过，插上杆十元一枝。于此却无人问津，遂捡了几只。

车开了几十千米，已无法再走。隐隐看见前面有辆越野车打着双闪，

估计陷进去很久，爬不出来了。再前行，命运也会如此，进不得，退不得，那就麻烦了，何况底盘比它矮。好容易看到一个渔人，打听了下，前方还有十六千米才能上省道。想了想，还是决定倒回去。就这样183千米的行程走了将近八个小时。

到达目的地时，绿色的大堤和堤坡上斑驳的碉楼已染上暮色。殡仪馆坐落于此。

逝者掩映在一层层白菊之下。上过香，隔着水晶棺，俯身看了又看，她还是那么漂亮，面色如生，一点都不老。只是人很小，静静躺着，似一朵沉睡的白莲。发型很美，洋娃娃样的丝卷，柔顺地贴在脸庞。她的女儿走上前，喊我幺妈，我张了张嘴，不知该说啥好，嗫嚅了半天，第一句话竟是这头发是自己的吧！我能听到自己的哽咽，像旷谷里的回音，那么清晰，尽管四周闹哄哄的。她的女儿答道，假的，还是假的。实际不用说，也知道是假的，只是那刻，希望这几个月，她能长出新的发丝，走了，梳着自个儿的该多好！

我的眼睛开始起雾，在眼泪没有掉落之前，别开头，快步穿过人群，来至室外。不想让任何人看见这样的窘态，我一生羞于此，内在的江河在肚中如何翻滚都可以，但于人前，终是不习惯。扭头的一瞬，看见她女儿牵着自己上小学的女儿，穿梭在人群里，眼睛红红的，满脸泪水。实际很多东西都是无声的，比如时间，比如亲情还有思念，皆藏在诸多喧嚣之下。

晚上入住宾馆前，去她家坐了会。很宽敞的房子，角角落落很干净。墙上挂着外孙子、外孙女的照片，她的艺术照也在上面；厨房里的电饭煲擦得锃亮，卫生间进门地上的抹布雪白。的确是个干净勤勉之人，只不过作为女主人的她，再也回不到这个家琐碎忙碌了。

他们在日本也只是普通打工者，并非贵族，往往披星戴月地工作，饭赶早做好带去，流水线的日子也是算计着过。钱肯定比国内挣得多得多，但于异乡的孤独还是喜欢留在自己的家乡，这点无疑。这么多年，兄弟姐妹有困难，也常接济，而于自己却马虎，从未体检。

　　是她自己放弃化疗的。说不化了，拖累孩子们，总化也受不了，活着痛苦，早晚得走。临走前，把女儿和外孙女叫到病床边，亲手给外孙女梳了最后一次头发。很麻烦的一款，把一根根小辫编起，再归至一块，用蝴蝶结卡住。告诉她女儿，以后自己带，就这样给孩子梳。她的外孙女背着她，偷偷问大人，奶奶是不是会死？在湖北管外婆叫奶奶是常事，尤其独生子女家庭，为了表示亲切，是自己人，不分里外。

　　她是个爱美的女人，早被病魔折磨得不成样子。头发因化疗，两年前就掉光了，只剩下稀疏的几根，一直戴着假发。脸也枯槁，死灰一般，可每次出门都擦粉，打腮红，精心打扮一番，坚持像好人一样。故我们每次看到的都是美丽的，亦是留给这个世界最后的一份尊重。

　　她是等女婿从日本回来的第二天凌晨咽的气，兄弟姐妹女儿女婿一直没睡，守在她身旁。走得非常安详，拉着亲人们的手闭的眼。生命于此就结束了，浩荡也罢，平静也好，没了就是没了，尽管活着的人和死去的人万般无奈，但这样的割舍是改变不了的现实。

第四辑／随物念

春天还是春天

　　早春是稀薄的，奶粉冲泡的空气，并不明朗，总有些暧昧的光线闪亮其中。

　　轮渡很破败，停靠多年，无以复记。人要过江，便要有工具，时光流逝，已趋落伍。吱吱嘎嘎的铁皮甬道底下淌着绵绵水声。这艘船一直泊在这，待那艘游走的船过来，并在一起，便开始吐纳。过渡的几乎都是穷人，面容枯槁，尚没褪尽菜色，那是阳光热烈的印记和自身辛劳地付出。有挎篮子牵孩童的；也有推着摩托车上来，至对岸绝尘而去的；富人则摇着方向盘从新修的大桥，鱼贯飙过。

　　流浪画家吴老师曾画过这个码头，及渡船上踩着跳板扛包的工人。那幅画明艳艳的，汗水、阳光、稻香混在一起。二十世纪八十年代，依旧是码头文化的兴盛期，作为一名船员，他熟知这片水域。从江这头走到那头，从东边画到西边，多少年如一日。画展上，他用手比画着起伏的江水，说长江太美了，沙市太美了。

　　对岸是江南，百草香馥的长江之南。几分钟的行程，却像出了趟远门。不同的是，这边闹市，那边村居。隔着一条江，望得见彼此分野的背影。也是我们对泥土最好的抵达方式，乡村依旧是虔诚的，保持着对土地的崇拜。

　　渡船很脏，也很坚硬，落了一层薄薄的灰。长条铁凳磨得油光放亮，二楼仓顶的白条桌沾满污渍。螺旋桨打碎的浪花，泛起玉色粉尘；劲风高举的蓝天，飘着丝丝白云。视野的开阔，足以抵挡些许瑕疵，这样的老旧，不嗜收捡，更近市井。远处的残船，似一幅幅静止的油画，卧于岸边。老了，活成暮年，于江声四野里满怀惆怅。

无骨的春风，有一搭没一搭，闲闲地吹着。不远处，是座大门紧闭的墓园，远远望去，依稀看得到灰白大理石墓碑上红红绿绿的纸花。

墓园清寂，生与死那么近也那么远，天堂和人间也只不过一个转身，一朵花的距离。季节比人幸运，可以依偎来时之路，一遍遍重来；而人的生命却是单行道，仅此一次。

回程时，白色大衣尚沾着细微粉尘和枯叶揉碎的颗粒。阳光铺下的细密温度在绒呢里喧腾腾的，似从遥远的春天归来，背负着整个盈盈蓝天。江水也是松喧的，如母亲涨满乳汁的乳房，鼓鼓的，只不过用另外一种碧玉情怀，喂养着两岸生灵。走在上岸的长长铁质甬道上，依旧嘎嘎吱吱。于暖阳下，给吴老师打了个电话。距去冬他住院，已月余，前几天听朋友说，他恢复得不错。

嘟嘟几声，对方一阵忙音。

画室里还有幅他的画，这是我记挂的。也知道他对画作的态度，既不送画，亦不卖画，于己之作甚为爱惜。对此也理解，尤其后期，他身体不好，患上严重的冠心病，需搭很多支架，每天忍痛出去，能抢一幅是一幅。那些建筑，不等人，稀里哗啦，每天都在倒塌。他铺个塑料袋子，坐在废墟里，画一张，得一张，捡便宜似的。他的画热烈，就像他的希望，一遍遍交给春天。他画遍了沙市的大街小巷，尤其对古建筑的保留。一户户人家绘过来，一条千年老街也就串了起来。他用颜色诠释着梦想与现实的距离，沉浸在自己的乌托邦里。画笔是他的语言工具，向外通道。时而癫狂，手舞足蹈，边画边唱——天蓝蓝，鸿雁对对飞，有人说他是傻子，也有人说是疯子。

他是个怪人，有点小个性，说傲气也可以。写了一辈子的生，从年轻时的二十世纪八十年代起，便在街头待着。不屑给大画家填色，打下手；也不喜欢画人像，挣小费。总梦想深造，也就一直穷着，有一顿没一顿的。他的妻子恨毒了他，一个自顾自，不能养家糊口的人，对家庭显然是无用的。婚也就离了，是个羁旅天涯、风雨飘摇之人。

他去过很多地方，大漠戈壁，野沟窄渠，无不留下足迹，积下的车票有一尺多厚。没钱，画几幅人像冲店资，蜷缩在某个屋檐或石旮旯里过夜也是常事。去夏的一个晚上，他打来电话，说菡萏老师，我在平遥古城，小店里有很多中式服装，您喜欢哪件，我给您买。我一听就笑了，说谢谢，千万别买，柜子里的穿不完，买了也是浪费。他说不贵，我说不贵也别买。

认识他很偶然，有次买完宣纸，与恩师庚口先生一起往画室走，途径胜利街。他在那画画，看见庚口先生很兴奋，划拉着手机，让先生看他的画作。说想在胜利街租个门面办画展，到时烦请先生邀约画界同仁前来参观，并索了手机号。先生笑着点头，肯定他的画，赞他的精神。

回去后，先生说，他那么穷，租房子，裱画，印小册子，邀约人，还得有主办方，人钱都得到位，哪里有那么简单的。随后又叹了口气，说还是帮帮他吧！他让他想起了自己的少年时光，一个贫穷少年，背着画夹，揣着简单画具，到江边渡口写生的日子。没钱装裱，用白纸衬着看效果。

美术，富人的艺术。很穷很穷。

先生说理解他。

到了先生这个年龄，活成了古菊，对画展已无兴趣，就像不少写者不想开研讨会样，无非锦上添花那点事，一哄而散的效应。现今慌乱，美，是个很难被唤醒的东西，人们宁可相互诋毁，对流派吵吵闹闹，或言不由衷地阿谀，也不愿意供奉心灵的那点神恩。真言，天空的利剑，早已折断。

办画展，对一个成名的画家，是件轻而易举之事；对一个底层工人，却是一生的梦想。何况他一直游离于画界之外，不交际不热闹，只是画，很纯粹地画，这也是先生喜欢他的原因。

先生在微信里给现任美协主席和群艺馆馆长分别留了言，很快得到回复。场地和主办方都解决了，而钱成了棘手的大问题。

天，渐渐冷下来。先生穿着黑色棉袍，站在公交站的寒风里，呆呆地望着光秃枝柯上方空洞的天空。我说，钱，咋办？先生道，他来想办法，只有讨。一个一个地讨，二五百应该没问题，他们都是大画家，拿得出。我说开口告人难，还得张个嘴不是！先生说不急，还可拉拉赞助。

这期间，吴老师的病愈来愈重，在荆检查后，又至武汉复诊。同济的医生说，支架已不能解决问题，需搭桥，得预交20万，他吓得跑了回来。他没家，租住在一间几平米的烂屋里，为办画展又辗转至群艺馆旁将拆的危房中。从窗口，便可看见群艺馆的后门，那是他的希望，他得守在那。

一位沙市有名的老中医，免费为其调理。他不敢过分打扰先生，常在微信里对我说，上下楼都困难了，医生说大部分血管已堵，随时可能猝死。想死前，看到画展。他的手有哆嗦症，天生震颤，打不好字，每每语音留言，动情处，常带哭音。我一一转给先生。也会和他说，先生平易，是个好人，可直接与先生沟通。吴老师说，你知道的，庚口先生潜心艺术，不大爱热闹，也不太管闲事。

但先生心里一直揣着这事，期间婆一直瘫痪在床，一日三餐，洗衣做饭，按摩推拿，都是先生的。天一天冷似一天，空中飘起零星雪花，一个近八旬的老人，不可能挨家挨户去化缘。

南方的冬天阴晴不定，并不比北方热乎。先生在案旁，拿了张我买的暗绿竖纹笺，用毛笔写了封倡议书。大意如下：吴世荣，行伍出身，吉林人，落籍荆州。船员，工人，自幼爱画，师从军旅画家河岸、王大兵。失业，月仅千余元，勉为画资房租。生活窘困，无以养家，离异。数十年钟情缪斯，无怨无悔，身染重疴，仍写生街头。手中积下画作千余幅，特举办荆州城市旧貌写生个人画展。渴望美术界同仁，助一臂之力。数额不限，略表善心。

先生在微信里一一发出去，有学生、至交，也有先生爱护扶掖和得过先生画作之人。

在这个古城，没有比先生人缘更好的了。有人回复说，我最最亲爱的庚口先生，只知道您的画好，不知道您的书法也如此了得，别人募捐我绕道；您募集，我举双手欢迎。也有个别人说穷是懒是没能力是不会运作，但钱还是会出的。

先生不会使用红包，也怕乱套，就让他们送至群艺馆馆长处。那几天风雪交加，路面结冰，谁会为这二三百往那跑，眼看到手的鸭子就要飞了。再要，又要张回嘴。

没想到机会来了。2019新春画展在群艺馆举行，先生受邀出席开幕式，遂做了个大牌子，上面附着那张倡议书，杵在门口。自己带头捐了五百，他全部的零用。那天旗开得胜，一上午募得近五千元，由会计专门保管。加之一个公司赞助的5000元，及《作品》杂志给我的季度赏与年终赏，共募得一万四千多块钱。先生高兴得像个孩子，说可以办个体面的画展了，余下的钱给吴治病。

画展筹备得很顺利，先生亲自选的画，计500幅，囊括吴老师各个时期的创作，展厅布置得简洁雅致。用最少的钱，办最大的事，尽量给他多留点，先生说。我破例在微信里给吴老师打了广告，电台台长看到，要了他的号码，当天派记者做了专访。

画展那天很冷，在二楼的展厅门口，碰见了作协搞评论的贾建国老师。前言是他写的，醒目的红色招牌立于门外，标题为《他是个什么样的画家》。他与吴老师相知多年，八十年代就有交集，一个文艺青年，一个落魄画家，经常借换书籍。开幕式在三楼的会议室举行，我选了一个旮旯儿的位置坐下。

与先生学画，只是基于个人友谊，对文化的审美，写作的辅养，并不想混入画界。一些画家陆陆续续而来，屋里烟气刚刚，自觉有身份的会在圆桌旁落座。先生是搭公交到的，被很多人簇拥上楼。凡这个古城有名的画家，直至到外发展，在国际有影响的返乡画家也都来了，包括市作协的两位老主席，这全是先生的面子。画展是跨界的，简单隆重。

距设定的开幕式时间过去很久，也不见吴老师的踪影。贾老师打了电话，无人接。

吴老师是捂着胸口进来的，没人和他打招呼，他也没和任何人寒暄。我不知道他认识不认识这些体面的画家。贾老师向他扬了扬手，他慢慢走过来，坐在我身旁。看着他的脸憋得通红，便问没事吧？他无力地摆了摆手，说还好，早起有点难受，下不来楼，现在好多了，这样的场合也有点不适应。然后便是沉默，良久，他忽然抬起头，愣愣地看着我，突然说，菡萏老师，你朋友多，能不能帮我借个七万八万的，要不我只有等死了。治好，还可以画。你看在这个城市，我一个亲人都没有，昨晚很疼，有个小绳，都恨不得吊死。他低低地说着，可怜巴巴地望着我。四周闹哄哄的，那时候，我恨不能摇身一变，变成一个富翁或企业家。他不知道我是清寂的，没朋友，空间热闹的不过是些喜爱我文字的读者，并不熟悉。我在心里划算着，看还能帮他多少，一边安慰着他，催他去主席台就座。

他是主角，红脸板筋地讲着自己的创作经历，很兴奋，没草稿。实际他是个文化人，年轻时就涉猎西方哲学。只是落魄，风中的呜咽，一直回响在异乡的街头。一个外乡人用另外一种方式爱着这座城，书写着她的历史。

我满脑子都是钱，看着他的嘴一张一合的，不知说了些什么，然后退了出去。清冷的走廊，一个人都没有。真想不明白，一个快死之人，还讲这些干啥，这样的仪式又有何用！

庚口先生把剩下的6000多块钱，交至他手里，让他治病。那天，先生很开心，心里的石头终于落了地。圆了他的梦，就像圆了自己的梦。大家蜂拥下楼，到二楼展厅看画。那些画很炫目，充满梦幻，色块是含蓄的，荆州的梵高，先生如是说。有的画作标了日期和房屋的名称，没标的也一眼就能认出，比如青龙观，胜利街东头标志性的建筑，早就拆了。几百年的建筑，一口气就吹飞了，慢慢的整个城市也会轻飘飘移走。这些逝去之物都将在他的画里长大，且永恒。

大家赞叹着，惋惜着。画展是成功的，该来的都来了，电台、电视台、各大报刊网媒，皆闻风而动，可谓盛况空前。吴老师在画前讲着每一个建筑，及每个建筑背后的故事，围了不少的人。很多人争着与他合影，他成了明星。也有不少人缠着先生加微信，拍照。

中午逐渐冷清下来，我想喊吴老师去吃饭。发现在一个背角落里，电视台的工作人员正采访他，觉得是个好机会，可以借助媒体呼吁下，便走了过去。看他绝口不提自己的病，那个美女记者还在不断启发他，让他谈谈创作时遇到的困难，比如卧在雪地里作画之类的。吴老师倒实诚，说那倒没有，碰到过下雨，画纸打湿，一团糟。天晴得重画，不满意也会重画。我一直默默地听着，觉得挺搞笑，新闻就是新闻，猎取的无非是自己认为有价值的东西。心里愈发焦急，恨不得抢过话筒，恳请全市人民一人给他一元钱，救救他的命。生命毕竟是最宝贵的，他画的毕竟是沙市，不能眼睁睁看着他无钱治病，死在街头。名，出不出能咋样。

趁摄像机放下的空档，赶紧提醒吴老师讲讲自己的病。

美女记者拦道，观众会反感的，只能在结尾处顺带下。

我不好再讲什么，看他们录个没完，几位年迈的师长，还在寒风里等着，不得不下楼。晚上，瞥了眼电视，果真片尾提了一嘴。

大家也曾建议过他卖画，可吴老师舍不得，说那是一个完整的纸上沙市，破坏了就散了，多少钱都划不来。不能再画，也画不成，那些建筑都已不在，最好能被博物馆整体收藏。再者也不见得有人买，毕竟不是名人，时间上也来不及，遂放弃。

办画展的第二天晚上，我坐在母亲家的沙发上，吴老师打来电话，说他疼得受不了了，这就去住院。我问钱呢？他说解决了，中心医院的医生说，搭桥手术正常情况下需十一二万，他有医保，尽量往医保上靠，自费部分控制在三万。画展余下的，加之东拼西凑的也就这么多。问我第二天上午能否陪他去医院，和住院部主任说下他的情况，千万别用贵药，超出这个额度，就麻烦了。我应承下来，心里嘀咕着搭桥手术怎么会这么便宜，不会是个套吧，把人诓进去，再加码。看医院的黑幕看多了，自己的思维也跟着黑暗起来。我问谁照顾他，他说没人，只得麻烦贾老师。

第二天早，我和庚口先生一起去的。天很冷，先生很瘦，穿得很厚，坐了一个多小时的公交才从沙市至城里的中心医院。荆沙没合并前，属两个城市。和先生出去，他从不让我打的。我们坐在清冷的大厅里等吴老师。打电话没人接，好不容易通了，知道他和贾老师尚在展厅，等他们赶过来，又是很久。吴老师背着一个花蛇皮袋子样的大提包，头发支棱着，和逃荒似的，急匆匆走在前；后面跟着眼睛很亮，戴小眼镜的贾老师。他们看到先生很惊讶！先生年尊，学养深醇，是这个小城的文化名人，平素深居简出，没想到他老人家会来。

我们一行人，乘电梯上去，很顺利地见到了住院部主任。医生长得都差不多，深沉稳重，只是我总怀疑镜片后目光的真诚性。我们略作说明，问了下费用，与吴老师说得差不多，但一再强调是在正常、手术顺利的情况下。我们则一再追问，一旦出现意外，急需血浆，续不上费咋办，会不会停止治疗。医生模棱两可地道，这是人民的医院，有的缴不上费，还不是走了，他们会把手术做完。又说我们来了也没用，他要见吴老师的亲人，能签字的人。

我半信半疑地听着，觉得关心的不是一回事。我们关心的是费用，医生关心的是步骤。

吴说他自己签，我说吴老师没亲人。主任说，他有儿子，让他儿子来。我迟疑道，他离婚了。主任说，离婚了也是他儿子，没亲人，这个手术做不成。吴老师说，他来打电话，一边按着手机，一边期期艾艾地说，儿子不大愿意管，正准备结婚。实际他不说大家也明白，一个父亲，没太尽到做父亲的责任，儿子随母长大，那份苦不言而喻，淡漠总是有的。

电话好不容易通了，吴老师出去讲的。进来时说，儿子在武汉上班，手术时会来。主任又问，谁照顾你，贾老师连忙说是他。主任说，还是请个护工吧，你的情况危险，随时可能歪倒，就不要下楼了，朋友总是要回家的。我问多少钱一天？主任说，一天一百，手术时就不用了，有重症监护。我心里盘算着，十天就得一千，没动手术，钱就开始哗哗的！

"进来就听医生的吧。"先生道。

我们拎着蛇皮袋子从主任办公室出来，已近中午。我得送先生回家，婆还瘫痪在床上，等着先生的午饭。蛇皮袋子的口敞开着，十冬腊月的，里面躺着双凉拖和一个红色褪了色的塑料盆子，还有些杂物。我掏出钱包，准备给吴老师和贾老师留点买饭钱。贾老师一把拦住道，再也不能让你出了。掏出几张红票子，就往吴老师的外衣口袋里塞，说护工的钱他出。贾老师并不富裕，内退，一个月就那么几个钱，爱人身体也不好。

走时，吴老师忽然抱着先生哭了起来，两眼红红的，说不出话。他很高，也魁梧，一个七尺男儿，像小孩一样抹着眼泪。先生无言地拍着他的背。

　　孤单，人生的伤口，每一天都在流血。

　　回去的路上，心里依旧打着鼓，说会不会把人骗进来，进了笼子，上了手术台，就不是那么回事了。先生说，走一步算一步吧，还是相信医生。

　　吴老师住院后的第三天，我正在抽空作画。时间已近春节，家里一片忙乱。吴老师在微信里发来水滴筹，他儿子帮他弄的。打开看时，只有贾老师的20元垫底钱。我说不急，待我配段文字。

　　晚上，我配了篇千字小文，转发出去。红包雪片一样飞来，都是些微友，私包就收了近千元，我一一转给吴老师，不断来回截着图。一位北大的老科学家说："给他，不必提我。"还有马山的周明老师，我的小租户，以及一位在外打工，异常困难的文友，拿出了红包里所有的积蓄394元钱。他的孩子是留守儿童，丈母娘因无钱治病，死在医院的大门口。我谢绝了他的红包，说要给就给50吧。

　　水滴筹里，有一千、五百的，也有一二百，二十，甚至五块的。有个朋友说，他也很穷，就匿名吧，捐个三块钱。留言看都看不过来。不少朋友帮忙转发，当晚水滴筹提示，捐款的百分之九十来自我的好友，万把块钱是有的。看着一个个熟悉的头像，很感动，那是一片爱，无以回报的爱，唯深深鞠躬。

　　先生也转了，且挨个窗口要，说给点吧，你退休金高；给点吧，你是个大画家，弄得人哭笑不得。我委婉提醒，您老这样不妥，有点绑架意味，放在朋友圈，有心人看见自会捐的。先生天真地说，怕啥，救人一命呢！随后自己又捐了一份。

　　这之后，我启程去了深圳，在那过的年。大年三十晚上，贾老师在微里说，吴老师的医药费已基本解决。自此，就没再和他联系过。

不知不觉，春天来了，一下子便满城烟柳。也会在柔软的春风里走上一走，那片刻的安宁是醇郁的。想起吴老师放在画室里的画，遂有了上文的电话。第二天吴老师打了过来，说画他让人去取。现在住在敬老院里，一个月1500的费用，管吃住，药和别的开销还是自己的。不划算，但没法，儿子在医院照顾了20多天，得回武汉上班，不能再拖累他了。等身体好了，就搬出来，在中山路原租住的位置，租间小屋，那便宜，才160。我说早拆了，他说还剩一溜。说连红包，水滴筹，战友群里凑的，共募得了四万多元钱，将将够治病。医生没骗他，超得不多。我笑了，想起自己的担忧和狭隘。他说在手术台上好悬没下来，手术不太彻底，心尖的一小部分，有时还隐隐作疼。生死轮回翻，把什么都看淡了，也想开了，以后带两个学生，安稳度日，也会继续画这个城市。

　　还说衣服只让工作人员洗了一次，都是自己搓的。一边恢复，一边看书，看的是《毕司沃斯先生的房子》和《野草在唱歌》。

　　听到这些，蛮欣慰。他没欠外债，和儿子的关系也恢复了正常。

　　每次去笔庄，都在迪亚罗兰下，再沿湖走上一截。微醺的空气里，杨柳斜斜，苇叶闪着金光，婆婆纳开得正好。四月兰繁花似锦，铺满水杉的空档。朋友说可以做肥，我说有层次美，上面是褐色笔直光秃秃的枝干，下面是鲜嫩如水的花瓣。

　　日光渐美，人从季节飘过，春天的粉腮，白腻腻的。托福春天，野草在唱歌，春天还是春天，一切都好。

读周思聪

这两天在读《周思聪与友人书》，丰巢快递来的。边上楼边拆了包装，暗灰封面，竖纹路，隐约着周的漂亮手迹。

喜欢这个女人，温良贤淑风骨，也隐忍。也许是某些观点的类同，觉其特别可心。她的文辞亦好，轻便自如，透着涉世不深的可爱，于某些事物又异常凛冽。马文蔚是名记者，她的女性友人，她们的友谊始于一次采访，是位没向她索过画的友人。她并不喜欢记者，却把一生中最多的信件写给了一名记者。无目的性造就了人格的对等。马和培蒂均是她的密友，周把杂七杂八的琐事讲给她们听，是种释压，也是进入保险箱的状态。生命需要回音，于孤独的人海，有些风，需要暖意地抵达。

她给马文蔚写了一百多封信，除了1980年搬家遗失的，余下的计144封，书中收录了142封，二十世纪从八十年代至九十年代中叶，十几年间的通信。

里面连错别字，标点都没动，原封原的原件。是个真实、内心敞开的周思聪，也是不为人知的周思聪。那个时代很慢，也就有了更多的热切与期盼。信件得在北京城绕一大圈，几日后方能收到；即便周思聪出差在外，住在医院里，右手挂着盐水，左手依旧扯下一截软塌塌的手纸，写上一段。病重时，手肿成棍子，亦用两个指头夹着笔写。

她需要倾诉，向一个可靠的地方，甚至依赖。也需要有人保存她的生命，寄放些零碎时间和事物片段。那些洁白的信件，往返穿梭在路途中，成为一种慰藉。没套话，无遮饰，于这样的水晶城堡，得有十二分的信任与诚意。内里涉及家事、外务、艺术、书籍、自然，甚至"议人长短"的话题，且实名点出，均为台面人物。这是有风险的，马给予了她这种保险。

人生幸福之事，莫过于有个可靠的说话之人。

周是个灵秀的女子，才气逼人。看过她晚年绘的《荷之系列》，极为动人。那种淡，是用水冲出来的，烟火全息，淡到不能再淡。我曾在微信里说：烟割破了喉管，泅散的一瞬，筋骨丝丝毕现，向生也向死。

才情携风骨并存，是件难得之事，也是奢侈之事，亦是一个真正艺术家缺一不可的德行，周做到了。

二十世纪九十年代，是个蠢蠢欲动时期，也是艺术的荒凉期背离期。她的荷系列诞生于此，与下海经商的浪潮背向而驰，可用"坐静"来形容。即便筛滤至今，也是无法逾越的高度。那样的荷，没时光性，不过时，也无法仿效。不像吴冠中老先生的画，易临摹，赝品也就多。周的荷除前期用纸做了特殊处理，墨色里还混入了丙烯及广告颜料，无论审美意象，还是创作技法均独特。这样的独一无二，造就了她的特质，也见其创新精神。她不盲从别人，也不覆辙自己，对艺术的嗅觉，异常灵敏，所焕发出的勃勃生机，悠远淡长，愈静愈美。尽管那时她的生命已趋萎缩，进入倒计时。

她是个天才，这样的高度，至今无人跨越。活着时，虽没迎来艺术的繁荣期，但其作品是超前的，且时间验证了这一点。

她的逝去是中国美术史上的一个重大损失。57岁，一个画家的黄金期，离臻入佳境尚远。她折翼在自己的高度里。艺术不老，她的肉体却休止于中年。

灰，是种很难把握的色调，深浅的弹性游走在墨的两极。周的《荷之系列》，几乎全部采用此色，并不脏，吹化了的水，极致的清洁。像雪落在薄薄的宣上，脱去了戏服，便是这般清仪。那样的肃穆，是另一种隆重与天地旷渺。

你会发现，最好的色泽是无色的，荣辱过遍后，便是这样空淡。

任何颜色均娇媚，透着自己的性格和热情，哪怕冷色，亦有自己的表现欲。灰揉搓了所有颜色，又背离了所有颜色。那种抽身极为令人心疼，就像周思聪的一生。健康时，四周围堵，老人孩子亲戚，家务工作，学习开会应酬，一样都不能少。外加画债缠身，拥挤在自己的日常里。也画过一些时令画，真正平静安详下来，已到了肉身的溃败期。

关上外界的大门，世界才是自己的。

周的创作分三个阶段。早期政治，中期生活，最后自己。由大至小，步步退缩。代表作有《矿工图》组画、《高原风情画》《荷之系列》等。反之，也是她心灵自由度逐渐打开的过程。大与小，内与外本辩证。她终于属于了自己，屏蔽了外界杂音，这种单纯性，铸就了她最后的高度。

艺术的纤绳，不能戴着人性的镣铐舞蹈，回归自己，方能散发人性真味。周的一生，也是同时代大部分画家的写照。起先画大题材，为国家；中期画生活，矿工、儿童、难民、少数民族。日出而作，日落而息，平凡人的负重。亦是自身映像，时代缩影；最后完全画自个，不再写实。那些荷，极为缥缈，是她的精神色素。

她曾在信中对马文蔚说，喜欢拜读孩子们的画作，没有想讨人欢喜，或被人耻笑的种种顾虑，真挚，一心一意表达自己的感情。而她的画雕琢痕迹太多，条条框框太多，不能自由抒发。每画一幅都像打了败仗，没有胜利的快乐，多么想体验一次！

可见艺术是多么艰难，又多么简单。说一千道一万，离不开"情感"二字。

她最后做到了，变得极度轻盈欢愉。

她的画不袭古，不风雅，非沈复的《浮生六记》或张岱的《陶庵梦忆》推崇的东西。朴素自然，有着对生命最原始的体察。说，喜欢美，凡美的都想画；喜欢大自然，喜欢平凡的人，这是钟情的两样事物。

她不做作。

每当看到有些人搬出若干古典知识，或炫自己多文人雅士、风流情调时，便会想起周思聪。她是那么可敬，透着人性的真实与对自然的慈爱。

深刻是个很纠结的话题，被诸多文艺人翻来覆去咀嚼过，显得愈发高深神秘。人与时代的关系似函数，一个肤浅之人，不是不关心时代，而是对外界没有独到的认知。精确点说，还是价值观的问题。

时代是由人组成的，孤立的时代并不存在，人的感受本在时代大潮中。

最大的深刻便是对虚荣的断奶，虚荣是喂大的。走在自己的清水里，方为深刻里的深刻。

艺术很小我，所谓的大，只是光源的扩散，而非假大空。世界的袍服再大，不能穿在自己身上；量身定做的，永远是自身感情的外衣。就像周思聪所说的"它不负责说教的功能。"

所以在这些信件里，看不到所谓的深刻，只有美、自然和真实，当然还有一些诙谐"犀利"的见解，对事物的好恶评判，那是她的价值取向。

精神是无色的，有其纯正纯粹性，宛若她绘的荷，除唤醒潜在审美，还注入了个人生命体验与想象。"生活没让你失去童年对生活的乐趣，你便是诗人和作家。"于画画亦是。童心，艺术的眼睛。艺术首先是自我的，然后才是社会的。就像《红楼梦》首先是曹的，其次才是历史的。脱离了自我哪有情感可言。人本体的关怀，首先是自我关怀，于社会和历史才有不自觉的作用。

历史上没有一位画家和作家，创作初衷，是为时代作序的。无非想画写出自己心中那点可怜的东西，而这点东西，恰恰是一个时代珍贵的部分。

生活是活出来的。作品是生活的骨头。

周是得类风湿死的，我的大姑妈亦死于此病，很疼，慢性的癌。骨头里的病，在岁月里磨着你啃噬着你，丑陋着你，也软糯僵硬着你。听不见骨头咔咔变形声，却能感知它日渐肿胀的刺痛，七扭八歪的难堪，清醒的只能是颗心。马文慰最后去医院探望时，她的脸已经变形。

我的手指也曾晨僵，见风疼，打字要戴很厚的棉手套，睡觉也是。也曾反复验血，到处看，很灰暗的两年。疑似过类风湿，恐惧忐忑都有过。所幸好了。周思聪的绝望与平静，可想而知。

骨骼是人体里最美的部分，拍过手片，那种美是没遮拦的，像艺术，比肉眼看到的实体更美。一个人的气韵多半是骨骼给的。周病的恰恰是骨头。

疾病是强盗，盗取的不仅是健康，往往还有身体里的尊严。

史国良第一次见周思聪，觉其特别土，穿了件染黑打了补丁的衣服，是丈夫卢沉穿剩下的男装，脸色也不好看。包括她婆婆在内，一家五口挤在一间九平米的暗屋子里。当时，周思聪已是位名画家。于这样的画面，我们不难看出她的贤淑节俭，内心没自我。

史国良那时年轻，不谙世事，学画心切，半夜也去叨扰。周思聪疲乏一天，瞌睡连连，卢沉也不耐烦。但她还是耐心讲解，鼓励他。史国良无以回报，就帮着做点家务。卢沉身体不好，患有肝病。周思聪坐月子，大冬天，尚要站在院子里的水池旁，把手插进冰冷的水里揉搓衣服，那时便落下病根。

臧伯良也说她，总是穿得旧旧的，像个家庭妇女。他帮周卖过画，那时她和卢沉的工资加起来，也就一百来块钱。他们的画在荣宝斋八十元一幅，臧每次多给点。她自己重病在身，脸色土灰，需要营养，孩子们也得添换些衣服。而她的手基本已不能再画，屋里乱糟糟的，也没条件作画。

臧伯良下过十幅画的定金，一千块钱。她没画给，便让从她参加北京女画家联展中的三十几张画里挑十幅。臧考虑到这些画是其参展作品，这个时期的代表作，绘得十分精致辛苦，卖了可惜。便说，您还是随手画些以前傣族少女老风格的作品。

她的画风正在变形，以为臧伯良不想要画了，眼中透着不解和惶恐。右手收起画，左手急急地去拿那一千块钱。当时没有一百元面钞，一千块钱很厚的一摞。臧说一生都不会忘记周大姐那种期许的目光，心酸得想掉泪。

这便是一名画家的窘境。真正的艺术是寂寞的，并不能使一个人大富大贵。

从照片上不难看出，她是位端庄凝秀可亲的女子。沉静的外表，温暖的眼神闪着母性的爱泽，像深潭里的水，能把人吸进去，很美很美。

周思聪的儿子卢悦，在接受电视采访时，评价自己的妈妈用了"伟大"二字，称其为二十世纪中国伟大的女性画家。其实他并不了解他的母亲，他的母亲是喜欢平凡的。一个真正画画的人，舍不得的是劳动，就像割舍不下亲情。价值只是外界界定的，多少带着贪婪势利的镜框。

周思聪1962年毕业于中央美院，毕业画绘的是她的老师，《蒋兆和先生肖像》，天赋在那时便显现出来。构思机巧，蒋先生临桌挥毫，背景是他的成名作《流民图》。老师的人和老师的作品有机地结合在一起，桌上之画，便是背景画。既有内心活动，又有外部延伸；既有创作过程，又有大功告成。集分裂与统一为一体。

绘这幅画是有难度的，不仅要设计出形神兼备的老师形象，尚要临摹好老师的成名作，一百多人的浩瀚场面。临死前，画的最后一幅图是恩师李可染。她的骨节已严重变形，不能握笔，只能忍着疼痛，用两根手指夹着毛笔画。寥寥几笔，素白人生，一位拄着拐杖，胖墩墩温雅前行的老者便跃然纸上。晚年的李可染，她记忆中深刻的老师。

几日后，她便死了。

这两幅图绘的是老师，实也是自己，生命的隆重至清淡。

在给马文蔚的信里说，不喜欢结攀大人物，但老师除外，老师在她眼里是平凡的。

很多时，一名画家便是一名潜在的作家。

周的文字亦好，轻灵便柔，俏皮可爱。

"文蔚，收到你的信时，春树刚刚透出轻柔诱人的淡绿。"1981年4月9日的春天，如在眼前。

"北京这满载风沙的春天，又诱人，又恼人，但毕竟是春天来了。"活画出北京的春天，让人不禁想起老舍说的"墨盒子"。

随便翻至一页。"文蔚，现在是清晨，车窗外已是一派南国景色。夜里下过雨了，土地滋润，红绿分明。朝晖印在一簇簇农舍的白墙上，轻柔舒缓。路上背包挑担的，农民们匆匆去赶早市。车厢里忙乱起来。对面坐着一位年轻的母亲在奶她的小儿。就是这个婴儿昨夜不时啼哭，声音甜甜的，令人神往。有人发出怨声，示意那母亲，妨碍了别人的睡眠，我倒是喜欢听。这个小罪魁现在正美美地吸吮着乳汁，玩着自己的小脚丫。"

旅途中匆匆随意的几笔，便情趣盎然，车窗内外描摹殆尽，有情有思也有爱。她内心深情，满眼慈爱。孤身乘坐的绿皮硬座车厢，是她对美对爱一次次地抵达。

1986年，她住在医院。写道："周围静极，三只肥滚滚的小麻雀正在凉台上啄食，我盯着它们已有好几分钟，美丽的小头，左顾右盼着……"

多么好的"肥滚滚"。小信轻快安适，透着天真，一点都不压抑，尽管处于病中。

说腿关节已有好转，这让她很得意。

心态，依旧似个少女。

有封信这样写道："文蔚！我寂寞极了。两个药瓶悬挂在头上方，破碎的彩虹，微微晃荡。那液体慢吞吞，不情愿地一滴一滴流进我的血管，它究竟是要解脱我多少苦难，还是故意消耗我的时光。"

这是她去敦煌途中，因病住进兰州医院后，急不可待用手纸写下的。疾病在其笔下充满诗意，苦痛和所珍爱的时光也是轻淡的。然而半夜常常嘤嘤疼哭，她不想麻烦别人，即便在临死的前一夜。

关于她的人品，马文蔚在前言里，引用了郁风先生评价她的话："憎恶一切丑恶劣行，蔑视一切浮华虚名，在违背正义良心的大事情上，即使众人皆然，也绝不低头。"

这样铿锵的评价，是另一个周思聪。柔弱的背后，是良心的坚守。所以包容一词，有时是个伪概念，看包容的是啥。风骨是不用包容的，也包容不了，黑包容不成白，白也包容不了黑。

在一封信里她说，一个被美院誉为"扛鼎之作"的画家，画了诸多名流和达官贵人。画展开幕式时，一大批名人纷沓而至，歌唱家站在自己画像前纵情高歌，水银灯齐闪，主人忙得不亦乐乎。有人留言，咋认识这么多名人。有人评价是马屁画。周不掩饰自己的臧否，说，这个人曾有些才，现在毁了。希望有一天能意识到自己的愚蠢，只想往上爬，对艺术没有丝毫诚意。

捆绑名人上台，不是新鲜事，也是现今群像，无非名利作祟。世俗便是世俗，啥时都一样，只是周有前瞻性。

说在北海画舫斋，一个香港女画家举行画展。原是位电影明星，很有活动能力，开幕式前，已认下不少干爹。一些老画家为其站台，糊里糊涂廉价吹捧。

1981年，港台风正刮，以沾染海外为荣。周称其为"贱气"。她的刻薄，验证了某些人的浅薄。世道人心，技法都一样，一点都不过时。能最早把心沉下者，便是先知者。

一个人对事物不可能没有分辨率，智力残障多半因利驱使。这本书里，她说了很多人的"坏话"，马文蔚这个记者，给予了安全性。属私语系列，也只是说说。说的是别人，也非别人，自己的价值观而已。

文联找她，让其参与行政，她很恼火，说头顶已有三顶官帽，再加一顶，还让不让人活，等同结束画家生涯。哪一个搞文艺的当了官，还有好作品问世，某某便是一例。她的时间不多了，不能葬送自己。

此乃她的原话，极为清醒，知道自己的一生需要什么。举手投票时，只有她投了自己的反对票。

她对马文蔚说："失明者，往往比健全的人看得还明白。"

在这些信里，周思聪有一节专门写了自己的婆母，日期是1987年7月2日。她已重病缠身，很少作画。94岁的婆母在前一天，因抢救无效离世。

信里说，没有悲哀。犹如多年来被迫从事的十分沉重劳烦的一件事终于完了，也没有轻松感，因为脊梁已被压弯，再也不能直起。最有精力的岁月已然耗尽。

这是真心话，没必要高标，中国的大多数婆媳关系便是这般尴尬。

她和婆母厮守了18年，依旧无法产生感情，婆母给她造成的不愉快太多太深了。她以极大的努力忍让着，压抑着自己，只是为了卢沉。谁也不理解这18年她所受的委屈，卢沉也不能理解。所以她是孤独的。

说婆母哪一天不生气，答应慢了生气，伺候的不如意生气，甚至连别人高兴都生气。

尤其这两年她患了不治之症，才明白所有的忍耐都是无价值的。始终把希望寄托在解脱之日，然而希望没有了。别人说她这么多年不容易，如何孝敬老人，她不想听，甚至很反感。只是尽责，并没孝心。

如此坦白。我们能看到一位女艺术家面对生活时，和一个普通家庭妇女并无二致，有诸多无奈和不得已，甚至更难。

对一个画家，时间是最宝贵的，安静的环境也是宝贵的，但她得不到。期盼解脱，但真正解脱时，已很难再拿起画笔。这是件悲哀之事。

隐忍，这个词，在很多时是教养的代名词。由着自己性子，嘴角锋利的，那不叫性情。性情谁都有，无遮无拦不顾及，夏金桂之流。周思聪隐忍了很多年，也做了很多年。她做得很好，典范的背后，是无尽的压抑和内心荒凉。

所以人与人最好的关系是彼此尊重。

临死前，有过一段静谧时光，精神很好，和卢沉住在北京西郊的一处宾馆。环境清幽，有人照顾，有作画条件，时间空间都具备，也有她喜爱的光线。除完成宾馆的任务，尚可画自己的画。

《墨荷》系列，便诞生于此。她的骨节已不能弯曲，只能用肿胀的食指和中指夹着毛笔画，三个月画了一百多张。那是她创作的高峰期，每天吃激素，直到腿部溃疡，不得不离开画案。1992年，她迎来了自己最后的高度，忘情地游走在水墨的黑白之间，轻盈朦胧，也是对死的另种诠释和坦然接受。

《朝雾》《碧叶苍烟》《雨溟溟》《絮语》《听雷》，这些静寂的荷在其笔下，风尘全无，清虚到从诗经里走下。洗褪了现实版的鲜明，也摒弃了传统墨荷的圭臬，脱胎换骨的一瞬，极具杀伤力。素到极致，走心地惊艳。

一个人活至最后极轻。卸下沉重肉身，自由舒展的仪态，细小的肋骨，似一哨芦苇，吹于暮秋。江河两岸，一天雪白。那样的清醒，悲苍也平淡。

所以真正的美，是抽象的，提炼过的神经末梢语言，有自身极高的辨识度。她的荷长成了她的本体，人化了的物，便是艺术。艺术也是不断碎裂挖掘自己的过程，作品便是作者自身遗落的镜像，有多少能量就分娩出多少个自己。亦如文学，邯郸学步，拓片，只是幼儿阶段的把戏，如果找不到自己或背离了自己，终将是不诚实的。所以文学和绘画最可贵的品质，便是拥有自身真气和根性。

肉体没有永恒的荣耀，不死的唯有魂魄。人们评价她是我国二十世纪美术史上杰出的女画家，中国近代史上，继任伯年、蒋兆和之后著名的人物大师。自立新格，借鉴了油画与素描的提块结构，明暗光线；又大胆尝试了大面积水墨晕染，还嫁接了山水画层层叠加的技法，铸就了中国画的新风貌。也有人说是自李清照以来中国最伟大的女艺术家，还有人称其为亚洲最优秀的女画家。

这些轻飘的花絮，独自飞着，她都没听到。她的一生只是忠实地做着自己，她死后，马文慰曾和她哥哥去祭奠她，他们俩都没有一张她的画。

荆州现今依旧保存着，为庆祝江陵成为第一批历史文化名城一周年，向她和卢沉邀约的画作。

她的画债太多了，他们心疼她。

片片梨花白

同学是不能老的，也不能庸俗。似心底的梨花，纯白纯白的，寂静开着。不要轻翻，最好能如当初一样齐刷刷坐在那。

在深圳时，我去接秋，提前两个小时到达。穿了好久没穿过的高跟鞋，站在深圳东站的接站大厅，盛装以待。秋出来后，拉着我的手，眼泪一个劲地在眼圈里打转，嘴唇翕动了几下，才憋出来一句话，你咋变成这样了。我说很老了吧！她嗫嚅道，不是原来的味了。味字很长，拖着哭音。原来啥味，真不知道，可以肯定的是，我是面镜子，也验证了她。她除了那双手粉白如玉外，眼角亦如小刀刻过。毕竟是30年的光阴，生活不再是个童话。

后来我们又在不同的城市见过，除适应彼此相貌的变化外，尚需包容对方的一些小脾气。她童心未泯，每晚插着小耳机听《红楼梦》，第二天早起依旧挂着，天天吵着要把苹果4换成6。还觉得我弱智，啥也不会，列车没进站，就一遍遍打电话、发短信，生怕丢了。说来惭愧，凡网上购物、滴滴打车，刷卡、订票，以至于开关电视、空调类都不会。这样的原始，没几人相信。一次半夜把空调捣鼓关了，爱人也很稀奇。好在我不枝蔓，属古井中人，守着自己的一汪月色即可。

秋，真正到我家是今年四月初，满城的樱花簌簌而落。我邀了几个朋友和旧日同学，陪她花海踏歌，逛遍每个角落。然后你一餐我一餐在馆子里神侃，打烊方归。繁华的北京路往往已是月朗星稀，只剩下孤单单手拉手的我们。

春儿来时，秋抢着去接，我说你认不得的。话音未落，她已蹦跳着旋风般卷下楼。春儿是同学中变化最大的一个，咋说也有150多斤。年轻时杨柳细腰，也算是个美人，冷不丁塞进这60斤，还真有点受不了。

她们上来时，春儿手心里摊了一帧二寸的黑白小照，三个小女孩一溜坐在机关灯光球场的石凳上，七八岁模样，一脸稚气。应是暮春，着夹衣，春儿的胳膊上飘着三道杠。她是我们班的班长，疯得，可以站在课桌上握着缰绳，哒哒地跳骑着小木马过草原。她母亲教过我们，大眼睛，骑自行车，戴副白手套，喜欢美，有俄罗斯血统，老家住在中俄边境。1976年，我们上小学二年级，赶上领袖去世，白衣服蓝裤子，黑纱白花的在操场默哀，她妈妈站在队伍后面。

这张照片就是那年拍的，里面有春儿、有秋还有另外的一个女同学。秋说她也有一张，品相比这好，还说那时和春儿家是邻居。秋的那张发我看过，我与春儿家一两岁时也住隔壁。担心是多余的，照片为证，这四十年的珍藏便是她们见面的密码。

秋调侃，说春儿那时是我们班的贵族，家境好，父亲公安，母亲教师，两姊妹。一个西瓜分两半，而她家要四份。春儿穿买的衣服，大家是做的。实际那时别说一家四个孩子，五六个也不稀奇，我们学年有个邱老八，家里滴里嘟噜造了七八个姑娘，最后一个才是儿子。

后来，我与她们分开，转回爷爷家读书，再回来已是初一，依旧和秋儿、春儿一班。我们是重点班，考进去的。秋走读，春儿和我住校。春儿有钱，顿顿排骨，吃不完就倒。1981年，还很穷，同寝室高年级学姐看不惯，多有微词。春儿索性一不做，二不休，一次买三份，剩下的拿炉子炼，弄得满屋子焦骨头味。

春儿聊斋，聪明外现。一件桃红的良衬衣，今天长袖，明天就是短袖，只是一剪子的问题，带着毛茬就往教室里穿。问她说热，至于是衣服没带来，还是把买衣服的钱别用了，就不得而知。那时我俩好，经常一起去校门口买瓜子，两毛钱一桶，用报纸裹的圆锥体。快餐面也才面世，几毛钱一袋，一人一袋泡着吃。

春儿大手大脚惯了，管不住自己，钱往往不到月底就告罄，她妈妈不得不下了封杀令。一次她和一名女同学吵架，哭得呜呜的，弄得许多人围观。问为啥，她抽涕半天，委屈地说道，那个女同学拿了她的钱不给她，咋要都要不过来。而那个女同学则一脸正色道，说好了的，是她不让给的。说自己管不住，让我帮管着，就是骂我打我，都不能给。

春儿的趣事很多，可以成书，可爱也爱美！戴太阳帽，穿喇叭裤，格子拉链上衣，冬天浅黄色的滑雪衫是从香港带回来的。自恋，摆pose，不是一手叉腰，摸着辫子，就是像上海老挂历明星样，翘着兰花指，斜放在腮帮子底下。这样的黑白照至今我影集里还有两张。

她初二时成绩下滑，几何学不来，作业不会，又不肯抄，就空着。有次没交，被数学老师喊到讲台罚站，穿了双白网鞋，格子小喇叭裤扫到地面。老师个儿小，和她差不多，拿着教鞭指点着黑板上的辅助线。她站在旁边极不自在，一会看看鞋，一会摸摸辫子，弄得同学们哄堂大笑。下来时，还扬着小脸装得满不在乎，归座就哭了起来。很多年后说我帮她补过几何，我早已忘记，觉得自己也不咋地。不过她的坦诚、透明和毫无心计，是我一直喜欢的。

那时，我们班是全校唯一一届设重点班的，属试验田。纪律好，掉一根针都能听见。是所子弟学校，除设施不错外，教学质量并不咋样。当时，秋的哥哥是这所学校走出去最有名的学生。后来我们这届不错，刷眼球，此是后话。全班也就三十几个人，但并不是一成不变的，每学期都要调整。最后五名出去，进入普通班；其他班优秀的进来，属于铁打的班级，流水的学生。老师发卷子倒着念，第一名即倒数第一名，念完，卷子搁在地下，上去的学生再勾腰自己拾起，低头回座。老师很绅士，对我不错，至于这种教育方法好坏，不做细论。

有次春儿没考好，晚自习一直趴在桌子上哭，还写了首诗。那年我们初三，那首诗传给我，我和班长给她改过。这里实录，没别的意思。这首诗后来很火，在各个城市的子弟学校疯传。上高中后，竟无意中听到陌生人朗诵。春儿口头、书面表达都不错，参加工作后发表不少豆腐块，贴了满满三大笔记本，后来停笔，忙别的去了，有点想一出是一出。

春儿结婚时，家里极力反对。同城，父母都没参加。有个男同学曾到我们这个小城检查工作，去她家看她，下楼时，忍不住问她，你咋过成这样。我也去看过她，烂糟糟的楼道，四十平米的蜗居。小学四年级的儿子站在池边洗碗，她坐在床上看电视，笑得呵呵的，那时就已发福。

第二天那个男生请我和春儿在一家不错的酒店吃饭，开了很贵的酒。

端起酒杯时他说，你们知道，我父母是工人，那时得努力。实际那些能萤窗雪案的现在过得都不错，有二十世纪八十年代就英语6级移民了的，也有在中南海当了保健医生，成医学专家的。当然还有土豪、精英、学者之类的。大部分都折腾到京沪深这样的大城市，秋就是一例。

在世俗意义上取得成功的自然就成了谈资，我倒不咋地，秋就很没出息，不只一次说，你看谁谁谁，智力咋能和咱们比，差到哪去了，人家现在都是高工。知道吗，高工，一个女人咋也不能放弃自己的事业云云。她的谁谁，是别班的。我笑说，这有啥，你过得不也不错，还不都得退休，老百姓一个。她马上反齿，啥逻辑，讲的是个理，你忒没出息了。我听后不禁笑了，自己素无志向，相信脚上的泡都是自己走的，安于自己的土地收获自己的庄稼，这是要做的。只是同学永远都是同学，过好那是必须的，因为她是我的，是我美丽少女时代的外延。即便现在也是心头幽居的梅花，在雪天无人般纯洁盛开着。凡尘俗世，只是希望见面张口时，不要走了当初的模样。

春儿后来选择了离婚，啥也没要，自己租的房子，老式住宅，铁门哐哐的，室内木门还糊了层报纸。除佩服她的勇气外，心里未免凄凉。不久她把儿子也接了出来，若干年后再嫁，找了一个比她小四岁开厂的老公。在我们要即将做奶奶时，又生了一个可爱的宝宝，脸上满满的幸福，工作也渐有起色。

秋来时，她每天放下手头工作过来陪她，还给每个人带了礼物。第二天又拿来一张小照，是另外两个女同学的。有一个是我们班最美的女生，穿着白色泡泡纱半截袖，掐荷叶小褶，清凉的眼眸滴得出水。整个画面圣洁沉静，相纸摄影均一流。那件衣服我也有一件，那时风靡，不怕撞衫，是校园里的一个标志。大家惊呼漂亮，说拍下来发过去。这个女生现今依旧优雅，身材模特，面容清秀，不逊任何明星。我说还有一张，是她在颐和园划船的。遂抱出影集，大家慢慢翻，翻着翻着就停住了，七嘴八舌道，这张好！这张真好！然后看看春儿又看看照片。是春儿十八岁的玉照，那时刚有彩色的，当初我还配了首诗，现在离诗已经很远了，刀刃上的语言，驾驭不了。春儿穿了件彩条毛衣，外披红色小坎，春水样的眼神，望着一树圣洁的梨花。画面清丽，树下之人白净婀娜。

春儿一直没说话，半天道，能给我吗？说着手心朝上摊过来，像接孩子似的。我心里不免一愣，不记得当初她以什么样的方式送给我的，但在自己的意念里，这张照片就是我的，跟了我整三十年，一直在影集里，没想过要给谁。想说我也搬过不少次家，扔下过许多东西。但话到嘴边，咽了回去。遂轻快地道，那快谢谢我吧！谢谢你！她说得很郑重，一边往包里放一边又低声道，是想给爱人看下。此话一出，空气立马涂了奶油，忧伤起来。她现在的老公很疼她，认识时，春儿已四十多岁，便是现在这般模样，他根本不会知道自己的妻子曾经有多么美丽。那一刻心里真的很难过，春儿再也不是原来的那个春儿了，变得沉稳、大气、宽厚并深情，生活教会了她，以及我们都很多。

有人说，人的前半生是动物的，后半生是植物的。我倒认为少小时才是植物的，青青碧碧地生长，成年后才是动物的，哺乳动物，虽五味杂陈但充满强烈母性。少女时代的云朵已散去，时光的回廊虽沧桑，但越发深情，这也是必须的。

秋走时很舍不得这个盘满落花的古城，说安静，有湖泊的味道，不像上海那么多人和车；还有很多东西没来得及吃，很多地方没来得及去，浥水、洪湖这样的名字听着就好听。走的前一晚，十点多，让我在楼下街角处，帮她烤了一个锅盔，嘱咐不忘给她寄吃的。我说别走了，改签吧，她说不行，定好了的，要赶回去给老公过生日。还说老了要在这买一套房，到我家蹭饭吃。

再后来电话，问我几时出门，路不路过她在的城市，带把藕簪，抱怨我上次没给她吃。我说祖宗，那时节也得湖里长出来不是！还以为是我们上学时的绿皮小火车，从车窗往站台一扔就完事……

想一想，时光，绿皮小火车真的一去不复返了。

绘事

　　天很阴，约了先生去笔庄取画，再把新临的画裱成片，这是我的功课。每月都得往返几道。

　　画在案头展开的一瞬，先生说好，比照片上的要好。旁边忙碌的老板娘回身瞥见，也惊呼了声。她是见惯画的，那神情分明无假。

　　这幅画的确很好，和画廊里所有的画都不同，宁静孤立，淡淡的，像方薄薄的玉。先生每次打开时，也都小心翼翼，一手按着画沿顶端，一手轻握圆筒，一寸寸往下拉。生怕美跑掉或遗漏，也怕喜悦或失望来得太早。

　　所以画的美在于打开而不是悬挂。一旦悬挂，便是亲人。

　　一幅画的诞生是曲折的，是智慧不断地较量与丰沛，尤其工笔，是个漫长的过程。此画已是第七稿，名曰《秋水无尘》，画的是黛玉。黛玉并不好画，成稿的没成稿的在人心目各有框架，艺术的个性被不断超越覆盖，能把那份娟逸灵动表现出来的少之又少。清朝改琦的本子算是个例外，人物纤巧，流丽多风。

　　先生是我的老师，平生绘事丰富，从油画到工笔再至写意，无所不至。唯独不绘红楼，说高手如云，难以刷新，民间又成定式，袭蹈前人，终是不堪。因我喜欢，常常提及里面人物，亦想画自己心中的红楼，为尔后的小书做插图。说多了，先生也就动了心。先生平和，心如古镜，所绘人物潜气内敛，含蓄典雅，并不飘举或过分怪诞，这是他的风格。他眼里的黛玉是贞静的，故曰《秋水无尘》。取秋水的平静与清凉，以迥异夏之浓丽，冬之萧索。这很服贴黛玉的性格，也契蓉儿"龙吟细细，凤尾森森"的寓所。因房里垒满书卷，又改为看书的模样，而非葬花。

画稿简约，一帘一凳一人。帘，画上语言之一，于空间是隔断，于人是含蓄，双层意思，亦代指闺阁或家。方凳为实，无贵胄气，有别商贾官宦。服饰取日常，贴身随意，少些丝绸挂戴，浓妆艳饰，设计时舍了又舍。

人物稍加变形，上身和手臂均加长，愈显其秀；眉眼淡淡，只是个符号，并不做特别处理。这是先生的风格，远烟式的女人，也是庚口式的女人。取个意罢了，姿态美方是真的美。

着色以淡墨为主，只头饰、衣绦、唇彩、用朱磦点染。成稿后，先生发来图片，纯而素，通体婉约，有娇花照水之风。我建议能否在帘后加上竹影，以点明潇湘馆。先生说好，不仅丰富了画面，还拓展了外延，把庭院的概念也纳了进来。

我临的时候，又把衣边和长裙，在淡墨的基础上，盖了层三青，呈出玉质的清凉与深邃。我偏爱这种效果，若直接上三青，则流于单薄肤浅。把湖水穿在黛玉的身上，是我的目的，也切《秋水无尘》的主题。

幽致，总是那么令人心动。

我发给先生，先生非常喜欢，说审美再造。让把袖口也染上三青，并说把这张画送给他，他来收藏。要不把他的那幅也穿上蓝衣服。先生便是这般可爱，童心饱满，常索我临的画保存。

这只是幅小品，在此基础上，先生又扩展成大幅，添了半扇园门和园门外隐隐的竹林，还有一道石栏。帘后的竹子也加了一节节枝干。它们是隐秘的，属黛玉的延伸，风骨所在。我建议先生，把石栏换成木栏，更柔和些，也切景。试想月夜清辉时分，风响竹动，帘外千篁万玉，雨叠烟森，该是怎样的意境。先生又让我把竹子也涂成蓝色，遂满纸清朗，人物空翠，有了通感。

画画是件神秘的事情，内心的锁扣，轻轻一搭，也就开了，里面的千壑万仞着实令人着迷。黛玉也只是个符号，是黛玉也非黛玉。每个人走不出的是自己的内心，而审美是一双无瑕的眼睛，为这个世界订购下的一份高度纯洁。

绘完此画，先生对红楼似乎上了瘾，又要绘红楼四条屏，和我讨论画谁。我说四艳吧。

　　我比先生略熟红楼，也会把自己的理解讲给先生听。四艳绝非单纯的四艳，背后隐藏着琴棋书画四器物，这是种文明指代，也是社会教养。曹侯设计人物非单纯的人物，每个人都是一种现实对应，包括那些不堪的行径与爱好。我建议先生避开其他场景，定位在琴棋书画上，元春弹琴、迎春下棋、探春写字、惜春作画。这样既有独立之美，又浑然一体。元春的丫头抱琴随其入宫，可见琴是元春的命脉，一刻都不能散，至于弦断那是后话。迎春嗜棋，定亲后，宝玉有诗云："不闻永昼敲棋声"可见下棋是迎春的常态，怎奈她操控不了自己的命运。探春是个书法家，书里多次点染。惜春擅丹青，兴趣所在。她们的贴身大丫鬟均以此命名，抱琴、司棋、侍书、入画。动词起头，实指四姐妹的日常行为。

　　她们的寓所又分植四种植物，暗示她们的命运和性格。元春是石榴，"榴花开处照宫闱"石榴多籽，元春却无后，此乃她的衰败之因。迎春居于紫菱洲，菱花苇叶，普通飘零之物，别号也是菱洲。探春喜芭蕉，宽大碧绿，茁壮之物，她自诩为蕉下客。惜春的别号是藕榭，暖香坞毗邻荷塘，惜春喜洁，看似冷酷，却是端坐莲台之人。

　　先生听后说，以四花为背景，倒也新雅别致。每幅需铺以半扇红门，隐喻红楼，豪门之意。门上纹饰皆不同，各有寓意，元春的最为复杂，以示身份显赫。

　　至于神情姿态衣饰，花朵的勾勒铺陈均是先生之事，内心自有安排。款用我的红楼小书中，标题的对句，这幅画的初步设计也就基本告一段落。先生说最多用三种颜色，在一个色系里过渡。平日设色只两种或一种，于此我深知，故先生的画简贵，从不杂乱，也不浓饰。初稿出来后，非常隆重，人物古雅，年龄适合，清逸俊朗，端而不失可爱。先生不甚满意布局，又重新起稿，略作调整。绘画有时是个大工程，即便用浅墨勾勒，返工也大费周折，需从头再来，往往几易其稿。仅凭一腔热爱是不行的，尚要心思机巧，辅以学养。

　　由书变画，非简单过渡，这种延伸再创作，要难于自由创作。不仅要贴切原著，尚要有自己独立的思维和信息筛选，细节上也要下功夫。看过几款绘红楼的版本，画惜春时，多辅以竹与鹦鹉，此乃黛玉标识，是绘者不深谙红楼所致。

　　与先生学画已有些时日，从一个观者至画者，这种转身是缓慢的，也是飞速的。以前解读过先生不少作品，只是从文化含量，精神角度出发，于技并没真正淘洗。

　　观者是清闲的，画前驻足，也许只是几秒，即便长久的热爱，也不见得领略全部真髓。和读书样，看到哪层算哪层，想进入绘者的思想高地并非易事。而绘者是辛劳忘我，绞尽脑汁的。纸上的每一物，都有其必要指代，就像小说，需砍掉多余枝蔓。简与静永远是绘画的标杆，安插也需合理，方能协调。尚要有自己的精神色素，似曾相识之作，你袭我，我袭你，没多大意思。思想的抄袭也是可怕的。

　　对于画画，我常痴迷，忘记钟表的滴答声，一天不动，不吃不喝不睡的时候也是有的。月夜孤灯，一案相对，已是无人之境。这样的时光是抽离真空，隔绝世俗的。画时并不觉得疲劳，一旦睡下，便云里雾里，累极！

　　先生性格舒缓，做事从容，不慌不忙中也见雷厉风行。慢是性情，快是技法的娴熟。画画于他老人家是种享受，稿裱在案上，慢慢干，慢慢画，高兴了就涂上两笔，不得闲就放着。我却有点急于求成，想看到效果。世上最有意思的事莫过于创造，这是种魔术。一幅画血肉逐渐丰满起来，魂魄也就出来了，待戏服穿好，山河舞台也就唱了起来。再寂静的夜晚，都是辉煌的。

　　绘画也是件很私人的事，极致的乐趣，需反复推敲。应景式一蹴而就的，很难有佳品。抛开身上附加的价值，人为的光环，画画极为纯粹，更多地活在自己的目光里，是种心意表达。很多东西都属慢性毒药，阉割的不仅是周遭目光，更是自身的灵气和心胸。所谓的学养，是雷霆不动，往水底下沉的速度和风度。

"水是个好东西"，这是先生常说的一句话。"水利万物"四字，在画纸上最能得到极致体现。轻柔的个性和做一人样，透明度、玉质感靠它呈现；僵硬的界限靠它打破，甚至过渡，痕迹的消失，改错均是它的功劳。它不能浊，一旦不净，画面很难清爽起来，没它却寸步难行，所以我每次一碗碗的清水换。

　　墨并不是真的黑，它的黑只是偶尔或短暂的，属误读或假象。在画里通常是灰，是雅致，并不十分清醒。一幅画的肋骨和机锋需它显示，远山近水，幽花微雁也需它皴染。衣饰的褶皱，物体的前后，甚至提亮，空间的推远或拉近，也都靠它烘托。它是柔和沉静的，常怀素心，往往以很淡的形式出现，工笔画全靠它打底。

　　一幅仕女图里，头发是最黑的，但不会直接用重墨，而是一遍遍皴染，有时七八道方能达到理想效果，再勾出细丝。若画里的颜色太艳了，先生会说，盖一道淡墨吧；若背景太浅或花了，也会说，上一层淡墨吧。所以绘事和现实生活样，得有舒缓清澈的节奏，太浓重或坚硬，画纸都难以接受。

　　颜料是浓丽的，一管管浓缩在一起，像压缩饼干，在水的舒缓下才能轻柔起来。水可以使其年轻，还原成童年，比如说大红，可以稀释成淡淡的粉。它们很多时又是母亲，嫁给其他颜料生出不同的孩子。比如二绿和朱磦变成肤色，藤黄与淡墨生成绿色，大红加点头青，便是淡紫，很奇妙的一件事情。它们并不过分坚持自己的个性，知道融合之美，也知道在水的作用下，自己能呈出更丰富的色泽与内涵。这是一种超越与回归。它们本身也并不美，但只要有水，便薄如蝉翼或妍雅异常。

　　它们也有很好听的名字，比如秋香色、雪青、赭石、月白、百草霜、天水碧、松花等。红楼里贾母和莺儿也提起过不少色，这些充满古意的名字，本身就是一幅画。

　　宣，是低微的，草的另一种形式。千锤百炼后的白，可以安睡千年的不朽，接纳各种色泽，故爱惜。

和先生学画，越久愈佩服先生，也会扭转对一些事物的看法，比如审美和审丑。先生并不画美人，那些明眸善睐，水汪汪，大眼睛长睫毛的，先生都不画。以他的技术，要多美就能多美，想画啥就能画啥。但先生往往一扭一个嘴巴，一揪一个耳朵，指甲也是一挑一个，并不过细。眉毛长至头顶，眼睛立起来，皆属常事，但通体和谐，无尘俗气。这是件很神奇的事情，美人不腻，方是美人。

　　总说凡相机能解决、电脑能合成的都不要画。最美的，也是最俗的。美一旦疲劳，便是丑，知性教养才能解决问题，含蓄方远。所以他的画，不管鲜雅还是古淡都是沉静的。且反对绣花样的精雕细琢，觉得过分精工是浪费生命。精而无神，流于板滞。画，情儿，纸上的内心依托，意出来就行了。于秀技，并不爱。

　　先生随意，把画当玩。但重构思，无思不提笔，造型构图历经数稿，直至满意为止。常做减法，简达意赅，万千丘壑藏于画中。纯写生的东西，多做回避，即便意境动人，有纪念意义的场景，想入画时，也是把空间的前后，动与静，明与暗，冷与暖都考虑进去。且善于用光，把油画的手法带进工笔，变得厚实立体。常嘱咐我，哪里该深哪里该浅，光从哪里来，哪里背光，要给头发，门框留出白色，以示光感，包括月光都不能忽略。工笔也非纯工笔，介于工笔和小写意之间，既无工笔的板，也无写意的随便。兼工笔的深思熟虑和写意的概括提炼为一体，往往自出机杼，并不固守绳墨。

　　刚学画时，曾帮先生绘过一幅长卷《击球图》。下笔谨慎，生怕弄坏了。先生说，怕什么怕，只管潇洒点。我于一端小心翼翼地画，先生于另一端，不见走笔，已唰唰过来。看似轻，却遒劲有力。那时有诸多不懂，见颜色深浅不一，以为潦草，忙去补救。先生却说没事没事，过后方说，衣服敷色不能太均，否则死板一块。人是动态的，少了气韵，画也只是幅画了。

　　画画是种兴致，也是种消耗，和写作样，苦甘自知。书境通画境，作画写文，本一脉，构思，付诸纸布，上色打磨，一遍又一遍。一幅作品需经诸多关口工序。尤其油画耗时耗力，拿身体做代价。完工时的喜悦，是由无数针秒换来的，每幅都是自己的孩子。先生总说物随神游，得到的人能懂画理，明画意，珍爱便好。

先生的画，非一花一叶的浅境描摹，背后有强大的文化和历史作支撑，内里乾坤非每个人可知。初识先生，便有位学养深厚，和先生相知多年的朋友对我说，先生只是囿于这个小城，在这个古城论艺术修养和文学修养无人能及。当我转告先生时，先生却说囿于小城有什么不好，清静，艺术真正的需要。

除画画，先生还习字，十几年如一日，一天不落，真正的日课。说字是功底，非扬名工具，无尘才见艺。

和先生学画，不仅学的是笔墨功夫，更多的是做人的审美与涵养，无尘才见艺。

去乡里

去了很乡里的位置，所谓的很，也只是边缘化稍远一点的地方。路很窄，新翻的泥土，飘满了干燥的落叶。

曾在乡里待过，知道小院洒满日光的静谧，以及密林藏鸟的快乐；也知道焦酥落叶踩上去的嚓嚓声。叶子是不懂虚伪的，它的光亮只是日影偶尔的投射，露水也只是暗夜里馈下的珍贵珠粒，自己并不生长这份幸福。大自然是个彼此投影的过程，非人际，人际是微妙的，本身就不够纯粹。

凡做作之事，都不爱，不够顺畅，必然疙瘩。

乡村是内生长或暗生长的，静止不动中有自己的热闹。褪了色，也就燃尽了幸福。就像湖水的溢满是雨的深情，而非膨胀，退潮后，依旧保持着自身的平静。这种优美不是人人都能拥有的，所以秋水是贞静的。

于钓鱼并不爱，总觉得是男人之事，与香烟一样皆孤独之品，自己与自己的对话，也是通向世界的另外一种话语权。喜悦或悲哀，都藏在里面。鱼，前天已经钓了很多，等待的平静和咬钩时的兴奋知道也就行了，无须上瘾。这个世界能够依恋的东西并不多，唯打字能有真正游走的快乐。于斗室，头不梳脸不洗，便可手指翻飞，或穿着睡衣来回游荡，都是舒服的，并不需要仪式感。

很少出门，出门要梳妆打扮换衣服，很麻烦的一件事。所以乡村也只是疲惫后的闲阅，就像车行堤岸，望着辽阔的江水，一眼久违的喜悦。绿化带上那些笔直的白杨，挂着干绿的叶片，玉箔样稀稀拉拉在风中作响，亦如季节的流动。

与著名的景点相比，昨的地方只是微风景。但那些飘向远方的小路，更像格若斯曼简净的画；远处的小屋，也近怀斯的苍凉。在那样的目光注视下，人可以变成一抹温暖的暮色。那一刻，极愿意老去，与它们一起。

鱼塘的名字叫马跑泉七组24号，顾名思义，应该与关羽有关。据说当年这里有泓泉水，战罢归来的士兵曾在此洗马。

老板娘四十多岁，面色疲倦，人客气，友善，喜言。她的儿子虎头虎脑的，今年十岁，上小学四年级，帮家里做不少事。穿着套鞋，踢里趿拉，里里外外地走，一会端着一筲箕青菜，一会拉张小鱼网。老板娘说他人小鬼大，几岁就给老师写情书，到镇上的网吧和一些台湾、香港的姐姐聊天。听到这，大家不禁都笑了，少年之孤独，可窥一斑，于此偏僻的乡野，愈发强烈。

他们夫妇是二婚，老板不大作声，长得敦实，只闷头干活。典型的夫妻店，共同经营一片鱼塘。种了很多菜，养了一百多只鸡，几十只鸭和鹅。一只狗慵懒地趴在地上，偶尔起身踱下步，见到生人也不咬。早起去的时候，清凉腥潮的空气里，满是青草味和鸡屎味，庭院凌乱，有点难以下脚。熟络后，我委婉建议，能否扎个篱笆小院，把菜园子围起来。不用的烂衣服、破塑料瓶子、脏袋子都扔掉；东西捡顺，地上的鸡屎粑粑也扫一扫，再沿塘摆上一溜椅子，撑几把遮阳伞。要不了几个钱，美观干净了，城里人也爱来。

女主人听后叹了口气，埋怨男主人瞎丢瞎放，不讲整洁，东西收好了又弄乱。两个人脾味不对，不是为了这个孩子，她早飞了。我们听后笑了起来。中国夫妻大抵如此，埋怨着依赖着，日子又得往下过，生活是破碎的也是完整的。又说羡慕我们这些城里人，可以养的很白。其实她很年轻，也健康，太阳并没折损她的容貌，依旧很有看相。听带我们去的友人介绍，当中有画画的、写字的、编辑和撰文的，便加了微信。

塘里多半养的是青鲩和草鱼，喂的大麦，个大，三斤往上跑，最大的有六七斤。并不好钓，不像鲫鱼一扯一个。

独自沿塘走了走，天空晴朗，太阳安静，没一丝风，静得听得到植物的呼吸。路过一户农家，几米见方的水泥池内蓄满了水浮莲，绿油油的，小鱼顶开圆圆碎片，张嘴偷偷换着气。墙角顺了几只细长的南瓜，窗下竹篮里装了几个红薯，一只金色的小猫懒洋洋地躺在门口。光很生动，慈母般斜斜打过来。门敞开着，并没人。

那种安静是没有杂质的。

我准备从屋后的堤埂绕回去，迎面走来一位挎筐的大姐，手里还举着一把青菜。问有事吗？我估摸着是她的家，便说没打扰吧。她连说没，嘱咐注意点脚下。埂的一侧是水渠，另一边是橘子树，柚子树，一挂挂的蛾眉豆，在暖阳下闪着光，饱如孕妇。我举着手机兴奋地拍着，赞道太美了。她笑盈盈地道这还美呀！有啥可美的！嘴里这么说着，脸上却隐隐透着喜悦。

美是需要久别的，对于他们司空见惯之事，城里人看见的是惊奇。生命在没离开母体之前是令人感动的，它还活着，有宠爱，有养分的供给，所以得感谢土地。

行进在水边，对岸的朋友拍了照。意境很美，水波如镜，绿树倒映。我戴着鸭舌帽，抬腿正往前行，柔软的黑色长披轻垂在阳光下。大家看了，都说像欧美大片。老板娘也跑过来，问是哪？你的塘呀！她先是不信，继而又连连赞叹，让快发给她，来收藏。同去的一名女士说没有一张这样好的照片，朋友就在路边的水沟给她拍了照。婆娑的树影，成团的光斑落在坡道上，那水和静静的波，还有她的背影，都融在光里。她看后，惊呼道，这哪是臭水沟，分明张家界！

美有时是魔术，不在风景，而在人心。

饭菜很香，一盘焦黄的土鸡蛋，一锅土鸡肉，血和鸡杂都在里面。野鳝鱼，家种的冬瓜片，一锅刚钓起来的青鲩，肉是甜的。很土的一桌子菜，吃到舍不得放箸。

大前天带父母去长湖，路过的人家几乎都有荷塘，干枯的叶子，标本样立在风里。风景区破败不堪，几近荒凉，走在里面许久碰不见一个人。南瓜花笃自爬满台阶，废弃的轮渡静静泊在岸边，像巴氏回基铺乡下的码头。奶白色的童年，满是疼痛。想一想，他已经离开我们很多年了，却把时光留在了这，所以文学是有自洁性的，它的触角跨越了黑夜、时空和彼岸。

音乐，雪的耳朵

音乐于我是法外开恩，总有点奢侈。不懂音律，却有几分钟情，这便是恩赐。音乐是海，你的水域需要她更深情的围裹，是心头散开的发丝，闭目、依偎、沉沦，无边的蔓延。它隐在你的窗帘之后，从遥远的天界，深处的灯火，地毯的另一端，百合花盛开的梦中，丝绸般一波波涌来。那些晶莹剔透的泡沫，轻拍着你的案榻，碎落成生命河流中一朵朵隐形的条纹与暗花。

音乐是孤独的，是条通往幽深峡谷的钢丝，踩在上面，便是一个人的水底天心。岸上是否有人听见，那是机缘。所以那个采樵的子期一生都在等一艘船，一个人。而那个独坐船舱，于自己心灵峡谷舀水自饮的风流才子伯牙，面对包巾蓝衫，荣辱不惊的子期，终于一步步褪下世俗的外衣，与之对坐，爱重起来。没有短褐长襦，只有滴落杯中的热泪。这样的夜晚，立身庙廊的哽咽与赍志林泉的沧桑均可化作杯中的浊酒，一饮而尽。

子期没有爽信，让他的孤坟静默于伯牙归乡的途中；伯牙没有爽约，冢前绝弦，面对嘻嘻者，毅然发出"摔碎瑶琴凤尾寒，子期不在对谁弹！"的感慨。这样的决绝几人能懂，又有几人能够做到？这是一个由音乐俯身的故事，足够高冷，即便熟烂于心，再回首依旧泪湿前襟。也只有丝桐方能如此，她是雪的耳朵，无半点杂质。

穿过时间的巨手，两千年后的曹雪芹亦深谙此道。"有凤来仪"这个名字绝非空穴来风，是宝玉的杜撰，也非给元妃预备的寝宫，它真正的主人是潇湘妃子。凤为百鸟之王，"非竹不食，非梧桐不栖，非醴泉不饮。"黛玉嘴巧，声音诗文皆似天籁，有音律之美。曹侯把牡丹给了宝钗，艳冠群芳，百花之王。以凤喻黛玉，一只神鸟，栖息在曹侯构建的这座大观园的精神良木上，有竹有水。她的眼泪便是伯牙摔碎的那把伏羲氏所琢的稀世瑶琴，不是知音不于弹，这是曹侯要说的。不要怀疑这本书的博大，曹侯往往把一枚古老的月亮沉于水底，又浮于自己的笔端。

音乐本身是抽象的，是种内心情感的加冕。无形，表达的只是流动的意象，高山也好，流水也罢，都是一个人的崖岸。属无墨之画，无字之书，是心到耳，耳又到心的距离，眼睛可以蒙住，这样的失明让心更静更清。是心灵激落的冰块，靠自身之火，柔化成水，再拉丝成线，亦是孤单黑夜一个人的心灵桑梓。她并不太收容故事，于故事短暂的魅力，更倾向于自身器官直接的感应。她是平静的，平静成一枚叶片；也是震撼的，把整座花园拉入高空又送回春天，可以反复使用和聆听。

她也是无法触摸的，离我们如此之近，又如此之远，爱而无法入怀。属最早的声音，思维的雏形传播，当人们想向这个世界表达时，便有了她的起伏。不仅早于语言，还早于眼睛，她纯粹，生活在自己的伊甸园里。所以神叮嘱亚当万不可吃那棵善恶树的果实，眼睛的明亮会让自己的内心和这个世界变得复杂。她是樵牧之人的宁静之恋，拉纤者的浑厚之吼，最原始的艺术呈现，从低微朴素处生发；也是劳动者的心灵盲杖，情感自白，交汇天地，优美辐射。

所以她是决绝的也是宽泛的，从深山折竹抚笛的郊野之人到金色大厅的演奏者，一直至落雪街头，无家可归的流浪汉都是一种抚摸。

《You Raise Me Up》曾被无数人翻唱，不同语言版本，从爱尔兰女子美声组合到荷兰好声音冠军马丁赫街头演唱版都予以了绝美的诠释。从空灵忧伤的开幕到碧浪扬起，碎落听者心头，情感的排铺层层而过。人类很简单，热泪之处无非是《你鼓舞了我》。所以在落寞的街头，人们丢下硬币时，施舍的不是对方，而是自己。正像歌词所唱，爱的力量是伟大恒定的。

英子曾说，初到日本留学，曾于地铁口无意中听到《Yesterday Once More》，当时就蒙了。那时她长发如水，有着让无数人惊艳的清秀，从一个国度来至另一个国度，于匆忙的脚步，熙熙攘攘的人流中听到，便被击倒。她环顾四周找寻着声音来源，顾不得上课，顾不得囊中羞涩，冲上去，花了3000日元买了那张CD。她生在京剧之家，并不知晓那是经典。如今很多年过去了，依旧会一遍遍倾听，地铁站的一幕也会《昨日重现》。一首音乐让其超越了种族、国界、肤色、时间、自我，这就是魅力。她老了，那首歌却依旧年轻。原唱卡伦因这朵玫瑰也在1983年，32岁时，忧伤地凋落在自己的瓶中，而声音却永恒留下。

《Smell of Roses》是台湾艺人陈升的老歌《把悲伤留给自己》的英译改编。蔡琴翻唱过，瑞典著名歌手索菲娅·格林把它推向了极致，带来完全不同的听觉。珍珠落于杯中，水晶般的开场，加之月色般的嗓音，深情饱满细腻的演绎，让整个世界轻柔起来。岁月是只天鹅，优美的颈项旋转于时光之镜，很多人听它仅仅只是为了洗耳。

曾把安地斯排箫《At Night I Think Of You》传给一位山中友人。她于安静的夜晚，一盏灯下，一遍遍聆听，且于忧伤的旋律中，伏案写下清水小笺。那些来自异域，空灵之帮的原始神音，适合每个人的想象。一声鹰啼注定了她的高空之美。有些人是来自天界的，隐没在浮光背后，于自己的殿堂风停浪静，美到令人敬爱。

《寂色》也好，单一纯净。这样的小提琴适合对着黑夜、湖面、远山，更遥远的地方。悠扬而起时，便是落泪掏空之时。言语有时真的很多余。

与音乐还想说点什么，但确实不懂，只能听听，也只能听听。并感谢这世界珍贵的给予！音乐，雪的耳朵，落下，便在你的心头。

蓝星岛

昨天去了蓝星岛。岛是小岛，想玩，也得一小天。

春天的绿多半带有孩子气，似心底的绒毛，软软的；又如刚出水的玉，随时都可能化掉。天空带走的往往是体内汁液的丢失，那是生命积累后，深情地散去。一旦苍劲，萧索便成了永恒的主题，人和植物都一样。

去蓝星岛得坐船，破旧的轮渡，清凌凌的江面。太阳淡淡洒下，扶着栏杆，不觉间生出几分惆怅。过渡费有点小贵，30元一位，若在城区，由码头至对岸也就两元钱，这里却翻出数倍。想想还是值得的，权作上岛费。

春天的江面是柔软的，波纹漾开处，似水里的绸。春水鲜美，比任何时候都清，也纯与饱满。锈迹斑斑的采砂船泊在岸边，使命并不大，严禁采砂后，已然退役，砂的价格随之也涨了起来。鹭鸶是个可爱的精灵，贴着水面飞行，在人们目光追逐下渐行渐远。那样的洁白，像一行干净的书信。

苍茫真好，心的一次远行。

江水滚动，不觉间到了对岸。可那不是对岸，是江心，一个被江水遗忘的角落；若也能被人遗忘，便是一块无价宝石，那份美是孤独的，也是完整的。

春天的芦苇是嫩的，绿油油，有人误作高粱，我恍若玉米。但它是芦苇，盛景在秋天，芦花漫天，一片雪白，老时才有味，也是最干净时分。风致是养大的，美也慢慢成长起来。大片的薰衣草刚刚发芽，绿茸茸一片。风车寂寞地立在原野，天空阴郁，有松软的云朵低浮。那一刻，仿佛进入了列氏的画作。甬道上没行人，孩子们可以尽情地奔跑，像风，能多远就多远。

若去，现在刚刚好，花虽没开，然而世界是你的，那片空旷奢侈极了。美为爱它的人准备。人最脏，大自然羞涩，没垃圾喧嚣，只有静静地生长，再静静地死亡，每活一次，便把天地过滤一遍。

它清凉，带着原始的青葱甘洌，蓬勃着。乱长何尝不好，错落方显出它烂漫饱满的仪态。人自恋，不断嫁接、裁剪、研制、发明、创造，最后回头一望，还是野生的最好。

植物的国度，是另幅生命版图，没尖刻妒忌猜疑，人类计较的东西都没有。

城市的花圃也美，修剪成大家闺秀，太端庄，便失去几分天真之趣。中山公园里的几株梅，人为扭曲着，每次见，都有几分别扭。艺术的最高境界是没艺术，它存于你的眼里，是个净化过程。所以很多时，后期是种自私，把自认为的美或聪明，强加给了别人。

拍了很多野花，叫不出名字。野草莓真美，小小的红色心脏，在绿草中跳动着。朋友说它的学名叫蛇莓，蔷薇科蛇莓属，果实和叶片很像吃的草莓。草莓也是蔷薇科，但归草莓属，所以不同。鸟鸣也翠，我喜欢这个"翠"字。它的叫声是有颜色的，清凉湿润，像甘泉，又如鸽子稍过的风，或雨滴落于密林。

想往里走一走，有人说有蛇，那一刻，觉得即便有，也是值得的。

岛的那边还是岛，春天的江水把它们一分为二。春水一涨，就过不去了；冬季落水时，又恢复成一个整体。现在只能远远望去，银白色的沙滩上，有几粒行人或坐或卧，皮筏子在渡江，那是肉眼切割下的一幅版图，而我远远站在画外。家人相告，沙滩特别干净，去秋她们来，把垃圾都带了回去。想一想真好，予它们宁静便是还给自己干净。

蓝星岛在耀新，从市区到那也就四十多分钟。去时走的堤，大堤本身就很美，江水、树木，遍地的黄花绿草在视线里流动。

去蓝星岛很偶然，家人邀约，设在岛旁，为的是能上岛看一看。现在岛上还未有饭店、酒店、商铺，林林总总与经济挂钩的东西。也几乎没有行人，一旦开发出来，便不会这般安宁。

车子回来时，依旧走大堤，黑暗里传来江水的涌动声。夜风温柔，月亮深情地挂在空中。前方出现一片灯火时，知道到家了。

熊家冢幽思

去过熊家冢两次，每次走在幽深、充满厚重气息的长廊，都深感迷惑，有不实之感。历史是一个魔盒，打开方能呈现层层光影，一个王朝的兴衰，一个帝王的生前身后，都会与时光一起静静穿越。2300年到底有多遥远多漫长，谁都无法丈量和说得清。有时只是近在咫尺，隔着一层触手可及的透明玻璃。这就是历史，真正的历史，保持着它原有的图案和风貌。而不是教科书上，难免讹误的文字记载。

那些马儿在沉睡，那么安静，像一幅幅精美的雕刻。有序整齐艺术地排列着，背对着背，倚辕侧面而卧，或二或四或六。它们很美，年轻漂亮，高贵纯正，一望便知是稀世良驹。连着铜衔，包着金箔，挂着精美的玉饰，曾在刀光剑影中飞跃、奔驰、存活。是幸运的也是不幸的，是御马，是活着的，即便画面移至今天，最初呈现的色泽也是殷红的。像新鲜的玫瑰，血液依在，给后世以最直观惊艳的感觉。2300年真的不算什么，只是华贵的一瞬。没有谁能确切地告诉我，它们是怎么死的，被毒死抑或刺杀后，再整齐摆放，与车舆同葬的。总之没有挣扎的痕迹，极其安详，不属活殉。人类开始讲究点死的艺术和活的良知，于枯竭的人性稍稍往前迈了一小步。

那是个什么时代，具体到某年某月某日还是个谜。在主墓没有打开前，只能停留在猜测阶段。范围可以缩小，从历史文献与已挖掘的史料案例中加以考据打捞。时光之剑慢慢停留在春秋末期至战国初期，在十一位楚王中逐一排查，最后能锁定目光的只有春秋末期的楚昭王。但在迷雾没有揭开，历史真相无法大白天下，浮出水面时，终属一厢情愿。

这里是楚，春秋五霸，战国七雄的楚，是当时朱楼玉阙，紫霞琼轮，盛极一时最大的中原城市。那样的影像一直掩映在历史帷幔的深处，拉开便奔涌而来，壮丽无比，故常常痴迷。

这个位置叫川店。离我居住的荆州古城45千米，距昔日的郢都纪南城26千米，是保存最好最完整的楚国高等级贵族墓地。至今未开启的大墓就有一百多座，而熊家冢无疑是其中最华丽的一页。历史不可轻翻，翻开便满是血泪。这是一位不可一世的楚王，血脉葱茏，性情高傲。天子六驾，诸侯五驾，他偏偏越制，亦要六驾，坑里竟惊现三乘六驾马车。他不服周天子的管辖，现今荆州民间亦有"不服周"这样的方言，即那时的产物。这里的"周"即周天子，后来演绎成不听话、不服管之意。在年复一年，日复一日，重重叠叠的岁月里，竟悄悄流传了2000多年。

熊家冢由五部分组成，主冢、附冢、车马坑、殉葬墓、祭祀坑。以主冢为中心，附冢与其并列，位于主冢之北，是两个高高隆起的封土堆。女主人系何人氏，不得而知，有相传谓越王勾践之女。殉葬冢在主冢之南和附冢之北，车马坑在主冢之西，祭祀坑在主墓的西边和南边，有规律地分布着近百个方形或圆形的坑穴，还留有大量地面建筑遗迹。这就是它的平面图，非常规矩，属一个规模宏大的王陵，却有皇陵之风。主冢椁室面积约400平方米，是迄今为止我国春秋、战国时期帝王中棺椁之最。以前这个地方叫双冢村，黄花及地，老牛乡郭，有村民世世代代在此耕作。冢前春草萋萋，秋水依依，是块风水宝地。也应该庆幸双冢村这个名字能延续至今，没被改变。

从长长的木质甬道进去，迎面双冢峙立，殉葬墓位于主冢之左，这是令人深思之处。战国初期的墨子曾说："天子杀殉，众者数百，寡者数十；将军、大夫杀殉，众者数十，寡者数人！"而这位墓主殉葬的人数已多达130余人，并各自成冢，现眠于一丛丛红檵花下，故每次去，都要站那凭吊一番。

那些妃子们很美，如果看过楚国宫廷舞，便知道什么是细腰楚楚，衣袂仙仙了。在沉寂、古老、清脆的编钟声中，她们深衣及地，绾着如水的秀发，像朵朵白云，如波似弦地款款而至。美是节制含蓄、高贵典雅的。楚王好细腰，她们的生命亦是波动鲜活的，和那些马儿一样，也是属于楚王的。楚王深爱她们，爱她们身轻似燕婀娜的腰姿和才艺，唯独无法顾及她们流动的思绪和魂魄，更别提那个年代尚没发明创造出的人权、自由等字眼。所以他走了，把她们也带走了，埋在他的身边，他的南侧。同样是杀殉，药死或刺死，当然也不排除自殉，但在没有完整资料支撑前，皆停留在臆想层面。所谓的"士多从死"亦有奴性诱惑的成分在里面，且不论。他给她们独立的墓室，豪华的棺椁，精巧的玉饰、玛瑙、水晶，很多很多的随葬品，是现在女性无法企及的

他最爱的一位宠妃，第一排东头之墓，随葬品中光玉器一项竟高达450余件，还不算其他。整个殉葬冢目前共出土玉器佩饰3000余件套，皆清秀典雅，意象高古之作。如梵音纶语，无法用语言复制描摹。工艺超绝，颇具楚风，达到同期最高水准，囊括璧、璜、环、珠、管、龙形珮等所有种类。有的属首次面世，所体现的精髓、隐喻、弧线韵致，意象，蕴藏着无数待解之谜。材质多选用青玉，好于以往出土之物，均从椁内发现。

殉葬墓呈方阵布局，四人一排，整齐划一。前16排为女性，出土之物多玉石、玛瑙、陶埚等，即有64位妾侍、乐姬和舞女为其殉葬；16排后为男子，椁内多铜匕首、带钩、削刀等兵器。离他越近的是他越喜爱的，随葬品也越多。葬完美丽的女子，方葬那些近臣侍卫，层层波及，随葬品也逐之减少，也就没有太大的挖掘价值。迄今探测出的殉葬墓共计一百三十多座，也就是有一百三十多个活鲜鲜的生命，随其而去。他们的生命是不值钱的，不属于自己，只归这位楚王，生死皆由他定。比现今的猫狗高贵不到哪儿去，猫狗主人走了，尚可苟活，他们连这点权利都不曾有。

每个个体生命都是单薄的，并不能主宰一切，楚王因何大袖一挥，便使这些无辜生命隐于袍下，灰飞烟灭呢？是权力！那些杀戮、争夺、阴谋、奴颜婢膝都是为此服务的。那些战战兢兢的生命，只是他脚下被奴化的蝼蚁，不管生前怎样喊着爱妃爱卿，皆是他的连带。所谓的爱只是一层自私华丽的画皮，贴上去，就揭不下来，撕之便露出血淋淋的现实。

一个人是无法舍弃手中权柄的，他太爱它了。所以生前过着什么样的生活，身后亦要如此，也就有了这样的地下宫殿。这些爱妃宠臣是带到阴间陪伴服侍他的人，那些马儿华盖车辕是出行时的用具和出征的梯队。分工细极，有和他行鱼水之欢的，有悦其耳目的，有替他处理政事的，有行使护卫之责的。车马坑亦分礼仪车、战车、辎重车、配件备用车四种。实际一个人有多强大就有多弱小，皆因孤独恐惧所致，才弄出这么大的阵仗，实乃虚假之象。没有这些外在的附属，他一文不值。那些说着黎民、苍生、百姓，说着水能载舟，亦能覆舟的君王，多是伪君子，掩人耳目，巧言粉饰而已。所担心的无非是自家王朝江山的牢固，活着坐，死了亦要坐。这样的坟茔只是等级制度催生的儿戏，和小孩过家家没啥两样，无非是我的我的，只不过他的我的是江山是社稷是统治。除了这些我们看得见的殉葬，还有更多的工匠苦役用生命、血泪、尸骨为其做冢，卷入这样一场一己之私的欲望洪流。

车马坑恢宏之至，迄今罕见。那些木制品，轮、轴、辕、衡、舆在地下沉睡了两千多年，出土时依旧完好。那些华盖起初是朱红色的，绘有美丽的纹饰，随着出土日久，已逐至菱色，还有那些马儿，也已呈白骨之势。每一次去，站在展厅的玻璃后，均怅然若失，无限惋惜。它们源于1979年的一次水利建设而出土，故第一匹马没有保存下来。水利改道后，越王勾践剑面世，2000多年的时光，丝毫没妨碍这把自制宝剑的锋利，一刃尚可划开十余页厚的纸张，也让一些盗墓者愈发垂涎。加之雨水冲刷，自然损害，主冢墓道的第一层台阶已然外露，故于2005年开始保护和部分性挖掘，但主、附冢像始皇陵一样至今尘封未动。

每一次去，都能听到这样的口号："北有兵马俑，南有熊家冢。"其实它们不仅风格迥异，性质上亦有差别。始皇陵贵显黄土的厚重大气，楚王陵则多呈江南的水色之美。虽都有车马坑，但兵马俑是陶俑陶人，熊家冢却是真人真马真车。曾两次去过号称"世界第八大奇迹"的兵马俑，面积之大，排列之密，实震撼，但当真正面对熊家冢时，却是另番幽思，沉重之余，更为震惊。历史在这里有羞愧、愚昧、野蛮、赤裸、残忍的一面。这是迄今世界上最长的车马阵，远大于已发掘的秦公一号墓车马坑和九连墩战国车马坑。长一百多米，宽二十多米，由43辆马车、164

匹战马组成。除长坑，也就是主坑，还有30余座小坑，有的小马极罕见，据推测疑为汗血宝马。无不为我们呈出了那个时代结驷连骑，击毂摩肩的场面。

熊家冢早于秦始皇陵200多年。200年的时光，不能否认，人性在进步，从人殉至陶殉，不能不说是个不小的飞跃。至于始皇陵竣工后，大批工匠活埋冢内，是恐秘密外泄所致，虽残忍，但不属人殉范畴，系坑杀。人殉现象，远古既有，夏、商、周愈烈，是私有制的产物，乃人开始作为商品买卖交换的恶果，属奴隶社会的重要标志，以后逐减。周时最为鼎盛，从已出土的墓穴来看，春秋晚期的秦景公墓，即公元前577年至537年间，人殉数高达184人。

我们来捋下年代，以周元王元年，也就是公元前475年为界，划分春秋和战国。春秋是指公元前770年至475年之间，战国系公元前475年至公元前221年这段，随后才是秦。战国中前期人殉现象史书上已无记载，到了公元前384年，也就是战国中期，秦献公"止从死"也就宣布废除了这种制度。这是个过程。我们现在可能看到的是数字，但思想和现实的斗争是具体惨烈的，绝不会一刀切。早在春秋中叶就很多士大夫不忍其残忍，激烈反对。孔子不仅反对人殉还反对陶殉，统治阶级内部也开始发生动摇。到了春秋晚期，有父亲嘱咐死后要殉葬的，儿子并不遵命，谓曰"以殉葬，非礼也。"这是《礼记·檀弓》里记载的故事，不能不说是人本主义精神的一个伟大回归，亦进步。当然还有一些交错复杂矛盾处，但逐成弱势是必然的。另不同时期，不同国家，人殉程度和废除的进展也不同。

楚国的人殉弱于秦国，也是从活殉、杀殉、死殉，一步步走来的。即活埋到杀死药死再埋，再到自愿要求陪葬这一过程，这和生产力的发展有关。死殉亦叫自殉，可签文书字据备案。据汉刘向《列女传·楚昭越姬》记载，有次楚昭王宴游，蔡姬、越姬两妃相随。楚昭王在欢欣之余，就问了，你们谁愿意和我一起死？蔡姬就说了，我愿意和您一起死。而越姬，也就是越王勾践之女则说，我不能闻命。楚昭王就让身边的史官记录下来，说蔡姬许从孤死矣。结果到了公元前491年，即过了25年后，楚昭王出兵救陈，仍带着蔡、越两姬。楚昭王病重将死，不愿同死的越姬却对楚昭王说："及君王复于礼，国人皆将为君王死，而况于妾乎！请愿先驱狐狸于地下。"意思是说以前在出游时，不愿意与您一起死，到君王能重新以礼待人，国人都将为君王而死，何况我呢！请先让我到地下等您。于是就自刎殉死了。而昭王死后，那个原来说要同死的蔡姬却没有死。这是个不殉于情，而死于义的故事。真假不得而知，估计不会空穴来风，总之是死殉的一个标本。

若主冢中真的是楚昭王熊珍，他最宠之妃无疑就是随他出征游乐的蔡姬和越姬了。既然备了案的蔡姬并没有死，坟里就不会有她。那越姬又埋在哪儿呢？是附冢还是殉葬墓出土玉器最多最豪华的一座呢？这是个谜。熊珍的夫人，正妻齐侯之女，早在熊珍生前，就被江水淹死了，附冢是她的概率极低。当然这只是猜测，但这两座墓穴终归有一座是属越姬的才对，而前提条件是主冢墓主必须是昭王。

另"熊家冢"三字是因明朝熊姓家族葬于此而得名，非关楚王，只是巧合。楚王以芈为姓，以熊为氏。芈月便是昭王的后代，越姬是她的祖母。总之不管是杀殉还是死殉，都是残忍的。死殉实碍道德谴责，并无太多善良成分在里面，实质结果和杀殉是一样的，但也属一个进步。生命是美好的，属于个人，这是一成不变的真理，随着文明的进步，会愈烈。在已挖掘的5000多座楚墓中，有殉葬的只有20多座，熊家冢是人殉最多的一座，是一个王朝奢华糜烂的背影。至战国时期也就慢慢式微，有所遏止。陶殉在春秋中期就开始盛行，经战国至始皇蔚然成风，大有取代之势，可见事物是互相交错，慢慢发展的。

人殉最早是活殉，即活埋。其实我们看历史，就是看人性思想的进化流程，一部生产力的发展史，更是一部思想史、文明史。人最初即是动物，于友爱修养处连动物都不如，残忍尤甚。当然也聪明，深谙交换、买卖、奴役之道，更懂得生存法则。所谓的性本善还是性本恶本就没多大意思，无须探讨，属悖论。人属自然现象，如红楼所说："因空见色，由色入空。"即一开始是空的，是张白纸，均是外界的产物，受环境之影响，包括思想的形成皆是因后天的知识、修为、思考而诞生的，先天之说实荒谬。随着生产力的发展，到汉时，人殉偶有零星，至明死灰复燃，朱元璋罪孽深重，朱祁镇时才有"吾不忍"之说，遂废。以此可见欲望是膨胀的，如无节制，将为所欲为。那些打着替天行道，惠爱苍生的人，一旦登上宝座不变质都难。幸好历史在进步，人性也朝好的方面发展，人类开始懂得尊重个体生命与万物之和谐，也更明白一个至高者所担负的责任和奉献之道。

人是极其渺小的，生生死死，往返而已，但由人类创造的历史，却是永恒的。很庆幸生活在这个年代，远离古代君王的鹤氅，可以自由地呼吸、生活、工作和学习。

后记

别样的菡萏

两年前，接到一个陌生电话，对方操着一口纯正的普通话，声音十分亲切，称我"先生"。想用我的画为她即将出版的新书作插图，语气非常恳切，我自然满口答应。我是一个名不见经传普通画画的，喜欢画晚清仕女，居然有人喜欢，而且用作书籍插图，确实有点受宠若惊。

就这样，结识了作家菡萏。

我热爱文学，喜欢读书。出于好奇心，她又是本地作家，自然常读她的文章。

《庚口先生》是我读到的第一篇文章。记得该文刊载在2018年《牡丹》第一期杂志上，而且还是该杂志散文栏目中的首篇，文章开头就吸引了我："十月的古城是静谧的，那些轻质柔软细小的花朵，簌簌而落。风一吹，便聚拢在一起，旋成金色的涟漪，泛起甜腻腻的香。"

多美，多形象，散文诗语言一下把你带入那个金色的十月，层层的桂香中。或许出于谢意，字里行间流露出感激之情，文中品评画作的语言不亚于业内人士，十分在行且文学味十足。我好像遇到了知音，倍感亲切，感叹菡萏是个才女，是个从事写作的人。

这之后，她送我《菡萏说红楼》，以及刚出版的用我的画作插图的

《养一朵雪花》。读完这两本书后，我就在想：一本文化专著，一本散文集，这之中有什么样的内在联系呢？结论是没有读书的修炼就不会有说红楼与一朵雪花的晶莹。古人云"取法乎上"。在我看来，她写作的起跑线就是精读细读了《红楼梦》，与之结下了不解之缘，《红楼梦》造就了菡萏的才气与为人。

说红楼中的许多章节最初多在网络中流行，获得众多读者青睐，粉丝何止千众，为此北岳文艺出版社才乐意为她结集出版了这部书。一个红楼爱好者写出如此系统的文论实属不易，况且有着自己独特的见地，立论不亚于那些红学专家。菡萏评出了自己心目中的红楼。人性，善意是她评说的出发点。对此书的评价学者们已在该书序言中作了较高的评述。

结识菡萏不久，文学界的友人约我到她家做客。她家收拾得井井有条，一色古典家具透出主人的偏好。我有心看着墙上的挂画，多是行画，便主动提出赠画于她。尔后便把我的画作《卷终梦里留余香》相赠，自认为很适合她。这事她在《庚口先生》一文中提及，足见该画送对了人。她十二分喜欢，画中书页上的出版印章中有"栋亭藏本"字样，她便一口断定是曹雪芹祖父的藏本。真是服了，学问之深令人瞠目结舌。我作如是想：没有深厚学识，哪会写出《菡萏说红楼》。

《空翅》收录了菡萏近两年的新作，文章几乎都被刊物采用过，其中包括《作品》《清明》《天津文学》《散文》等大型刊物。收获颇丰。《空翅》无论在题材广度，写作技巧上都高于她以往的文章。《沙市老街》《抽身离去的岁月》《雪落之地》《庚口先生》《春天里还是春天》等，在我看来都是我国散文界里的佳作。

与她结识的两年，在我的印象中她是一位只专注键盘的写作者，心静，过去的岁月也曾在网络红极一时，随后文章一篇篇见诸各省省级刊物，不曾被地方文坛知晓。如今已是市作协副主席的她更是勤奋有加，仍然在键盘上敲打不停。

关于写作，我是个门外汉，缘于爱好，菡萏的文章我爱读，大概兴味相投吧。年轻时读过的书不曾忘记，一大批十九世纪末二十世纪初的作家并不陌生，很自然地介绍给菡萏。不料被她一眼相中，或许对她有所帮助，这在她的《一个人的地震》一文中有所流露。

一般来说绘画没有文学做基石，走不远。我年轻时就热衷文学，喜欢与爱好写作的人交朋友，再说从事文学创作的人也不会忽略视觉艺术，文学与绘画有着许多内在联系。所以菡萏不仅能评画，而且能学画。

菡萏好学，审美不俗，于微小事物，总能发现独特之处，不知啥时跟我学起了画画。隔行如隔山，画画谈何容易，我画了一辈子也只这个德性。先是让她练毛笔字，没有书法功底是学不了中国画的。给她介绍了许多字帖：王羲之的兰亭序，褚遂良的正楷，文徵明的行书。她都临，每天必修功课。我只在手机微信上辅导，久而久之，熟练多了，这才要她临画。

她喜欢我的人物画，那就从简单的开始吧，谁知道她画起来就没个节制。每每至深夜，十分投入，达到痴迷的程度。不到一年画的真就像个样儿，有的临摹的画可以乱真。其画送于友人，友人惊叹不止，事隔三日，菡萏怎就画有一手好画呢？她说临的画都可以办画展了，可见勤奋之极。爱好是最好的老师。

菡萏喜欢我的画作，写过数篇点评文章，篇篇都是极好的散文。夹叙夹议，旁征博引，内涵外延，独立成章。实践使评点更具说服力，比如对色对水在技法的应用就是一例，下面仅就其作用，她的体会实录一段即可说明。

"颜料是浓丽的，在水的舒缓下才能轻柔起来。水可以使它年轻，还原成童年，比如大红，可以稀释成淡淡的粉。很多时又是母亲，嫁给别的颜料生出不同的孩子，比如二绿和朱磦变成肤色，藤黄与淡墨生成绿色。它们并不过分坚持自己的个性，知道融合之美，也知道在水的作用下，自己能呈出更丰富的色泽和内涵。这是一种超越与回归。只要有水，便薄如蝉翼或妍雅异常。"

这就够了，没有实践，哪有体会。实践出真知。

读《红楼梦》我与大多数人一样，只是一知半解，对于大家族的人际关系读起来都令人头痛。画红楼人物想都没想过。再说画红楼人物的画家太多，难出新意，就像中国的山水画梅兰竹菊，顶多见功底，画出别开生面的实在太少。作为艺术作品不可人云亦云，似曾相识，那没价值。于内容各有各的理解，画出符合原著精神的画作谈何容易，故不愿涉猎，也不敢涉猎。菡萏却每每要我试一试，信任我可以画出自己风格的红楼人物。在她的鼓噪下，试着画了幅黛玉。

《秋水无尘》画的就是竹园潇湘，一帘一凳，黛玉读书状，目有所思，静逸婉约。菡萏过目连连称赞，说画出了黛玉本色，也是先生心目中的黛玉。至此，我像小孩一样，受到称赞便来了精神。那就试着画《十二金钗》吧。于此又读起了红楼，每有所惑便不耻下问。而且参照《菡萏说红楼》开始了十二金钗的画稿。先画了"四艳图"。红楼是个大家族，贾府四个女儿称为"四艳"。既然是人物绣像，采用中国画条幅最为合适，为了统一样式，每张条幅里都用四分之一面积画上窗棂。窗棂花纹格式各异。"元春"画上的窗花应有皇家气派，衣着头饰贵为皇妃。迎春、探春、惜春，画面窗花各不相同。

菡萏指出"四艳"应是琴、棋、书、画。执意在"元春"图上加上古琴。四幅画上背景分别着以石榴、菱角、芭蕉、荷花。铅线描稿，色稿，历时一月完成。里面的诗词对句都是菡萏作的。裱抽后挂在壁上气派养眼，古雅气十足，算是在众多《红楼梦》人物画中显出别样红。应该说《四艳》的完成是与菡萏合作分不开的。

《十二钗》余下八幅可以照此设计，为了统一式样，迟迟找不到与《四艳》采用窗棂匹配的式样而停摆。

灵感往往是为有心的人准备的，世上一切事物都有其本身意义，把它纳入"有我之境"，矿源一定会被你发现。余下的人物为十二钗里的外系和媳妇人物等。一次菡萏发来《石头记》旧版书页，我灵机一动，就用《石头记》的书页与书法中正草隶篆展示，这样就在形式上统一了十二钗的样式。历经半年终于落幕，好坏任人评说。

合作是愉快的。

创造就是突破，创造就是追求。正如菡萏所言：创作就是"一个人的地震"。

庚口先生，中国美协会员，国家一级美术师，湖北美协理事，原荆州美协主席。